JEAN RICHEPIN

Le Pavé

PARIS

MAURICE DREYFOUS, ÉDITEUR

13, RUE DU FAUBOURG-MONTMARTRE, 13

1886

LE PAVÉ

EVREUX, IMPRIMERIE DE CHARLES·HERISSEY

JEAN RICHEPIN

LE PAVÉ

PARIS

MAURICE DREYFOUS, ÉDITEUR

13, RUE DU FAUBOURG-MONTMARTRE, 13

1886

APHORISMES PRÉLIMINAIRES

I

Et dire qu'il y a des gens capables d'intituler un livre : *le Tableau de Paris !* Il n'y a cependant pas de photographe assez bête pour se camper devant une bataille rugissante et lui crier :

— Attention ! Ne bougeons plus !

II

Auteur d'une monographie de Paris, provincial incurable.

III

Rappelez-vous bien ceci : pendant que vous regardez là une chose curieuse, il s'en passe, tout autour de vous, une infinité d'autres non moins curieuses et que vous ne verrez jamais.

1

IV

Prendre des notes, c'est vouloir conserver des flots en bouteilles.

V

Les souvenirs doivent se cristalliser d'eux-mêmes en vous comme les grains de sel au fond d'un coquillage, où l'on retrouve ainsi, longtemps après, toutes les voix et tous les parfums de la mer.

VI

Qui a le mieux senti la campagne ? Est-ce le botaniste, qui classe des plantes sèches dans un herbier ? N'est-ce pas plutôt le rôdeur, qui rentre avec du foin plein ses cheveux et des queues de pâquerettes entre les dents ?

VII

Le statisticien ramasse les mégots des cigarettes fumées par le flâneur.

VIII

Pouvez-vous reconnaître, les yeux fermés, un quartier de Paris à son odeur ? Non ! Alors, taisez-vous !

IX

Le moineau de Montmartre n'est point pareil au moineau de Montparnasse. Savoir les distinguer, tout est là.

X

Ciel de Paris, ciel de lit.

XI

Vous avez baisé cette femme sur les lèvres, et vous croyez la connaître ! Moi, j'ai bu de sa salive, de ses larmes, de sa sueur, de son sang, et je ne sais pas encore au juste de quelle couleur sont ses yeux.

XII

Il y a dans les rues des fleurs délicates qui ne peuvent être cueillies que par les poëtes, comme il y a dans les cathédrales des ciselures qui ne sont vues que par les hirondelles.

XIII

Le pavé ressemble à certaines femmes et au *Médecin malgré lui :* pour en être aimé et pour le faire parler, il faut le battre.

PAYSAGES ET COINS DE RUE

I

BAISER DU MATIN

Parbleu ! qui vous dit que son baiser ne soit pas voluptueux, et suave, et grisant, à cette fille d'amour, et qui vous reproche de vous intoxiquer à ses lèvres?

A coup sûr ce baiser est un nid de saveurs fortes et douces, quand vous le cueillez sur sa bouche le soir, au dessert, dans l'enivrement de la fête. Alors il est tout parfumé par les vins à l'âme odorante, par les épices et les truffes, par les fruits gonflés de soleil et de suc, par les légers encensoirs du tabac d'Orient, par la mousse du champagne, par le poivre des liqueurs, par le bagout ravigotant d'une blague endiablée, même endiablotinée, où voltigent toutes les cantharides du désir.

Et c'est cela que vous humez tout ensemble dans ce baiser de la fille rieuse, haute en couleur, dégrafée, dont la chair étincelle au gaz.

Mais pensez au premier baiser du réveil, quand la peau meurtrie et talée sera moite dans l'ombre étouf-

fante de l'alcôve, quand les lourdes paupières se
bouffiront d'un sommeil mauvais, quand la bouche
s'ouvrira lentement et toute pâteuse de l'ivresse à
demi cuvée; pensez à celui-là, qui est peut-être le
seul vrai, si le poëte turc a eu raison de dire :

« C'est dans le premier baiser du matin que la
femme aimée met tout son cœur. »

Et vous qui adorez Paris comme une maîtresse,
venez un peu respirer le premier baiser de Paris.

Les balayeurs ont fini leur besogne nocturne. L'air
est gris de la poussière qu'ils ont soulevée ; une poussière fade qui ne sent pas même la terre, mais bien la
crasse.

Le long des trottoirs, les tas d'ordures sont amon-
celés, pleins de détritus sans nom, trognons, raclures,
relavures, débris de mangeailles, qui déjà fermentent
et accouplent tous leurs relents dans un rut de
puanteurs.

Les tombereaux s'emplissent peu à peu de ces
cadavres végétaux, et promènent par les rues une
procession de pourritures.

Comme tout est encore tranquille, l'air n'est pas
agité par la marche des rares passants, et, de chaque
regard d'égout, une fumée pestilente s'exhale et
s'étale silencieusement en vapeurs tièdes.

Cependant, les boutiques s'ouvrent une à une,
faisant couler au dehors l'odeur de renfermé qu'elles
ont accumulée pendant la nuit. Des plus propres sort

une bouffée de remugle qui semble fluer lourdement de la devanture.

Les mastroquets sentent la vinasse écœurante et la rinçure des alcools frelatés qui ont mordu le zinc du comptoir. Le sable du parquet y est devenu mol, mouillé, boueux, une espèce de mortier où s'amalgament les crachats, les culots de pipe et les vomissures d'ivrognes.

Les cafés désempilent leurs tables poisseuses, battent leurs banquettes imprégnées de fumée âcre, vident leurs recoins semés de mégots et de bouts de cigare. Cela fleure le tabac éteint et humide, le marc de mazagran dix fois rebouilli, les cartes grasses, la bière aigre et le fond de culotte.

Et voici, pour corser tous ces parfums et leur donner la note aiguë, voici passer au galop le *corbillard de loucherbem*, l'immonde voiture qui vient ramasser dans les boucheries la viande gâtée. Verte, quasi liquide, bientôt grouillante d'asticots, la chair corrompue tressaute dans la grande caisse noire, qui laisse derrière elle par les rues une traînée d'amphithéâtre ambulant et d'abominable charogne.

Ainsi, Paris qui s'éveille pousse d'abord un soupir qui pue, et son haleine du matin est l'haleine la plus forte que la terre envoie au ciel.

Mais la fille qui s'étire dans l'ombre étouffante de l'alcôve, les paupières bouffies d'un sommeil mauvais, la bouche pâteuse de l'ivresse à demi cuvée, cette

1.

fille a néanmoins un homme qui l'aime, un homme que son premier baiser ne dégoûte point.

Et de même Paris a ses adorateurs, qui ont respiré plus d'une fois son haleine du matin, qui savent combien elle est terrible, qui en ont eu la gorge serrée et le ventre à retourne-boyaux, et qui cependant ne peuvent se passer de cette gouge à la bouche de peste.

Montaigne l'aimait jusque dans ses verrues. Mais qu'est-ce que c'est que ça, des verrues, à côté de ce premier baiser du réveil? Pour ne pas mourir de vomissement à ce premier baiser, il faut être ce que nous sommes, nous tous qui aimons cette gueuse de ville, il faut être des dépravés innocents, amants de cœur d'une vieille gouine.

II

LA FÉERIE DE LA RUE

J'entends féerie au sens moderne du mot, ou plutôt au sens parisien, féerie signifiant une pièce à décors, à trucs, à transformations, à personnages allégoriques, où les légumes parlent, où les machines à coudre chantent des rondeaux, pièce stupide s'il en fut. Et dire qu'on paie huit francs des fauteuils pour aller contempler ça! Mais regardez donc autour de vous! C'est bien plus drôle et ça ne coûte rien.

Vingt pas dans une rue, au hasard! Voici ce que j'ai vu et entendu.

Une grosse courge tient par le bouton de l'habit un petit melon.

La courge parle, vite, vite. Le petit melon prend des notes sur un carnet en cuir de Russie, vite, vite. Quelles cucurbitacées pressées!

— Nous disons donc : fin courant, 93 45; libérées, numéros 1,327, 28, 29, 30, 31. Voir Masson, à sept et demie. Report, néant. Répondre à Dreyfus. Cinq cinquante un tiers, à prime.

Et ainsi de suite pendant un quart d'heure.

A côté, un saucisson décoré, à un autre saucisson non moins décoré :

— Mon cher, c'est inévitable. Une crise en amène une autre, sacrebleu ! Ils ont beau gueuler. C'est nous qui jouerons le dernier acte de la comédie, credieu ! A propos, savez, Robinot est passé au choix. C'est infect.

Entre deux échalas qui ont entendu les saucissons :

— Hein ! ces bra' m'ilaires ! toujours le régime du sabre !

— Bah ! ça vaut bien le régime du sable.

— Un mot ! Je le pige.

— Tra la la ! C'est moi qui l'ai fait.

— Oui, mais je te l'ai suggéré.

Passe une petite caille, dandinant son derrière et portant au bout de l'aile un grand carton carré. Elle est suivie par un bouledogue qui porte, lui, environ cinquante ans. Chose singulière ! c'est la caille qui montre les dents, tandis que le bouledogue courcaille :

— J'paie tes dettes, j'paie tes dettes.

Bousculade ! Entre la caille et le bouledogue, deux bâtons de papier mâché, avec un pif en trompette, se précipitent ensemble sur un petit morceau de chose noire, gluante, fumante, que le bouledogue vient de jeter. Le premier bâton de papier mâché saisit ce

bout de cigare mâché ; mais l'autre le lui prend et le
fourre dans sa bouche en disant :

— Laisse donc ! puisque tu ne chiques pas.

Sur le bord du trottoir, presque en file indienne,
trois pivoines forment chapelet. Une pivoine dans un
cornet blanc, traîne une autre pivoine dans des rubans
jaunes, laquelle traîne la dernière pivoine, plus petite,
dans un col marin. Une quatrième pivoine, coiffée
d'un pot en cuir bouilli, les regarde, assise sur une
boîte à thé.

— M'man, suis fatigué, geint la pivoine minuscule.

— V'là, mon bourgeois ! crie la pivoine perchée.

— Oh ! nous prendrons l'omnibus, soupire la
pivoine aux rubans.

— Gustave, tu n'es jamais content, grogne la
pivoine en cornet. Va donc ! *pedibus cum jambis*. Il
faut t'habituer à marcher, pour la revanche.

— Tas de panés ! hurle la pivoine à fouet.

Et les courges, les melons, les saucissons décorés,
les échalas, les bouledogues qui chantent, les petites
cailles qui montrent les dents, les bâtons de papier
mâché, les pivoines, et un tas d'autres grotesques,
tout ce personnel de féerie va, vient, se cogne, s'in-
jurie, grouille, joue des coudes, joue des badigoinces,
et chacun dit son couplet dans une langue que le
voisin n'entend pas.

Quel est l'auteur de la féerie ? Où est le régisseur ?
Où est même le public ? Y a-t-il une intrigue ? Y aura-

t-il un dénoûment ? Personne n'en sait rien. Personne
non plus ne s'en occupe. Les acteurs ne s'aperçoivent
seulement pas qu'ils sont en même temps spectateurs
et qu'ils se sifflent entre eux. C'est le comble de la
féerie, lisez de l'ahurissement et de la bêtise.

Et on dit que l'esprit court les rues !

C'est apparemment parce que tout le monde le
perd.

III

L'ITALIE POUR TROIS SOUS

Aimez-vous l'Italie? Moi, j'en suis revenu. Excepté
pour les peintres et les archéologues, c'est le voyage
le plus décevant du monde.

On part, sur la foi de Musset, du romantisme et
des Guides-Conty; on est longuement bringueballé
depuis Modane dans des trains-omnibus empuantis de
crasse et de mauvais cigares; on est écorché dans des
hôtels tenus par des Suisses; et, en fin de compte, on
ne voit nulle part les Italiens rêvés, au costume
éclatant, ni l'Italie qu'on s'imaginait, aux mœurs
originales, étranges, poétiques, pittoresques.

Le vermout *di Torino* est une médecine qui sent la
pharmacie. Le Falerne est un gros vin épais qui
donne le déboire et peut se mettre en tartine comme
du raisiné. Les Italiennes ont des voix de rogomme.
Le macaroni lui-même est surfait. Parole d'honneur,
on le réussit mieux chez nous!

Quant aux vêtements bariolés, bonsoir! On n'en rencontre qu'à Rome, aux environs de la place d'Espagne, où les Chauchards et les Chauchardes viennent pour servir de modèles à nos peintres de la villa Médici. A part ce coin, toute la Péninsule est habillée par Godchau.

Après de tels aveux, vous pensez bien que je ne vais pas vous proposer un voyage par delà les monts.

Si toutefois vous êtes férus quand même du désir qui pousse les *Cooks' tourists* vers le pays où fleurit l'oranger, écoutez-moi bien! Je peux vous aider à satisfaire cette passion ridicule; et cela, moyennant la faible somme de quinze centimes, trois sous, juste le même prix que pour les chalets de nécessité.

Vous prenez l'omnibus de Batignolles-Jardin-des-Plantes, et vous allez jusqu'à la place Jussieu, derrière l'Entrepôt des vins, au bas de la rue des Boulangers. C'est là que sont les derniers Italiens ayant l'air d'Italiens.

Le soir, cette petite place vous donnera l'illusion complète que vous chercheriez en vain dans tous les coins de la Botte, et vous pourrez fredonner en pleine couleur locale la *Mandolinata* ou

> Sorrente, Sorrente,
> Sur ta plage odorante...

Il y a là des Romaines aux lourdes épaules, au tablier rouge, des Transtévérines avec leur galette aplatie au-dessus du chignon, des Napolitaines en corsage bariolé, des pinceurs de harpe, des racleurs de jambon, des pifferari soufflant dans leur outre, des justaucorps en peau de mouton, des jambières en poil de bique ; et certains hauts chapeaux pointus, apparus brusquement derrière un arbre, vous feront songer au bandit calabrais qui illustrait les romances il y a quarante ans.

Vous verrez grouiller des marmots vêtus de loques multicolores. Vous entendrez marmonner des vieilles au teint recuit, comme passé au jus de réglisse des fausses vieilles peintures. Vous vous heurterez à des couples qui roulent des yeux comme Rossi dans *Hamleto*. Vous trouverez au bout de vos pieds des joueurs vautrés à terre, et se chamaillant en mots brefs, avec les doigts ouverts ou les poings fermés, pour un coup douteux de *mourra*. Vous vous régale- lerez enfin de cette langue divine, langue du Tasse et des anges, dit-on, et qui ressemble si fort au chara- bias de nos porteurs d'eau.

S'il vous plaît de pénétrer plus avant dans les mœurs et la vie intime de ces macaronistes, descen- dez la rue Linné. Vous rencontrerez là, sur la gauche, un lavoir, puis un friturier, lequel, entre parenthèses, vend des merlans recommandables pour cinq sous. Entre le lavoir et le friturier, si je ne me trompe, s'ouvre la porte cochère de la maison, ou plutôt de la caserne, qui sert de caravansérail à la colonie italienne.

Musiciens ambulants, vendeurs de plâtres moulés, modèles des deux sexes, ils sont là-dedans au moins deux cent cinquante.

Parfois on y voit de jolies filles. Jadis, sortaient de là, tous les soirs, pour aller chanter dans les cafés du quartier latin, deux sœurs, dont l'une était boiteuse et avait bien la plus ravissante figure de Madone qu'on pût rêver. Deux yeux à la Vinci! Une morbidesse quasi-mystique! Combien de cœurs d'étudiants ont battu, quand elle roucoulait, en s'accompagnant sur son violon appuyé à la cuisse, l'air banal et berceur de Santa-Lucia!

Pour moi, je l'avoue, mes impressions les plus nettes, les plus vives et les plus charmantes sur l'Italie, c'est de la place Jussieu que je les ai rapportées.

J'étais revenu du voyage, furieux contre Musset, contre le romantisme et contre les Guides-Conty, qui m'avaient fait manger des côtelettes d'agneau frites, boire de la boue vineuse, affronter les hôtels pleins de Suisses et de punaises, fumer du tabac en feuilles de chou, et tout cela pour rien, pour voir un pays où les locomotives sont anglaises, les garçons de café allemands, les pièces de dix sous en papier-monnaie, les indigènes vêtus *à l'instar* de Paris, les hommes braillards et les femmes hommasses.

J'avais conservé une rancune à l'Italie de ma désillusion. Je me suis raccommodé avec elle, avec Musset, le romantisme et les Guides-Conty, quand plus tard j'ai demeuré rue des Boulangers et rue Guy-de-la-Brosse.

Aussi, croyez-moi, si vous aimez l'Italie, comme ça, de chic, sans savoir, sur la foi de votre imagination, n'allez pas en Italie. Prenez l'omnibus des Batignolles-Jardin-des-Plantes et descendez rue Linné. C'est là que sont les derniers Italiens ayant l'air d'Italiens. C'est là que s'est réfugiée la vraie Italie, la seule, celle de nos rêves ! *C'est là, oui, c'est là* (musique d'Ambroise Thomas) !

IV

LE CARREAU DES HALLES

L'expression tombait en désuétude ; elle va revivre avec la chose ressussitée. On peut voir, cette année, le carreau des Halles dans son pittoresque fouillis, dans son déballage grouillant et bariolé. Il s'étale au bord des larges trottoirs de la rue Centrale. Ses éventaires en plein-vent sont les baraques de ce court et fourmillant boulevard des pauvres.

Le long du mur est toujours galonné du ruban vert qu'y font les marchands des quatre saisons. Mais le débordement des choux est refoulé tout contre, et le long de la chaussée a changé sa dentelle de légumes contre les broderies éclatantes des jouets, du linge, de la porcelaine, des bibelots, de la ferraille, des étoffes.

Ces trottoirs, si curieux déjà et si pittoresques d'ordinaire, sont encore égayés et ranimés par ces bandes aux tons divers, qui se font pendant comme les deux lisières de couleur d'une tapisserie orientale.

Et pourtant, combien peu précieux sont les éléments de ce riche coup d'œil! Pour donner cette impression de coloris varié, de galons éclatants, de tapisserie exotique, il suffit de légumes à quelques sous le tas et de riens dont on peut s'emplir les poches avec un franc.

. Mais c'est qu'aussi deux artistes merveilleux, incomparables, ont fourni ces choses à bon marché et se sont mêlés de leur arrangement; et ces deux artistes s'appellent la Nature et Paris.

La Nature a fourni ces légumes, dont les formes, les nuances, la physionomie, trop familières pour que nous les remarquions habituellement, sont devenues banales à nos yeux, mais exciteraient à coup sûr l'imagination de quelqu'un qui les verrait pour la première fois. J'ai l'air d'enfiler un paradoxe; mais réfléchissez! Supposez un poète, un peintre, un curieux seulement, à qui ces aspects seraient étrangers et nouveaux! N'admirerait-il pas ces cônes au ton indéfinissable, ni rouge, ni jaune, ni rose, qui portent un panache de plumes vertes ou une collerette de Chantilly teinte dans de l'émeraude fondue? N'admirerait-il pas ces boules d'un ton crémeux, terminées par une pointe d'albâtre filé? Ne pousserait-il pas des oh! et des ah! devant ces sceptres élégants dont la poignée en nacre est ornée d'une houppe en soie et dont le bout s'épanouit en un bouquet de rubans satinés? Et pour nous ces cônes sont des

carottes, ces boules des navets et ces sceptres des
poireaux.

Paris, de son côté, a fourni ces riens dont le tas
s'harmonise comme les morceaux de verre d'un
kaléidoscope : ces joujoux en bois peinturluré, ces
faïences grossières, ces bonnets en fausse guipure,
ces calicots misérables, ces ferrailles dépareillées,
tous ces objets sans valeur auxquels cependant il a
mis sa signature de maître, ici dans une ligne élégante, là dans une couleur imprévue, ailleurs dans le
chiffonnage ou le coup de pouce qui n'est rien et qui
fait tout.

Et voilà comment ces légumes, d'un côté, et cette
camelotte, de l'autre, se trouvent former un ensemble
amusant aux yeux. Voilà comment, en enfilant d'un
regard le trottoir, sombre au milieu sous la foule,
illuminé à chaque bord par les taches des éventaires,
j'ai vu distinctement une grande bande de tapisserie
orientale, toute brochée de soie, de velours, de laines
multicolores, brodée de filigranes, de saphirs, de
rubis, d'émeraudes, aveuglante comme un arc-en-ciel
de nuances et de pierreries, tandis qu'à côté de moi
un petit voyou glapissait :

— A deux sous toute la boutique, à deux sous !

V

IL FAIT FROID

1. — LA PREMIÈRE DE L'HIVER

Ça y est! Monseigneur l'Hiver va faire son entrée en scène.

Les trois coups ont été frappés, et bien des fois déjà, par la lourde cognée de l'Auvergpin qui fend des souches sur le sonore pavé des cours.

La rampe a été haussée brusquement. Sur le rideau du ciel, le clair soleil de novembre plaque sa lumière d'une blancheur éblouissante.

L'orchestre a joué son ouverture, la symphonie automnale dont la basse mélancolique est grondée par les lamentations du vent, tandis que dans la cheminée le feu pétille, ronronne, siffle, éclate en arpèges, se disputant avec la bouillotte qui pique des trilles interminables et perle de fantastiques vocalises.

Le rideau s'est levé sur le féerique décor de la

Toussaint, tout doré et mordoré de pampres jaunis,
de branchages roux, de feuilles mortes. Dans Paris
même, ces vagabondes feuilles mortes enchevêtrent
leur ronde à la fois lugubre et burlesque, semblables
à des fantômes d'enfants qui danseraient une farandole.

L'orgue de Barbarie rhythme ce ballet, et moud la
vieille romance qui vient battre de l'aile contre les
vitres closes :

> Jours tièdes, brises molles,
> Pour longtemps sont passés.
> Tournez, valsez comme des folles,
> Pauvres feuilles, tournez, valsez.

Et voici les comparses du drame qui sortent des
coulisses : les Bises aux joues gonflées, les Gelées au
nez rouge, l'Onglée aux doigts bleuis, les Roupies
diamantées, les Stalactites de givre qui pendeloquent
les moustaches.

Ça y est ! Monseigneur l'Hiver va faire son entrée
en scène.

Rien de charmant comme le premier acte de ce
drame, dont les derniers seront si farouches et si
tragiques ! C'est la comédie et même la farce qui se
donnent tout d'abord la réplique en coquetant et
parmi les éclats de rire.

Les femmes ont un petit moure enluminé de laque
rose. Le lobe de leur oreille ressemble à une fraise,
qu'on a envie de mordiller. Sous la voilette, leurs

yeux piqués par le froid ont une humidité langoureuse. Leurs menottes ne demandent qu'à être longuement pressées. C'est le moment des rentrées
frileuses, où l'on vient s'asseoir sur les genoux de
l'homme aimé ; et jamais le nid tiède n'a été plus
réchauffé de caresses.

Et l'esprit aussi, comme la chair, est fouetté par
les bises inattendues. Le gamin est plus gouailleur.
L'ouvrier a le sang aux pommettes. Les paroles
chantent ou ricanent, dans l'air léger, avec des
vibrations plus métalliques.

On s'amuse du jet de fumée qui fait panache aux
naseaux des bêtes. On blague les vieux claque-dents
qui se renfrognent au fond de leur cache-nez. On
crie en passant près des chiens affairés, pour les voir
filer sur la terre sèche, la tambourinant de leurs
ongles, et traînant au ras du sol leur queue raide
comme celle d'une poêle.

Puis, il y a les marrons, *chauds, chauds les marrons*, qu'on épluche au pas de course, et dont les
peaux écrasées bruissent ainsi qu'un crachement
d'ivrogne. Essayez ce jeu derrière un monsieur grave,
et vous verrez de quel air il se retournera, croyant
qu'on a contaminé le pan de sa houppelande.

Oh ! le joli premier acte, qui fait plaisir à tous, au
pauvre et au riche ! Bravo, la gelée de novembre !
Bravo, les feuilles mortes qui viennent coller à la
boutonnière du passant des décorations imprévues !

2

Bravo, le frisque du matin, qui ravigote le sang,
qui cingle la vie, qui rend les hommes plus alertes,
les enfants plus joueurs et les femmes plus dési-
rables !

Bientôt, hélas ! le drame se corsera lugubrement.
Après les comiques du début, viendra le traître, le
grand froid qui durcit les veines, qui engourdit les
courages, le froid qui poignarde et qui tue.

Monseigneur l'Hiver aura fait alors son entrée en
scène, et se démènera en pleine tragédie. Un roi
superbe, il faut l'avouer, avec son manteau en velours
de brume, doublé de neige pour hermine, avec sa
barbe floconneuse, sa voix de tempête et son regard
de glace. Mais que de victimes sur son passage ! Et
quels sombres estafiers lui font cortège ! C'est la
Faim, le Manque-de-feu, la Fièvre, le Vent aigu
fourrant sa baïonnette dans les mansardes, la Phthi-
sie collant ses lèvres violettes à la bouche des nou-
veau-nés !

Oh ! le terrible drame, plein de meurtres, plein de
cris et de sanglots ! Et comme le vieux bonhomme
Misère va souffrir encore à se défendre contre son
bourreau, contre son tourmenteur, contre monseigneur l'Hiver, ce Torquemada des Saisons ! Pauvre
bonhomme Misère ! N'est-ce pas déjà son râle qu'on
entend dans les bises sifflantes qui déferlent au coin
des rues ?

Non, heureusement ! Monseigneur l'Hiver n'a pas

encore fait son entrée en scène. Nous ne sommes
qu'au premier acte. On vient seulement de lever le
rideau sur le féerique décor de la Toussaint; et ce
râle qui bat des ailes contre les vitres closes, c'est la
mélancolique cantilène de l'orgue de Barbarie, qui
égrène la vieille romance :

> Tournez, valsez comme des folles,
> Pauvres feuilles, tournez, valsez.

Et la pièce en est encore à ce moment délicieux,
où finit l'ouverture, parmi les arpèges de l'âtre et
les trilles de la bouillotte, tandis que les arbres,
semant leurs feuilles jaunes du bout de leurs bras
amaigris, semblent des vieillards prodigues qui
jettent aux quatre vents des envolées de louis d'or.

II. — SOLEIL DE DÉCEMBRE

Il a reparu, l'ami soleil. Bravo !

Encore bien débile, bien pâlot, bien *mouche*, dirait
Gavroche. Il s'est levé dans le brouillard gris, comme
emmitouflé dans de la ouate sale, et faisait penser
à un catarrheux risquant sa première sortie. Mais
enfin il a mis le nez dehors, il nous a montré sa
bonne figure ; il fait ce qu'il peut, et il faut lui crier
bravo, pour l'encourager.

Comment ! il n'est pas beau ! Mais l'avez-vous

regardé vers midi, quand il a fini par ôter son cache-
nez de brume? Sa face, rougeaude au matin et d'un
rouge maladif alors, encore congestionnée par le
froid aigre du réveil, s'est épanouie, nette et claire,
au milieu de la journée. Les rayons d'or se sont éparpillés autour de sa tête, ainsi qu'une opulente chevelure, débarrassée enfin d'un lourd bonnet fourré et
qu'on fait bouffer en y passant la main, et qui flotte
et resplendit dans la lumière.

Certes, il est beau, et les choses et les êtres le
disent assez en se remettant à vivre, en retrouvant
l'éclat, la forme, la couleur sous son divin sourire qui
pénètre et fait éclore, même au cœur de l'hiver, la
joie, cette éblouissante perce-neige.

Voici que la peau rugueuse des travailleurs s'est
détendue, amollie, et n'a plus l'air d'être en chagrin,
comme leurs pensées, qui, elles aussi, deviennent
moins dures. Voici que les femmes n'ont plus un
radis au mitan de la face, mais bien leur joli petit nez
rose, encore un peu plus rose qu'à l'ordinaire, je
l'avoue, pas d'un rose trop vif cependant. Au lieu
d'un radis laid, on voit tout au plus briller sous la
voilette un rubis balais.

Et les bêtes, les chevaux, les chiens! Tous ces
jours derniers, ils semblaient des tuyaux de poêle
crachant une noire fumée de charbon de terre.
Aujourd'hui, le soleil chatoie dans la buée bleue de
leur haleine avec des nuances tendres d'opale fondue.

Et les cristaux qui s'allument, les diamants qui scintillent, les girandoles à facettes qui papillotent aux fontaines publiques, les morceaux de miroir qui jettent leurs éclairs dans les ruisseaux, les aiguilles de lumière filée qui dentellent le bord des gouttières, qu'en dites-vous? Et même, sans sortir de votre chambre bien chaude, sans quitter le coin de votre feu, contemplez-moi un peu sur vos vitres ces merveilleuses fleurs, ces acanthes moirées où les rayons joyeux accrochent le prisme de l'arc-en-ciel, et osez encore prétendre qu'il n'est pas beau, ce soleil de décembre, qui change nos carreaux vulgaires en vitraux d'une féerie étrange et flamboyante !

Bravo, ami soleil! Bravo! Et ne t'en va pas après cette éblouissante apparition. Oui, tu es beau, et bon, et joyeux, et consolant surtout, consolant, si tu nous renouvelles l'espoir d'un temps plus doux, si tu veux bien revenir demain encore, et après-demain aussi, et tous les jours, pour chasser ce vilain froid qui rend rugueuse la peau des travailleurs, qui met un rouge incongru sur l'adorable museau des femmes, qui nous recoqueville, nous raidit, nous engourdit, et poignarde lâchement dans les mansardes les pauvres diables et les petits enfants.

Reviens donc! Ne t'inquiète pas de la boue, du gâchis, de l'humidité sale et visqueuse que feront les cristaux et les diamants où nous admirions hier le jeu de tes fantaisies radieuses. N'aie pas peur que

2.

nous te maudissions pour nous faire patauger dans
les immondices du dégel. Reviens, et nous bénirons,
non seulement toi, mais ces immondices, cette humidité, cette boue ; et nous rirons de nos pieds mouillés,
de nos habits crottés, pourvu que nous ayons ton
gai baiser sur les yeux et ta chaude caresse dans le
cœur.

Reviens, et dans la fange des rues nous croirons
voir le sang noir de l'Hiver qui se sauvera, déchiré
par tes flèches de flamme, ô vainqueur des monstres,
ô père de la vie, ô divin Archer !

III. — LA GLISSADE

— Gare de devant !
— Poursuite !

Et la file se lance sur la glace, avec des cris, des
rires, des piaulements, comme un train de plaisir
qui part.

On est à la queue-leu-leu, les mains sur les épaules
de celui qui vous précède, la nuque chauffée par le
souffle de celui qui vous suit, les jambes emboîtées
entre deux autres paires de jambes, tiré par devant,
poussé par derrière, à la merci du chef de file, ou
preu, qui n'a qu'à broncher pour vous faire tous
aplatir, pêle-mêle, dans une omelette de chapeaux
bossués et quelquefois de nez saignants.

Tant pis pour les grincheux ! Ici, quand on culbute, le mot d'ordre est de trouver ça drôle. D'ailleurs
pas de jaloux : tout le monde, plus ou moins, prend
à son tour, un billet de parterre. On compte les fonds
de culotte qui n'ont pas l'air de s'être assis dans la
farine. Ils en paraissent même ridicules, honteux,
presque indécents, comme si cette poignée de neige
était une façon de feuille de vigne qui leur manque.
Un glisseur sans la plaque blanche au derrière, c'est
aussi peu naturel qu'un prince sans crachat sur la
poitrine.

Des princes, on n'en trouve pas des tas dans les
poursuites. Quelques bourgeois s'y hasardent; petits
bourgeois du reste, employés en rupture de bureau,
commerçants au détail, qui sont en course et qui se
rappellent leur jeune temps d'apprenti, commis avec
un paquet sous le bras, tous reconnaissables au bas
de leur pantalon soigneusement retroussé. Des fils de
bourgeois, il y en a un peu plus, des collégiens surtout, le képi en crânes, la cigarette au bec; les bas
bleus. Mais tout cela, c'est la minorité. Le vrai public
des glissades, c'est le peuple : la glissade est le pati-
nage du pauvre.

Le paletot-bourgeron ou la blouse, la casquette, la
culotte de velours à côtes, le soulier ferré, la galoche,
voilà l'uniforme, en général. Et on voit bien que
ceux qui le portent sont les habitués de la glace, les
héros de ce turf, les malins, quoi ! Quand la galerie

applaudit, vous pouvez être sûr que c'est un d'entre
eux. Bravo, Polyte !

Regardez-le partir, le gavroche *qui la connaît dans
les coins.* Cinq ou six pas de course précipitée, puis
un claquement sec du talon gauche pour donner
l'élan au pied droit, et mon galopin file comme une
flèche. Quelle aisance ! Quelle grâce même ! Tantôt
les pieds joints, en *chandelle;* tantôt accroupi, faisant
la petite bonne femme; tantôt sur un pied, le corps en
avant, comme le génie de la Bastille. Il a beau avoir
le nez rouge et morveux, les oreilles sales, les mains
gercées, il est joli, et on l'admire. C'est le roi de la
glissade. Bravo, Polyte !

Je vous jure qu'après l'avoir regardé on trouve
laids les bonshommes de pierre, debout autour du
bassin, qui représentent la beauté antique, et à qui la
neige met du coton dans les oreilles, de la charpie
dans les yeux, et une roupie de glace au bout du
pif.

IV. — RÊVERIES BLANCHES

On blague volontiers les bourgeois qui aiment à
posséder un coin de jardin. C'est un cliché rebattu,
de tourner en ridicule leur tonnelle chauve, leurs
arbustes pareils à des manches de balais, leur gazon
grand comme un tapis de billard hollandais, et leurs

maigres plates-bandes qui font penser aux petits enclos fleuris d'une concession temporaire.

Je ne sais trop, en effet, quel plaisir peuvent trouver les bourgeois à ce bout de nature. Mais, ce que je sais bien, c'est le charme merveilleux qu'y rencontrent les poëtes, les rêveurs, les imaginatifs, tous ceux dont l'esprit nomade est toujours prêt à partir en voyage sur l'appel évocateur d'un tableau à peine entrevu.

C'est ainsi que là, devant un jardinet plein de neige, des paysages sans fin m'apparaissent, des paysages où la blancheur prend toutes les formes et tous les aspects, des paysages féeriques, et que pourtant je vois réels.

Ces arbres, dont les branches sont des filigranes d'argent, je me perds dans l'inextricable fouillis de leurs arabesques embrouillées, enchevêtrées, en mille figures capricieuses, et j'y contemple un invraisemblable dessin géométrique, absolument étrange, avec ses lignes tracées dans tous les sens, à tous les plans, et toutes également blanches, et toutes se détachant quand même sur la blanche profondeur sans ombres.

Ces plantes, duvetées d'une ouate tremblante, dressent leurs tiges et leurs feuilles comme autant de plumes délicates, et font des panaches à la fois épais et fragiles, plus lourds que des pompons de laine, plus légers que des houpettes de coton, plus aériens

que les fumées de plumes qui s'envolent derrière la
course affolée d'une autruche.

Et par terre, ces mousses poudrées, ces gazons
disparus, tout ce blanc d'une douceur infinie, n'est-ce
pas une ineffable et miraculeuse fourrure, auprès de
quoi l'hermine elle-même paraîtrait grise à l'œil et
rude au toucher? N'est-ce pas un tapis fait exprès pour
les pieds mignons de Sylphes moins pesants que des
bulles, de Sylphes valsants et tournants qui bondissent
sur ce velours sans y laisser de trace ?

Car c'est bien eux et leurs sœurs les fées, que l'on
voit ainsi mener une ronde sous forme de flocons, et
l'on a beau regarder où ils tombent, où ils se posent
comme des oiseaux, nulle part on ne peut distinguer
leurs vestiges, sur ce parquet moelleux où la patte
des oiseaux fait pourtant un grand trou en étoile.

Mais voici que cette pelouse, d'une blancheur unie,
éveille des idées de désert sans limites. Là-bas, le
mur disparaît, le mur qui bouchait l'horizon ; et à sa
place surgit un horizon imaginé, lointain, comme au
bout de steppes infranchissables et de solitudes imma-
culées.

Ce sont les plateaux de la haute Asie, sous un jour
blafard, dans un décor presque polaire. C'est l'immensité blanche.

Et, dans cette immensité, tout petits, tout perdus;
voici que s'avancent les Tartares, les peuples errants,

les vieilles races touraniennes qui fuient le ciel inclément et partent à la conquête des pays attiédis.

Ils vont, sans jamais s'arrêter, guidés par un instinct pareil à celui des oiseaux voyageurs.

Ils vont, mangeant la chasse tuée en marche, buvant le lait des juments.

Ils vont, sans enterrer les morts qui tombent en route.

Ils vont, et ils chantent.

Ainsi la pensée agile et vagabonde évoque des paysages féeriques et pourtant réels, des dessins d'invraisemblable géométrie, des panaches de plumes merveilleuses, des tapis de velours et de fourrures chimériques, des ballets de Sylphes, et les grandes et mystérieuses migrations des Nomades caravanant à travers le désert ; et tout cela, elle l'évoque, tandis que les regards sont fixés sur un simple petit jardinet de bourgeois, sur un jardinet plus petit qu'un salon de banquier, mais sur un jardinet qu'emplit et illumine la grande Neige.

V. — GATEAU A LA NEIGE

J'ai fait hier concurrence à Nordenskjold. J'ai découvert le royaume de la neige, avec ses mélancolies de silencieuse blancheur et ses gloires de féerie boréale.

Oh ! pas bien loin de Paris, allez ! Entre Paris et
Asnières. Vous voyez que ce n'est point tout là-bas,
tout là-bas. Avec dix sous pour payer le tramway, et
un peu d'imagination pour regarder le tableau, tout
le monde peut s'offrir cette fête.

Vous descendez à Levallois, vous traversez Cham-
perret, vous arrivez à la Seine, vous tournez à gauche,
comme si vous alliez à l'île de la Grande-Jatte, et
vous vous arrêtez à mi-chemin des premières maisons
de Bineau.

C'est là. Fermez les yeux, pour oublier que vous
êtes si près de la grand'ville, pour vous débarbouiller
la cervelle des images parisiennes : boutiques du
jour de l'an, cohue des promeneurs, fourmillement
des voitures, affiches électorales faisant ressembler
les murs à des palettes d'impressionnistes. Là, maintenant que vous ne pensez plus du tout au boulevard,
quitté il y a une heure, maintenant que votre esprit
est prêt à recevoir une sensation neuve, rouvrez les
yeux et contemplez.

Devant vous, de l'autre côté de la Seine, le coteau
de Bécon s'enlève en une grosse masse blanche sur
le fond gris du ciel. Les maisons y ressemblent à des
roches énormes, éboulées dans quelque cataclysme
de glacier séculaire. Les arbres du parc, avec leurs
grands bras nus girandolés de givre, ont l'air de sta-
lagmites cristallisées. Les peupliers, dont les menues
branches disparaissent à travers la ouate de la neige

qui tombe, se dressent comme des jets d'eau qui se seraient soudainement figés en l'air.

Retournez-vous. Voici des cheminées d'usine, pareilles à des aiguilles, à des obélisques d'*iceberg*, tandis qu'au loin Paris se fond sous l'avalanche, faisant songer à une côte noyée dans l'estompe décevante d'un mirage polaire.

D'ici à Levallois, une plaine qui paraît sans fin. Pas de murs, pas de clôtures, dans ces terrains vagues, où la toison molle du ciel peut s'étaler à loisir, où la rafale peut disperser à son aise les tourbillons de ses froides marguerites effeuillées.

Par moments, quand on est au centre d'un de ces vols de flocons, la joue fouettée par les ailes innombrables de tous ces petits oiseaux blancs, les yeux aveuglés par leurs rondes papillottantes, on se croit perdu dans un désert sibérien. Les bruits de la cité prochaine, assourdis par l'épaisseur du coton flottant, semblent ce vague et confus murmure qui vient on ne d'où dans les immensités solitaires. On perçoit seulement le monotone clapotis de la Seine, comme celui d'une marée déferlant dans un trou de glace ; et le sifflet lointain de quelque locomotive évoque l'idée d'une baleine qui vient dégorger ses évents avec deux jets de vapeur sonores.

Les loups ! les loups ! l'illusion est si forte, qu'on pousse ce cri, à l'aspect de misérables chiens rôdeurs, en train de gratter la neige pour fouiller dans un tas

3

d'ordures ; et ces maigres apparitions, avec leur queue ramenée sous le ventre, leur poil bourru, leur gueule qui fume, rappellent les vieilles histoires de voyageurs fuyant à travers les steppes devant des meutes faméliques.

En arrivant aux maisons de Bineau, vous croyez peut-être que l'illusion va cesser. Tout à l'heure, oui, quand vous serez dans les avenues de l'ancien parc Borghèse, avec leurs jardins anglais, leurs grilles dorées. Mais non, tout d'abord.

La première habitation qu'on rencontre, en effet, c'est comme qui dirait une hutte de Lapon. Vous savez bien, ces chambrettes en bois, qui font saillie au milieu des chalands, et qui servent de demeure aux mariniers. Là, au bord de la route, en voici une petite, toute petite, toute basse, avec ses deux lucarnes en forme de hublots, et son court tuyau de tôle qui ressemble à une manche-à-air.

C'est la maison du passeur de la Jatte, un vieux pêcheur fameux par ses goujons. Il vit là, lui, sa femme, et cinq enfants.

L'été, cela va bien. Il y a du monde à passer, et il y a des goujons à prendre. Mais à présent, et pendant tous les hivers, de quoi vit-on, dans cette maison, autrefois flottante, aujourd'hui fixée au sol, dans cette cabine devenue cabane ?

Hélas ! on vit de peu. Et, pourtant, hier, on y a

tiré les Rois, mais d'une façon que j'ignorais, et qui vaut d'être racontée sans commentaires.

J'ai rencontré un des gamins, qui portait à deux bras un paquet entortillé dans un torchon. Je lui demandai ce qu'il avait là, qui était aussi gros que lui :

— C'est notre gâteau des Rois, donc.

— Ah! ah ! et tu le portes dans un torchon pour qu'il ne soit pas mouillé, hein ?

— Bien sûr, donc.

— Est-ce qu'il est beau, votre gâteau des Rois ?

— Mince, qu'il est beau, et avec un haricot dedans, encore. Que c'est moi qui l'ai fourré, l'haricot. Tenez, il est là, dans ce bout-là.

Et l'enfant ouvrit son torchon pour me faire voir.

Pauvres gens ! leur gâteau des Rois était un pain de quatre livres.

VI. — LA DERNIÈRE BARAQUE

En voyant surgir des trottoirs les premières baraques du jour de l'an, je me suis rappelé la dernière baraque de l'an passé, la pauvre et lamentable baraque dont personne n'a conté l'histoire, et que tout le monde cependant aurait dû remarquer, car elle était encore debout longtemps après les autres.

Oh ! l'infortunée baraque, qui avait lutté contre le mauvais sort, qui avait lutté quand même, dépassant l'époque permise, risquant la contravention, voulant vivre malgré tout, et qui n'a réussi qu'à prolonger sa piteuse agonie.

Où est-elle, cette année ? S'est-elle rouverte seulement ? Hélas ! je n'ose l'espérer pour elle. Qui sait si les planches, dont elle se composait, n'ont pas servi de bière au malheureux qui les avait dressées ?

Car ce n'est point des baraques du boulevard que je veux parler ; non, ce n'est pas de ces baraques opulentes qui connaissent le luxe de l'étalage dans du papier à dentelles, et de l'éclairage aux trois lampes de pétrole.

Celles-là, c'est l'aristocratie des baraques. On y vend des objets qui se payent en monnaie blanche, parfois même en jaunets. On y a une vraie caisse. On y tient le *doit et avoir*. La plupart d'entre elles sont simplement des succursales de maisons sérieuses, cotées sur le marché commercial de Paris.

Certes, ce ne sont point là les misérables baraques dont la vue éveille la légende de l'ouvrier jetant son pauvre pécule sur le tapis vert de la spéculation jourdelanesque. Ces baraques-là ne sont, en somme, que des boutiques avec un faux-nez de baraque.

Il n'est pas jusqu'aux camelots qui, sur le boulevard, n'aient des airs de négociants.

Si petit que soit leur éventaire, fait d'une planche sur deux tréteaux, si maigre que paraisse leur couple de bougies à l'essence minérale, on sent qu'ils ont

l'habitude de ce trafic, et ils ne vous donnent point
l'idée du pauvre risquant une suprême bataille contre
sa misère.

Là, d'ailleurs, entre la Madeleine et le Gymnase, le
champ de bataille est bon, et la victoire quasi cer-
taine. Il faudrait être bien guignard pour y faire
chou-blanc.

Le grouillement du monde, l'incessante nouveauté
des passants, la flamboyante illumination des magasins qui incendie le trottoir, tout sert à la vente ; et il
est impossible, en ce lieu favorable, de demeurer
bredouille.

Ce n'est donc pas là que j'ai vu, l'an passé, la
dernière baraque, la piteuse et lamentable dernière
baraque.

La navrante baraque, c'est celle qui a dû se caser
en un coin sombre de boulevard désert, loin du centre
fourmillant de Paris, dans un endroit dédaigné où le
loyer de la place était moins cher.

Moins cher ! Voilà précisément ce qui a décidé le
malheureux, commerçant de raccroc, fabricant par
hasard, qui essaye de conjurer la mauvaise fortune
en tâtant d'un métier qu'il ne connaît pas.

S'il avait été au courant, *à la coule*, il aurait su que
le premier truc du camelot, c'est de s'établir au
cœur même de la foule, en pleine concurrence, mais
en pleine activité.

Ignorant et naïf, il a préféré ce quartier perdu, où

il avait moins à débourser pour ouvrir boutique, où il redoutait moins l'assourdissant et victorieux boniment des voisins.

Et son marmiteux étalage s'est planté là, de guingois, au bord d'un grand trottoir que personne n'arpente, en face de maisons en construction, dont les magasins, quand vient le soir, ont l'air de profonds trous d'ombre.

Seule, pour unique compagnie, la lueur lointaine de deux réverbères traîne et s'alanguit sur le bitume. Autour de la baraque solitaire, la nuit s'épaissit lugubrement.

Et c'est en vain que la lampe de schiste darde et tremblote dans ces ténèbres opaques. Et c'est en vain que la voix du marchand s'enroue à déchirer ce noir silence.

Les jours ont passé, chacun emportant à son tour un lambeau d'espoir.

De loin en loin, un passant égaré s'arrêtait devant ce lumignon-falot, semblable à une lanterne sur des démolitions. Il s'arrêtait, d'ailleurs, par étonnement surtout. Il s'arrêtait et n'achetait rien. Il s'arrêtait pour se demander comment on avait eu l'idée d'ouvrir une baraque en cet endroit funèbre.

A peine arrêté, il se sauvait vite, devant le glapissement rauque et monotone du marchand, devant la mine farouche de ce marchand famélique, qui faisait songer à une araignée embusquée au soupirail d'une cave.

L'homme est devenu plus rauque, plus farouche, plus famélique, à mesure que les jours ont passé, à mesure que l'espérance a été peu à peu dévorée tout entière par leur fuite rapide et vaine.

Il pensait à sa femme, à ses petits, qui attendent l'issue de ce duel contre la pauvreté.

Ah ! quelle idée il a eue, de risquer tout leur cher et précieux saint-frusquin dans ce hasard, de jouer ainsi leur suprême ressource à un jeu qu'il ne savait pas !

Car c'en est un, celui-ci, un de ces ouvriers déveinards, un de ces inventeurs en chambre, qui ont compté sur le coup de fortune du nouvel an, et qui ont mis tout ce qui leur restait à cette loterie.

Pour comble de malheur, la neige est arrivée.

C'est fini. Plus d'espoir du tout, maintenant. Les flocons tombent en charpie. Cela étouffe la voix du vendeur. Cela fait hâter le pas aux promeneurs, de plus en plus rares. Cela s'engouffre en tourbillons jusqu'au fond de la baraque.

Et les pauvres jouets avaient l'air d'être en sucre. Et la flamme de la lampe semblait un papillon jaune sur laquelle s'acharnait toute une bande de papillons blancs.

Papillon du midi, souci ! Papillon du matin, chagrin !

Et un matin, j'ai vu l'homme qui démontait sa baraque et qui emballait son étalage, sans même avoir le courage de tenter la fortune encore un jour

Il avait les mains gourdes, les doigts tremblants,
des larmes plein les yeux. Par moments, il regardait
le ciel, d'un regard vague, hébété, ébloui. Il contemplait toute cette laine glacée, qui tombait, cardée par
l'hiver. Il la contemplait comme s'il avait envie de se
coucher sur ce matelas sinistre et de s'y endormir à
jamais.

Et il est parti, l'homme à la dernière baraque.
Pauvre homme! Qu'est-il devenu? Que sont devenus
ses enfants, à qui il rapportait toute une voiture de
joujoux, et pas de pain? .

VII. — SAINT DÉGEL

Ça y est, cette fois! Nous le tenons enfin, le vrai
dégel, le suave dégel, le délicieux dégel.

Oh! vous aurez beau dire, vous ne me ferez pas
démordre de mes épithètes, vous ne m'arracherez pas
un mot blasphématoire contre ce saint que j'ai tant
invoqué depuis quinze jours et que vous avez invoqué
vous-mêmes, ô ingrats qui l'insultez aujourd'hui!

Oui, je sais bien, vous allez me montrer le pavé
gluant, le macadam en flaques, les trottoirs en vomissures noires, les murs qui suintent, les rampes qui
suent, les corniches qui pleurent, vos pieds garnis de
chaussons de fange, vos pantalons transformés en

houseaux visqueux, vos pardessus devenus des éponges de cuisine, vos chapeaux arborant le mou, emblème du socialisme même sur les crânes les plus réactionnaires, et vous allez pousser des cris de rage pour une gouttière qui vient de vous coller brusquement sur la poitrine un crachat d'eau sale.

Je sais tout cela ; je suis moi-même, à l'heure où j'écris ceci, trempé comme une soupe, crotté comme un barbet, hideux d'humidité flasque, dégouttant et dégoûtant ; mais je crie tout de même :

— Vive le dégel !

Et rien ne m'empêchera de dire ce soir, avec ferveur, les litanies de saint Dégel, que tous les gens de cœur diront avec moi.

O chasseur du froid qui tue, ô consolateur des gueux sans cheminée, ô donneur de travail à ceux qui n'en avaient plus, ô saint Dégel, priez pour nous !

O semeur de colère chez les charbonniers, ô rameneur des légumes à un prix abordable, ô souffleur de brise tiède sur le visage des femmes et dans les poumons des petits enfants, ô saint Dégel, priez pour nous.

Et, pendant que je défilerai ainsi mon chapelet, j'entendrai l'eau faire ploc ploc de tous côtés et me chanter dans son langage, que je comprends :

— La pluie du dégel, c'est le bon fumier pour la terre. Autant de gouttes qui tombent, autant de grains de blé qui pousseront.

3.

VI

PENDUS GLACÉS

Tandis que tout le monde admire les illuminations
de fête qui transforment Paris en firmament multi-
colore, les lampions pareils à des morceaux d'arc-en-
ciel, les lanternes vénitiennes de toute forme et de
toute nuance, les becs de gaz aux cocardes jaunes, les
faisceaux de rayons des pots-à-feu oxhydriques, les
nappes lilas et les aigrettes éblouissantes de l'élec-
tricité, et les mille splendeurs d'incendie de l'éclairage moderne ; tandis que la foule n'a d'yeux que
pour ces clartés orgueilleuses, il me plaît, à moi,
de célébrer les pauvres, tristes, honteux, lamentables
et oubliés lumignons d'autrefois, les antiques et quasi
antédiluviens réverbères que l'argot appelle si pit-
toresquement de ce nom sinistre et calembouresque :
les pendus glacés.

Les pendus glacés, ce sont ces gros réverbères à
quatre faces de vitre verte carrées comme des glaces,

entre lesquelles palpite et semble agoniser la flamme
fumeuse d'un quinquet ; ce sont ces réverbères abolis
qui pendent au bout d'une corde accrochée à un bras
de potence. Pendus glacés, en effet, et non par méta-
phore seulement ; car ils sont bel et bien pendus, les
misérables, la hart au col, tirant la langue et gigo-
tant sous le gibet quand le vent vient souffleter leur
carcasse de verre ; et ils sont glacés aussi, à tous les
sens du mot fait exprès pour exprimer toute leur
détresse ; glacés à cause de leur maladive lumière
qui a l'air de se figer ; glacés à cause des endroits
solitaires où ils n'éclairent que le vide et le silence,
comme s'ils étaient des lampes funèbres en train de
s'éteindre dans des allées de cimetière.

Il faut aller vagabonder au fond de quartiers
perdus, au bout de ruelles lointaines, vers la Gla-
cière, de l'autre côté de Mouffetard, dans les recoins
des vieux faubourgs de la rive gauche, ou par les
descentes de Montmartre et de Belleville, en tournant
le dos à Paris ; ou encore il faut s'attarder le long de
la Seine, là-haut, après la Râpée ; il faut être un
galvaudeur de ses pas, un errant sans savoir où, un
aboyeur à la lune ; et alors on a la chance de rencontrer, par-ci par-là, au hasard du noctambulisme,
les derniers survivants des pendus glacés, avec leur
physionomie délabrée de choses d'un autre âge, avec
leur pâle flamme de mèche à l'huile, qui évoque le
souvenir d'époques disparues, et fait comprendre la

réalité des vieilles eaux-fortes où Rembrandt animait
et chauffait les ténèbres d'un rayon furtif.

Et l'on songe aussi, devant les pendus glacés, au
temps où ces potences ont porté d'autres pendus, en
chair et en os alors, tirant la langue pour de bon, et
dansant des gigues éperdues. On songe au temps où
les tricoteuses sautaient et gambillaient, en rondes
échevelées, autour de ce gibet à lumière changé en
gibet à ci-devant. C'est à ces poteaux que leurs bandes
furieuses poussaient les accapareurs, en chantant le
Ça ira. Et peut-être, vers Bercy, à deux pas des guinguettes de Ramponneau, y eut-il plus d'un aristo-
crate accroché à la lanterne de ce pendu glacé, qui
subsiste encore, et qui, maintenant pacifique et ro-
coco, est la risée des gamins, habiles à lui crever les
yeux à coups de pierres. Et l'on admire l'argot, qui,
dans un surnom grimaçant, a su contenir tous ces
souvenirs sinistres et tout ce présent burlesque.

Mais c'est fête aujourd'hui, lumières ruisselantes,
fusées et pétards en gerbes; et parmi ces gloires
d'illuminations féeriques, qui diable va penser aux
pauvres, tristes, honteux, lamentables et oubliés
lumignons d'autrefois? Les solitudes où ils champi-
gnonnent seront encore plus solitaires ce soir, plus
silencieuses à côté du brouhaha de la ville, plus noires
sous le flamboiement du ciel incendié de poudre. S'il
vient par hasard quelqu'un s'asseoir au pied de leur
potence, ce sera une bande de filous, vauriens ayant

travaillé les *baguenaudes* dans la foule et qui comp-
teront leurs *chopins* à cette blafarde lumière. Sans
doute même qu'ils ne viendront point, connaissant
des bouges propices où l'on fait son *fade* en séchant
des litres. Et alors le pendu glacé ne verra personne,
sinon quelque maigre chien errant, effaré par la cohue
et les feux d'artifice, et cherchant l'ombre pour gratter
en paix ses puces.

VII

RUE DES PARTANTS

Qui la connaît, cette rue au nom tant joli, cette rue dans laquelle sans doute aucun fiacre n'a jamais passé, cette rue naguère encore pleine de verdure et de fleurs, calme comme une venelle campagnarde, et cependant si parisienne ?

Qui connaît ce coin de nature, presque sauvage, hanté seulement par les gueux de Ménilmuche, les chiens errants, les poivrots en quête de grand air, et aussi par quelques poëtes rôdeurs, amants surannés des paysages faubouriens ?

Qui la connaît, et, surtout qui la connaîtra demain, quand elle aura été bousculée, la pauvrette, par quelque rue nouvelle, apportant là ses pavés, ses trottoirs fleuris de becs de gaz, ses hautes bâtisses à mine de caserne, et toutes ces splendeurs de voirie que Poë appelait des abominations rectangulaires ?

Elle serpentait là-haut (j'en parle déjà comme au passé), là-haut, dans la grimpée de Ménilmontant, et s'accrochait à sa sœur, la rue de Chine, ainsi nommée non pas en souvenir du Céleste Empire, mais à cause des *chineurs* qui l'habitent.

La chaussée était sans pavés, quasi sans cailloux, toute en poussière l'été, toute en boue l'hiver, divisée en deux par un ruisselet qui coulait au mitan, et vaguement éclairée, la nuit, par de rares réverbères où potençaient des quinquets à huile, tristes pendus qui tiraient une toute petite langue de lumière jaune.

Les maisons étaient des masures, construites à la diable, de bric et de broc, quelques-unes mêmes en pisé et en torchis, les plus cossues en matériaux de démolition, d'autres en simples planches, telles que des huttes de bûcherons ou de bergers.

Mais toutes, au printemps, se bariolaient de feuilles, de plantes à vrilles vertes, de fleurs épanouies, liserons aux clochettes multicolores, clématites aux longs bras chargés d'étoiles blanches, glycines aux grappes d'améthyste pâle qui fleurent la vanille, chèvrefeuilles embaumés de pendeloques en corail rose, capucines pareilles à des gueules d'or rouge, pois de senteur frissonnant comme des papillons accouplés.

Et c'était, dans ce fouillis frais et odorant, une incessante musique d'insectes et d'oiseaux. Les mouches bleues et vertes, gouttes volantes de saphir et d'émeraude, y faisaient vibrer la chanterelle aiguë de leurs ailes, tandis que les guêpes sonnaient leur mirliton

enragé, et que les bourdons de velours chantaient la
basse avec leur rouet monotone. Les pierrots pé-
piaient, piquant leur cri gouailleur. Des pinsons grin-
guenottaient leur refrain de roupioupiou-tipiou-ti-
piou. Des merles lançaient leur rire perlé. J'y ai
même entendu des fauvettes égrener les vocalises de
leurs fredons en roulades.

Ah ! que c'était loin de Paris, et pourtant bien dans
Paris ! Car ce n'était pas un coin de province, ainsi
qu'aux Ternes, par exemple. C'était de la campagne,
de la vraie, avec des herbes folles, des jardins in-
cultes, des haies trouées comme par un passage de
bêtes. Et les gens qu'on rencontrait étaient bien d'ici
et d'aujourd'hui : non des bourgeois à la mode d'antan, mais des voyous sentant la barrière, puant la
grande-ville, fleurs d'égout parmi ces fleurs de
nature.

A présent, l'horizon de ces rues est bouché par la
morne et rectiligne masse de l'hôpital Tenon, qui est
venu mêler à ces parfums sauvages l'odeur fade des
tisanes et des cataplasmes.

Aux fenêtres ouvertes, on voit s'allonger sous des
bonnets de coton les faces blêmes des prisonniers de
la maladie. D'un regard atone, ils contemplent ce
reste d'oasis, qui leur donne une fugitive impression
de campagne verte. Combien, parmi eux, paysans
émigrés à Paris, songent alors au pays quitté, aux
chemins creux du village, aux buissons où ils cou-

raient l'école buissonnière en mangeant des mûres et en dénichant des nids ? Et leur figure, au lieu de se détendre à ce spectacle et à ce souvenir, se grippe davantage, et de douloureux hochements de tête secouent grotesquement la houppe mélancolique de leur casque-à-mèche.

Dans la ruelle, un ouvrier accroupi, le front sous les feuilles, cuve ses chopines, et regarde la lugubre bâtisse.

— Vrai, pense-t-il, elle est bougrement bien nommée, cette rue-là! Rue des Partants. Mince !

Et il se rappelle les camaros qu'il a vus entrer à l'hôpital, un jour, avec une patte cassée ou une fluxion de poitrine, et qui en sont sortis les pieds devant, en route pour le grand voyage où il n'y a plus de mastroquets.

Mais voilà! tout passe, tout s'en va, tout part, aussi bien les rues que les gens, aussi bien les rues pauvres que les riches.

Et demain peut-être, avant dix ans pour sûr, les derniers lambeaux de campagne qui verdoient encore dans la grimpée de Ménilmontant, ces venelles perdues, ces coins de nature presque sauvage, disparaîtront à leur tour.

Qui la connaîtra alors, ma bonne petite rue des Partants? Qui saura même son nom, aboli aussi sans doute ? Personne, plus personne !

Nous serons seulement cinq ou six à nous en

souvenir ; cinq ou six poëtes rôdeurs, amants
surannés des paysages faubouriens ; cinq ou six
baguenaudeurs, bayeurs aux grues, preneurs de
mouches, carapatiers des quartiers inconnus, pour
qui la rue des Partants sera devenue désormais la
rue partie !

VIII

LA CITÉ JEANNE-D'ARC

J'en recommande la visite aux amateurs de pittoresque hideux. Ils verront que l'horreur moderne n'a rien à envier, hélas! aux romantiques descriptions de la vieille Cour des Miracles.

C'est loin, par exemple ! mais, en revanche, la promenade est belle. On remonte la Seine sur la rive gauche, en longeant la halle aux Vins, dont les senteurs alcooliques vous prennent à la gorge, puis le Jardin des Plantes, d'où sortent les âcres effluves des fauves. A partir de la gare d'Orléans, le quai devient comme désert. L'industrie allonge là ses grands murs nus. Mais en face, sur l'autre rive, on voit la Râpée, dont les guinguettes flambent au soleil, et, bientôt après, Bercy, la berge joyeuse encombrée de futailles, avec son va-et-vient de haquets, de débardeurs, avec ses maisonnettes qui font des taches blanches dans la verdure. Au premier plan de ce gai tableau, la Seine, large, courante, qui passe en chantonnant dans sa robe verte pailletée de lumière. Un dernier coup d'œil, et nous tournons à droite, par le boulevard de la Gare.

De la poussière, des arbres maigriots, des cheminées d'usines, le ronronnement des locomotives, coupé de sifflets déchirants, des maisons neuves accotées à des murs lépreux, et, dans l'air chaud, le lointain relent de la Bièvre, qui arrive par bouffées de puanteur. Nous allons vers le quartier noir des Gobelins.

Rue Jeanne-d'Arc! Nous y voici. La cité commence à cette rue et finit rue Nationale. C'est un tas de grandes bâtisses séparées par des impasses. Elles contiennent près de quinze cents logements, et celui qui les a fait construire est, paraît-il, un philanthrope.

Eh bien! c'est du propre, la philanthropie!

Les allées et impasses, non pavées, s'effondrent en trous béants, où la pluie demeure en flaques de boue. A cette boue s'ajoute le coulis gras des eaux ménagères, qui croupit et fermente en plaques d'huile putréfiée. Les trottoirs aussi, jadis bétonnés sans doute, sont sillonnés et cavés de crevasses où stagnent ces liquides immondices. Au bout de dix pas, on a le haut-de-cœur, et on marche en se bouchant le nez.

Entrez dans les maisons, c'est encore pire. Sombres, gluants d'humidité et de crasse qui se mêlent et font pâte, les corridors semblent des entrées de souterrains, ou plutôt de fosses d'aisances. L'ammoniaque, le gaz sulfhydrique, la vidange, s'y épanouissent comme au-dessus d'un dépotoir. Les caves, en effet, sont inondées de débordements grâce au mauvais état des tuyaux crevés et des réservoirs bondés. Le courage manque pour grimper les escaliers, et on se hâte de sortir du corridor, et l'on emporte dans ses habits cette nauséabonde parfumerie, qui s'agrippe à l'étoffe, l'imprègne, et vous pique le nez et les yeux.

Vrai, en se retrouvant dans l'allée en plein air, on croit que cet air sent bon, bien que la Bièvre y traîne son haleine empestée, où vient se fondre le fleur de la fabrique de noir animal située rue Tolbiac. Au moins, y a-t-il là une lointaine émanation de cuir tané qui ravigote.

Dire que c'est cela que respirent encore de meilleur les habitants de la cité ! Et ils sont une charibotée, les malheureux. Pêle-mêle, d'ailleurs, dans ces prétendus logements philanthropiques. Des familles entières dans une même chambre, avec une seule fenêtre, prenant jour sur un plomb. Aussi faut-il voir les mines blêmes des gosses. Ils grouillent là-dedans comme des asticots, nus et blancs, d'un blanc sale. Les adultes semblent des vieux. Le rachitisme, la scrofule, poussent à gogo sur ces chairs quasi putrides en naissant. On dirait que tout ce monde a dans les veines, au lieu de sang, du pus.

Quelle belle chose que la philanthropie !...

Et, côte à côte avec ces corruptions physiques, la corruption morale, cela va sans dire.

Même parmi les locataires réguliers, les honnêtes gens de la-bas, songez à ce que peuvent engendrer la promiscuité fatale, le noir des habitacles, les peaux en contact perpétuel dans l'ombre !

Puis, sur ces quinze cents logements, beaucoup d'inoccupés. Autant de tanières à rôdeurs. La nuit venue, le gibier sans gîte arrive en rasant les murs, fait la nique aux rares concierges, rampe au long des escaliers ténébreux, enfonce les portes, se niche et pionce. Plusieurs fois déjà la police a fait des rafles dans les recoins de cette caserne, et chaque fois le coup de nasse a ramené à fleur de lumière non seument des vagabonds, mais des grinches, des chevaux de retour, des brochetons de maison centrale et de bagne.

Et pourtant, là aussi perchent des ouvriers, des vrais, des gens qui travaillent, qui payent leur loyer comme vous et moi, qui sont du peuple, et du bon.

Je ne fais pas de commentaires. Ce n'est pas leur place ici. Mais allez voir ça, et réfléchissez vous-mêmes.

Ouf ! voici l'avenue des Gobelins. Là-bas, derrière nous, la campagne mélancolique de la banlieue, maigre et poudreuse, mais jolie tout de même, avec son horizon de bois dans les brumes violettes du lointain. Là-haut, en face, le Panthéon arrondit son dôme doré comme une grosse brioche.

Quelle ironie, cette verdure, pour la cité Jeanne-d'Arc qui n'a pas d'air ! Quel contraste, cette brioche au-dessus de ce quartier qui n'a pas de pain !

IX

DÉMÉNAGEMENTS

PREMIÈRE VARIATION

— Pardon, mon brave homme, c'est votre poêle que vous laissez tomber.

Et je la tendis à l'ouvrier qui, interpellé par moi, avait arrêté la petite voiture à bras dans laquelle il traînait son maigre déménagement : un lit de fer, un sommier, un bahut, une table, quatre chaises ébouriffant leurs houppes de paille, un fourneau de tôle et quelques ustensiles de cuisine, dont la fameuse poêle indispensable à tout ménage parisien. Il tirait la pauvre roulotte, dans une rue montante, dont le pavé secouait son mobilier misérable. A chaque heurt, la bretelle de cuir claquait sur son épaule. Pourtant la femme poussait à la roue, mais de la main droite seulement, car elle traînait au bout de la gauche un gosse aux cheveux en chaume, avec deux chandelles sous le nez, et un drapeau blanc étoilé d'or à la fente de sa culotte de goussepain.

C'est le terme, le petit terme du 8, le terme de ceux qui emportent tout leur saint-frusquin dans un charreton de louage à quatre sous l'heure. Il faut aller voir ça dans les quartiers populeux. C'est un spectacle qui vaut le voyage. Comme les pauvres gens sont bons les uns pour les autres! Dame! on ne s'en tirerait pas sans cette fraternité! Heureusement que les voisins donnent un coup de main aux partants. Hélas! là-bas, à l'arrivée, connaîtra-t-on quelqu'un? Ah! comme on serait bien resté dans la turne où l'on a passé l'autre hiver, si rude, et où le soleil a mis cet été de la lumière et de la joie! Mais voilà, c'est le terme, et on se félicite encore en pensant que le propriétaire aurait pu vous faire saisir au lieu de vous mettre simplement à la porte. Et on traîne, en chantant, la petite voiture où dansent quatre pelées de chaises et un tondu de matelas.

Et les meubles sont comme les gens. Il y en a d'heureux, de veinards, de riches, qu'on ne déménage pas ainsi dans une guimbarde démanchée, sous la menace des averses. Tandis que ceux-ci s'en vont cahin-caha, se cognant dans une gigue désordonnée, perdant des pinceaux de paille et des flocons de laine, à l'autre bout de la rue se prélasse un énorme wagon, solidement assis sur des ressorts confortables, mené par deux percherons aux croupes luisantes, et qui porte

4

au front cette devise orgueilleuse : *Je suis capitonné*.
Là-dedans sont couchés entre des tampons qui les ca-
lent, dans du foin qui les embaume, de beaux meubles dorés, en soie, en velours, qui vont aller faire
leur poire dans quelque somptueux hôtel où ils seront
époussetés par des larbins en culotte de peluche.

DEUXIÈME VARIATION

Voici le petit terme d'octobre, le terme du 8, le
grand petit terme, celui qui met le plus de gueux sur
le pavé, celui qui est le plus dur pour la majorité des
pauvres gens.

Les autres ne comptent pas à côté de celui-là. Ou
bien ils se font dans des conditions meilleures, ou
bien ils frappent sur moins de monde.

Le terme qui remue vraiment toute la race des
humbles, qui afflige la plupart des misérables, qui
démolit les trois quarts des nids parisiens, qui soulève
le plus d'appréhensions, qui laisse le plus de tristes
souvenirs, qui est redouté, qui est maudit, c'est le
petit terme d'octobre, le grand petit terme.

En avril, le déménagement est un plaisir.

On quitte le vieux galetas où l'on a grelotté tout
l'hiver, où l'on a passé des soirées sans pain devant
le poêle sans feu, où l'on entendait la bise sangloter
dans les tuyaux de tôle, où le ciel gris ne versait

qu'une lumière sale par la fenêtre à tabatière. Et
c'est avec joie qu'on descend pour la dernière fois
l'escalier humide, avec sa rampe visqueuse.

La cour d'où l'on sort est noire. La rue où l'on
entre est égayée par les premiers rayons du printemps. Le logement nouveau où l'on arrive est frais
de toute la fraîcheur d'avril.

Oh ! comme on sera bien à ce *sixième* inconnu ! Regardez donc quelle belle vue par là ! Il y a du bleu
par-dessus le toit voisin. On pourra mettre un pot de
fleurs dans la gouttière. Est-ce assez joli, hein ? Voilà
du soleil par terre. Et le concierge, ici, a l'air aimable
comme tout. Une vraie trouvaille, quoi !

En avril, le déménagement est un plaisir.

En juillet, le déménagement est une fête.

C'est ça qui est amusant, la roulotte à bras sautant
sur les pavés qui flambent, à travers les rues rieuses,
dans des quartiers qu'on n'avait jamais vus, sous la
splendeur du midi qui paillette les ruisseaux de saphir et d'or !

L'homme tire sur la bricole. Il est en bras de chemise, dépoitraillé, tête nue, et respire à chaque ahan
une bouffée d'air à pleins poumons.

La femme pousse à la roue dans les montées, et
signale le long du chemin les boutiques qui lui paraissent *joliment comme il faut.*

Les gosses sont juchés près des brancards, dans
un creux du matelas en tapon, tout ravis de se pro-

mener en voiture, écarquillant de grands yeux, et de temps en temps se réveillent de leur extase pour crier au père :

— Hue ! dada !

Il fait chaud, et l'on se rafraîchit un peu *la dalle* par-ci par-là. Les canons avalés mettent du rouge aux pommettes et de la gaîté au cœur. Aussi arrive-t-on en chantant.

Et il y a bien de quoi, n'est-ce pas ? Est-ce clair, est-ce luisant, ce carré où entre tout l'azur du ciel, où les serins des voisines piquent des tyroliennes ?

Et ce logement, c'est un rêve. On s'occupe bien de regarder si la fenêtre ne joue pas, si la porte est déclanchée, si le toit bâille ! Bon ! les portes et fenêtres, c'est fait pour être ouverts, pas vrai ? Les vents coulis en juillet, mais on payerait pour en avoir ! Et ces fentes au plafond, signe que le plafond lui-même rigole, tant c'est gai dans cette turne-là ! On prend tout *à la bonne*, et les incommodités deviennent *de la choquotte*.

En juillet, le déménagement est une fête.

Mais en octobre, n, i, ni, c'est fini de rire : le déménagement est funèbre et s'appelle le *décanillage à la manque.*

On a lâché le logement d'été parce qu'on y sentait les premiers froids glisser sous les planches mal closes, parce que la lumière n'entrait plus par la croisée donnant sur la cour, parce que la cheminée

croulait, parce qu'on avait peur de l'hiver pour les
gosses qui commencent à avoir les lèvres bleues et
des chandelles sous leur nez rouge.

Et le logement nouveau où l'on arrive ne parait
guère plus chaud, guère moins sombre. Dame! au
prix qu'on veut y mettre, il ne faut pas s'attendre à
un palais. N'importe! Ce n'est pas si bien qu'on avait
espéré. La *vanterne* regarde sur, des toits sinistres.
La *lourde* danse dans ses gonds. Le carré est un nid
à courants d'air. Brrr! il ne fera pas bon là-dedans
en décembre.

Et les misérables songent aux cinq tristes mois
qu'il va falloir passer là, à la misère possible, au froid
assuré, au moucheron qui tousse.

TROISIÈME VARIATION

Depuis huit jours, Paris appartient aux déménageurs, à cette race bizarre qui sort on ne sait d'où,
tous les trois mois, pour faire jouer les meubles aux
quatre coins.

Les gens riches ignorent les petites joies et les
gros ennuis du déménagement. Un bon tapissier se
charge d'exécuter pour eux le changement à vue, et
leurs meubles même ne s'aperçoivent presque de rien,
grâce au wagon capitonné qui leur sert de *sleeping-
car* entre un appartement et l'autre.

Il n'en va pas ainsi pour les pauvres, voire pour les simples bourgeois de la moyenne classe. Dans ce monde-là, le plus nombreux, c'est une grosse affaire que de déménager. Le jour fatal fait trou dans la vie. Tout est dérangé, les habitudes encore plus que les meubles. Quel *aria!* que de bile ! que de soucis ! Il y a des bedaines de Prudhomme qui en perdent deux bons doigts de panne.

Songez donc ! Le matin il faut se lever à des heures indues, s'habiller va-comme-je-te-pousse, parmi les malles où l'on a déjà serré le pantalon qu'on cherche, dans un cabinet de toilette plein de paille, où le peigne joue à cache-cache avec l'assiette au beurre, tandis que la brosse à dents s'obstine à tintinnabuler contre les parois d'un vase mystérieux qui aujourd'hui se pavane orgueilleusement hors de son ombre coutumière.

Et le café-au-lait qu'on n'a pas le temps de faire ! Et les journaux qu'on ne lira pas ! Et bébé qui crie, affolé de tout ce tohu-bohu ! Et madame qui lâche la queue de sa natte embrouillée pour se pencher sur la rampe de l'étage :

— Prenez bien garde aux angles du buffet. Il est en vieux chêne. Ça se casse comme du verre.

Il est en vieux chêne du faubourg Antoine, à six cents francs toute la salle à manger. Mais cela ne fait rien ; on y tient et on le trouve précieux. Ne vous moquez pas ! il représente des mois d'économie. Ce fut une vraie fête le jour où on put enfin l'acheter. Aussi, quelles angoisses, pendant qu'il descend les soixante marches de l'escalier noir ! Mais, en revanche, quel plaisir, quand on le retrouvera là-bas, intact, avec tous ses angles !

S'il n'y avait que le buffet encore ! Mais c'est que tous leurs meubles, ces braves gens les ont à cœur ainsi. Il y a le beau guéridon en acajou, cadeau de la vieille tante, et le voltaire de velours rouge, héritage de la grand'mère, et le piano, payé à vingt francs par mois, avec tant de peine ! Et sur ce piano, épousseté chaque matin si soigneusement, mademoiselle travaille les gammes qui entortilleront le cœur du futur. Sur ce guéridon, on prend quelquefois le thé en compagnie des amis. Dans ce vieux fauteuil, monsieur a gambadé quand il était enfant, et bébé, le petit dernier, commence à gambader à son tour. On aime toutes ces choses, tous ces souvenirs. Parmi ces objets, ces bibelots, ces riens sans valeur, banalités pour tout le monde, il y a, pour ceux qui les ont, des lambeaux de leur vie accrochés là, et comme qui dirait des morceaux de leur cœur qu'ils y retrouvent.

Lambeaux de vie, morceaux de cœur, les déménageurs emportent tout, et c'est la rue qui va tout à l'heure servir de cadre à ces intimités brutalement étalées aux yeux du premier venu.

Du corridor bondé, les meubles débordent sur le

trottoir, pêle-mêle, les flancs hérissés de paille, les
bras liés de cordes, les pieds dans la boue, comme
des prisonniers vaincus. Les lits démantibulés livrent
leurs secrets, leurs sommiers où le poids des corps a
mis des affaissements, leurs matelas encore chauds
du dernier sommeil. Les armoires et les commodes,
sans tiroirs, ont l'air d'animaux étripés. Dans les pa-
niers, bourrés de foin, la vaisselle sonne un carillon
de casse. Les chaises et les fauteuils s'offrent au derrière des passants facétieux qui les essayent. Le fameux buffet voit s'arrêter devant lui des chiens sans
gêne, et son pied est bientôt ruisselant de larmes qui
font une rigole jusqu'au tas des oreillers et des traver-
sins ficelés comme un paquet d'andouilles. D'une
malle entre-bâillée jaillissent des bouts de linge, la
dentelle d'un pantalon de femme, une chaussette re-
prisée et un long tuyau vert terminé par un long bec
d'ivoire, qui se balance ironiquement.

— Prenez garde, crie un gamin, voilà votre pipe
turque qui se sauve !

Madame rougit, et tout le monde de rire.

Et là-bas, en arrivant, quel hourvari pour s'ins-
taller ! L'escalier est trop petit. Il faut démonter le
buffet. La commode ne s'emboîte pas dans cette
encoignure. Le voltaire ne sera plus à droite de la
cheminée, comme on en avait l'habitude. En revanche,
le piano fait bien mieux ici. Si l'on a des déceptions,
on a aussi des surprises.

'D'ailleurs on n'a pas beaucoup le temps de souffrir des unes ou de jouir des autres. Le lit n'est pas encore debout. La nuit arrive. Vite, vite, sur le pouce, on dîne comme on a déjeuné, d'un poulet froid, arrosé de vin au litre. Bébé tombe de sommeil. Virginie égrène quelques arpèges pour voir si le piano n'est pas trop désaccordé. Les hommes attendent leur pourboire.

— Comment, rien que ça, mon bourgeois? Vrai, c'est pas beaucoup ! Et nous n'avons rien cassé.

On leur donne cent sous de plus, en maugréant.

— Voilà ce que c'est que d'avoir tant de fourbi ! dit un ouvrier qui descend l'escalier, et qui assiste au débat par la porte grande ouverte.

Lui aussi, il a déménagé la semaine dernière, mais lui-même, emportant toute sa smalah dans une charrette à bras que sa femme poussait par derrière.

Et lui aussi, malgré la pauvreté de son *avoir*, il y tenait, et il les aimait, ses malheureux meubles en noyer, sa couchette de fer, son poêle de fonte, et les six cadres en carton peint où sourient ses parents et ses amis *tirés* en daguerréotype à la foire au pain d'épice.

Ouvrier et bourgeois, tous deux sont de cette race française qui est née propriétaire, et qui s'attache à ce qu'elle possède avec une tenacité d'avare. Ils n'ont pas, là-dessus, à se moquer l'un de l'autre. Ils sont du même sang et ils le prouvent de reste par leur

haine commune contre le concierge, c'est-à-dire contre
le propriétaire représenté par lui, contre ce propriétaire encore plus propriétaire qu'eux, et à qui ils n'en
veulent que pour cela.

Ah ! les concierges ! Hargneux dans la maison que
l'on quitte, tout miel dans celle où l'on arrive, grâce
au denier à Dieu. Mais c'est une nouvelle étude à faire,
que d'entreprendre cette espèce, spéciale à Paris ! Ce
sera pour une autre fois. Aujourd'hui, contentons-
nous d'une remarque : on ne les voit jamais déménager, eux !

Coppée demande quelque part si les oiseaux se
cachent pour mourir. Est-ce que les concierges se
cacheraient pour déménager ?

X

VIEILLES LANTERNES

Je ne suis pas inquiet sur le sort des milliers de drapeaux qui flottent encore aux fenêtres. Si le Parisien est enthousiaste, sa femme est économe, et elle saura les ranger au fond des armoires, en attendant une occasion nouvelle de faire claquer au soleil ce que Casimir Delavigne appelle *l'arc-en-ciel de la liberté*.

De même pour les lanternes qui ne sont point trop gâchées. La ménagère les serrera dans un coin de placard, après en avoir préalablement retiré les bouts de bougie qui peuvent être utilisés grâce au *brûle-tout*.

Mais les vieilles lanternes, que deviennent-elles ? Où vont celles que la flamme a rongées à demi ? Celles qui ont des trous noirs pareils à des cancers ? Et celles que le vent a retournées comme un bas ? Et celles que la pluie a changées en torchons spongieux ? Et les bariolées qu'on a écrasées en marchant, et qui

semblent une boule de papier pleine de raclures de
palette? Et les rondes jaunes, qui ont l'air d'oranges
sucées? Et les longues, lamentables accordéons qui
font penser à des chapeaux d'ivrognes, chapeaux
aplatis sous des derrières lourds, chapeaux roulés
dans la boue et les vomissures multicolores? Où vont-
elles, toutes ces lanternes, toutes ces pauvres lanternes qui ont été roussies, bousculées, mutilées,
éventrées dans la grande bataille des illuminations?

Hélas! elles vont au tas d'ordures, au pavé. Mais
pourquoi cet hélas! Sur le pavé, je vous le dis en
vérité, rien ne se perd. Ce qui est jeté par l'un est
ramassé par l'autre, et dans les détritus les plus
vagues il y a encore du gain pour quelqu'un, et non
seulement du gain, mais parfois du bonheur.

— A la hotte!

Voici les biffins qui passent, le crochet au poing,
et les pauvres lanternes sont recueillies dans le *cache-
mire d'osier.*

Les mortes, celles qui n'ont plus que des lambeaux
de papier sur une carcasse démantibulée, sont jetées
pêle-mêle au fond, comme des cadavres dans un tom-
bereau. Mais les blessées, celles qui ont encore apparence de vie, c'est tout en haut de la hotte qu'on les
accroche, avec précaution; et on les pansera, on
rafistolera leurs os disloqués, on recollera leur peau
qui pend, on les rabibochera, et elles ne mourront
pas encore cette fois-ci.

Ces lanternes invalides, c'est le joujou des gosses chez les chiffonniers. Car ça fait joujou aussi, les enfants des gueux, ça aime les couleurs gaies, et ça ouvre de grands yeux ravis en poussant des cris de joie, devant un rien-du-tout qui danse à la brise et papillote à la lumière.

Vous croyez peut-être que j'invente, que je brode d'imagination et que je *fais de chic* cette seconde vie des vieilles lanternes ? Eh bien ! si vous ne voulez pas me croire, allez-y voir ! La route n'est pas belle. Elle est longue. On y crève de chaud. Mais allez-y tout de même ; car cela vaut la peine d'être regardé.

C'est là-bas, là-bas, aux deux flancs de la route de la Révolte, que campe maintenant l'armée nomade des biffins, qui jadis préférait la Bièvre. Il y en a encore sur la gauche de Mouffetard ; mais la vraie capitale du crochet est aujourd'hui plutôt de ce côté-ci. Et cela s'explique. Paris grossit surtout dans ce sens, et les tas d'ordures y sont plus *chouettes*. De là l'émigration des fouille-au-tas.

Une fois sur la route de la Révolte, vous n'avez qu'à ouvrir les yeux (et aussi à *ouvrir l'œil*, d'ailleurs car le quartier est malsain aux *pantres*). Dans ce grand fleuve de poussière viennent déboucher les ruelles, les impasses, les cités des biffins. A gauche, ce sont les passages *Touzelin*, *Trébert*, l'aristocratie de la hotte, le faubourg Saint-Germain des loqueteux ; plus loin, à droite, en face du cimetière, la rue *Jeanne-*

5

d'Asnières, l'impasse *Deligny*, la cité des *Soleils* ou
Petit-Maze (*Petit-Mazas*). Plus loin encore, voici la
fameuse cité de la *Femme en culottes* (la *Gonzesse en
culbute*); puis, tout au bout, après un autre cimetière,
non loin de la fabrique de sel ammoniac, entre la
route et les fortifications, ce sont les *Épinettes*.

C'est là surtout que fleurissent les vieilles lanternes.

Ah! dame, ça ne sent pas bon, je vous préviens,
dans toutes ces villas. Les peaux de lapins qui se
racornissent au soleil, les ossements mal raclés, les
trognons de légumes, les chiffons au triage, les sueurs
des mâles, le faguenas des femelles, la déflaque des
mômes, les pieds sales, tout cela mijote et se fond
dans une buée de pestilence à la fois âcre et fadasse,
et, comme on dit dans ce monde-là, ça *remue*, ça
danse, ça *fouette*, ça *trouillotte*, ça *chelipotte*, en un
mot ça pue ferme.

Mais comme elles sont jolies là-dedans, comme
elles semblent fraîches, comme elles s'épanouissent
en bariolages variés, les pauvres vieilles lanternes
crevées, dont Paris ne veut plus, dont personne n'a
souci, à qui nul ne pense, et autour de qui les petits
va-nu-pieds de là-bas dansent des rondes avec un
gazouillis d'oiseaux!

J'en ai vu un, quelque richard sans doute, qui, à
lui tout seul, avait deux lanternes, une longue, colo-
riée en jaune, et une ronde toute rouge. Assis sur un
tas de chiffons, au seuil d'une bicoque, il les faisait

sauter au bout de deux ficelles, comme des marion-
nettes, et il jouait la comédie, en argot. Rien de plus
drôle.

— Toi, disait-il à la longue, t'es le *dab* (le père).
T'es rien *poivre* (saoul), tu ne tiens plus sur tes *fume-
rons* (jambes). C'est ça qui t'a collé la jaunisse. Tu vas
t'affaler (tomber).

Et il la laissait s'affaisser avec des zigzags.

— Toi, disait-il à la ronde, t'es la *pouffiace* (la
femme). T'es rien poivre aussi. T'es toute rouge. T'as
bouffé des haricots, hein ? que t'as la *berdouille
gonfle* (le ventre gonflé) comme une biche. Ton père
Lantimèche va te *passer au pelote* (battre).

Et il cognait la lanterne longue contre la ronde.

— Tiens ! chameau !

— Attends, sur ton *gniasse* (figure) !

Et il se tordait de rire.

Derrière une peau de chat fraîchement écorchée,
une gosseline cachée le regardait, l'écoutait, bouche
béante. Elle était en chemise et coiffée d'un bout de
lanterne tricolore qui lui faisait comme un chapeau
de fleurs.

Voilà ce que deviennent les vieilles lanternes. Cela
m'a rappelé les vieilles lunes, dont ma grand'mère
me disait, longtemps avant que j'eusse lu Henri
Heine :

— Quand elles sont mortes, on les casse, et c'est
avec leurs morceaux qu'on fait les étoiles.

XI

LA TRAVERSÉE DE PARIS

— Tu vois ce monsieur qui passe là-bas et que je
ne connais point ? Eh bien ! je voudrais être lui, sentir ses sensations, penser ses idées, sortir de ma peau
pour entrer dans la sienne.

Ainsi parle *Fantasio*. Ainsi doivent penser les artistes, s'ils ont l'amour et l'orgueil de faire vivant.
Rendre les choses comme on les voit, c'est déjà curieux
et beau ; mais combien il est plus intéressant, parfois,
de chercher à les voir par les yeux d'un autre ! Les
spectacles les plus connus prennent alors des aspects
nouveaux, des couleurs non soupçonnées, et même
ce qui nous semblait banal devient souvent étrange.

Assez de théorie esthétique ! Voici la traversée de
Paris, dans sa petite largeur, faite par un ouvrier de
province qui vient ici tenter la fortune. J'ai eu des
renseignements, des confidences ; j'ai pris des notes,
et j'ai tâché de vivre quelques moments de sa vie
pendant cette soirée.

Il est dix heures. L'homme arrive par la route d'É-
tampes. Il a marché toute l'après-midi.

Il va la tête basse et traîne la jambe, et rame dans
l'air avec ses bras ballants. De temps à autre, il passe
sur sa figure sa grosse main aux poils roux, comme
pour essuyer sa fatigue.

Autour de lui la campagne de la banlieue dort.
Mais de là-bas, en avant, sous le ciel où semble écu-
mer un sang pâle, de là-bas vient et monte une ru-
meur, une chaleur, comme la bouffée de fumée et de
bruit qui vous saute à la face quand on lève le couvercle d'une marmite.

A mesure qu'il approche de ce grondement,
l'homme a le cœur serré. Il s'arrête. Il écoute. C'est
avec lenteur, presque avec défiance, qu'il s'engage
entre les premières maisons dont le vis-à-vis forme
rue.

Ici pourtant, tout est calme encore. Cette rue est à
peu près déserte. Mal pavée, elle est coupée en deux
par un ruisseau sans eau. Les maisons ont des toits
bas. A peine voit-on clair à marcher. De loin en loin,
un bras de potence sort du mur, et, dans un réverbère
carré, le gaz vacille et tremblote, semblable à un
papillon jaune qui agonise en battant des ailes.

On se croirait dans un grand village. L'homme est
ragaillardi à cette idée. Il pense :

— Cela ressemble à chez nous.

Il se redresse et presse le pas.

Les maisons deviennent plus hautes. La rue s'anime. Les becs de gaz se multiplient. Maintenant ils ne sont plus pendus aux murs; ils sortent du trottoir, et semblent des fleurs au bout de leur tige.

Des passants bousculent l'homme. Les boutiques éclairées lui font cligner les yeux.

Il n'a plus le loisir de s'arrêter, d'écouter, de regarder. Il plonge dans le bruit. Il se baigne dans la lumière. Il s'engrène dans le mouvement. Il est un morceau de la foule qui roule.

Il demande où il est. On lui répond :

— Rue de la Gaîté.

Il croit qu'on se moque de lui, il ne comprend pas, il suit le courant. Il s'enfonce dans cette chose qu'il entendait bouillir de là-bas. Il bout, lui aussi.

Brusquement ce torrent de vie et de lumière où il est secoué, se jette dans une mare d'ombre : c'est le boulevard Montrouge, puis le mur du cimetière Montparnasse.

L'homme respire dans ce silence obscur. Sans doute il trouvera quelqu'un à qui demander son chemin. Il avise un couple. Il s'approche du mâle, un ouvrier probablement, dont la blouse pend par derrière et *dégueule* en haut du dos.

— Pour aller à la Villette, s'il vous plaît ?

La fille se retourne et lui rit au nez, avec une bouche en coup de sabre.

Alors il remarque que cette fille est pâle comme

un meunier; et qu'elle a une robe comme une dame,
et que l'homme en blouse porte un pantalon de drap
fin. Il voit aussi reluire dans l'ombre, aux pieds de
cette espèce bizarre d'ouvrier, des bottines à boutons
de nacre et à bouts vernis. Il demeure étonné, devant
cette figure rasée, au menton bleu, aux tempes ornées
de deux cornes en cheveux, gras de pommade, aux
lèvres minces où se colle un mégot de cigarette.

Il recule, et, tandis qu'il s'éloigne, il entend la voix
de bois du voyou qui lui crie :

— Dis-donc, l'enflé, si t'as du poignon, remuche-
moi la môme. Elle est rien gironde !

Il se sauve à grands pas par le boulevard Montparnasse et la rue d'Enfer. Il réfléchit, en marchant, toujours sans comprendre.

Tiens! on entend de la musique, par là, sur la
gauche. Il tourne. Il se hâte vers une illumination
qui chante, là-bas.

Devant lui flamboie une façade de lumières. C'est
Bullier. Il se mêle un moment au tas de misérables
qui est arrêté sur le trottoir, en face de la porte.

Quel tourbillon dans cette porte! Quelle marée
joyeuse, frémissante, gloussante! Comme tout cela
est à la fois englouti et revomi ! Les plastrons blancs
des chemises, froissés par les coudes, ont des craque-
ments de cuirasses qu'on bossèle. Les pantalons pattus s'empêtrent dans les plis de soie des croupes
froufroutantes et houleuses. Les cravates dénouées

et les corsages débraillés mêlent leurs couleurs. Et tout cela frétille, scintille et se tortille sous la lumière crue, avec des éclairs rouges, bleus, verts, jaunes, bariolés. On dirait une jetée de fleurs et de poissons dans du soleil. On dirait un grouillis d'asticots dans un arc-en-ciel.

Ces gens-là s'amusent. L'homme se remet en marche par le boulevard Saint-Michel. Sa tête est retombée sur sa poitrine. Sa jambe traîne. Ses bras font plus lourdement le balancier.

Sur le trottoir qui longe le Luxembourg, un étudiant tranquille (quelque provincial rangé, sans doute) fume sa pipe, le gilet déboutonné, le chapeau à la main, et regarde d'un air bon ce passant las et effaré. Et l'homme se dit :

— C'est peut-être enfin un ouvrier, celui-là !

Il prend confiance, et s'approche.

— Pour aller à la Villette, s'il vous plaît ?

— A la Villette, mon brave homme ? Tenez, voici le tramway qui vient de Montrouge. Il vous mènera aux deux tiers du chemin.

L'homme regarde avec tristesse cette grosse voiture qui passe comme une locomotive, avec son œil rouge.

— Oui, dit-il d'une voix sourde, je vois bien. Mais pour aller à pied, monsieur ?

— Oh ! vous en avez pour plus d'une bonne heure encore.

— Et par où faut-il prendre ?

— Toujours tout droit.

Il va, il descend, il pousse ses pieds l'un devant l'autre.

A sa droite, tout le long des maisons énormes, il y a des tables couvertes de verres de bière. Le trottoir en est envahi. Et l'on boit, on rit, on crie, on ne s'entend pas. Les garçons vont et viennent en courant, la main droite étendue sous un plateau chargé de flûtes jaunes, et leur tablier blanc fait trou dans la masse des buveurs.

A gauche s'étale la sombre façade du lycée Saint-Louis, que l'homme prend pour un hôpital. Il regarde ce côté morne, puis ce côté bruyant, et il pense vaguement que les fous se sont échappés de cette grande maison noire et sont en train de riboter en face.

Un souffle d'humidité vient lui mouiller les joues en passant devant les caves de verdure de Cluny.

Puis il rentre dans le tumulte, dans la foule, dans le four, dans le feu.

Ah ! voici de l'eau ! la Seine !

L'homme s'accoude au parapet du pont, et il ôte sa casquette pour rafraîchir sa tête à la brise qui traîne sur l'eau clapotante.

Il songe à la rivière du pays, là-bas, au fond du petit jardin, sous les buissons d'osier et les saules. Il revoit la Marie-Jeanne, à genoux dans son carré de bois garni de paille, et battant le linge. Le savon sort

5

du paquet tordu, pétille en mousse grise, et se dissout au fil de l'eau en larges taches, grasses comme de l'huile, bleuâtres comme de l'acier. De temps en temps, la Marie-Jeanne se lève, essuie ses mains à la peau morte contre son tablier de toile bise, et va voir dans la petite cuisine.

Souvenir d'une minute! L'homme se réveille en sentant sur sa main une larme chaude comme une goutte de pluie d'orage.

Il remet sa casquette et regarde sous lui.

C'est sinistre! L'eau est épaisse, noire, comme gluante. Les becs de gaz qui s'y reflètent mettent des taches de sang sur ce miroir d'encre. Brrr! cette eau-là fait froid et donne envie de se noyer.

Il s'arrache du parapet et reprend le milieu de la chaussée.

Encore de grandes bâtisses, et cette fois, avec des sentinelles aux portes. Puis, encore l'eau noire piquée de points sanglants. Puis, le tapage recommence, et la folie, et la lumière aveuglante, et un nouveau boulevard sans fin.

— Pour aller à la Villette, s'il vous plaît?

— Toujours tout droit.

L'homme se sent les reins pesants, la gorge sèche, et il va les yeux à la fois endormis et écarquillés.

Il marche sans plus penser à rien, la tête pleine de bruits tumultueux, le regard ébloui de visions lumineuses et monotones. Toujours la même succession de choses, un banc, un réverbère, une colonne, passant avec la régularité d'une machine et l'obstination d'un cauchemar. Et en même temps défilent des arbres, des arbres un à un, tous pareils, comme s'il n'y en avait qu'un revenant sans cesse.

Et partout, partout, à gauche et à droite, des gens ont la bouche ouverte et engloutissent de la bière.

Et peu à peu, ces réalités prennent une apparence de rêve. La perpétuité de ces images devient une obsession. Tout se précipite, passe et repasse, et tourbillonne. La procession s'accélère en course, la course en sarabande. Le banc, le réverbère, la colonne, l'arbre, c'est une ronde endiablée qui tourne de plus en plus vite, dans le gaz papillotant, dans l'air épais, au milieu des cris, des rires, des gestes, de cette foule assoiffée, insatiable, qui boit, boit, boit, sans s'arrêter, sans reprendre haleine, toujours, toujours.

L'homme est stupide, ahuri. Il dort en marchant. Il monte. Il va. Il roule plutôt. C'est une chose qui se meut, poussée en avant.

Cependant le bruit cesse peu à peu, et le flamboiement s'éteint par degré. Les grands boulevards ont sonné dans l'oreille du misérable une dernière et assourdissante fanfare de tohu-bohu, et ont achevé de lui crever les yeux avec leur feu d'artifice de gaz. Et maintenant, plus haut que la gare de Strasbourg, il suit une grande rue quasi déserte.

Le silence le réveille. Il regarde. Les trottoirs unis, sans personne qui passe, ont l'air de rivières figées.

— Hue! oh!

Sur le pavé, de lourds tonneaux tressautent. Une puanteur emplit la rue.

— Pour aller à la Villette, s'il vous plaît!

Ah! ceux-là sont des ouvriers, des vrais. On cause. Eux aussi vont à la Villette. Mais c'est encore loin, dame! Et l'homme est las, las à tomber. On arrête les chevaux, et on le hisse à califourchon sur la tonne.

— Accroche-toi par la ceinture après fifi.

Et l'homme s'accroche après fifi, c'est-à-dire après la bonde, et il s'endort en ronflant, le nez grand ouvert aux effluves de la gandouse.

Demain, au réveil, comme cet homme aura dans la tête un Paris étrange!

Et, tout compte fait, comme ce Paris étrange est bien l'expression vraie de la traversée de Paris!

XII

PARIS-PROVINCE

I. — L'ÉCOLE DES CLAIRONS

Un coin qui vous fait croire qu'on est à cent lieues du boulevard, au fond d'une sous-préfecture lointaine ! C'est entre la porte Bineau et la porte de Levallois, à deux pas du quartier neuf où s'épanouissent les hôtels à vitraux des cocottes enrichies et des peintres de genre, ces cocottes de l'art.

C'est dans les fortifications, passé les portes. C'est à l'école des clairons, au pied d'un poste-caserne.

L'école des clairons ! Cela vous rappelle tout de suite les vieilles villes fortes, ceinturées de bastions et de murs à créneaux, avec leurs fossés pleins d'herbe, de folles avoines, de pâquerettes, de coquelicots, avec leurs pierres effritées toutes vertes de mousses et toutes veloutées de giroflées en or.

Et la vieille ville forte vous apparaît en effet, ici comme là-bas.

Du haut du talus, vous apercevez encore les maisons à cinq étages, les cheminées d'usines, les enclos
pelés, les plates-bandes maraîchères, tout ce qui dé-
note la misère des banlieues, tout ce qui pue Paris.
Mais descendez la pente verte, descendez jusqu'au
fond du fossé, et vous voilà au diable! On dirait
qu'on vient d'arriver en chemin de fer, après une
nuit de voyage, dans un pays près de la frontière.

Les folles avoines commencent à balancer leurs
têtes sonores. La muraille est brodée de plantes qui
gercent la pierre, lichens pâles, pourpiers sombres,
bouquets de giroflées à l'odeur de miel. On enfonce
dans l'herbe jusqu'au genou.

– Çà et là, une flâche d'eau miroite, réflétant le ciel
bleu d'avril, et semble une glace de saphir encadrée
de satin vert.

Des chèvres paissent au flanc de la montée. Un
troupeau de moutons passe au bord du talus. Le barbet jappeur dévale et remonte au galop pour les empêcher de descendre. Une silhouette de berger se
profile sur le ciel.

Et là, dans ce creux de fraîcheur et de silence,
éclate soudain la sonnerie des élèves-clairons, qui
débouchent d'un tournant, au pas accéléré, le képi
sur l'oreille, la face rouge, les joues en ballon comme
des anges.

Une bande de galopins les suit, allongeant leurs
petits compas pour marcher au rhythme. Un caporal

les précède, donnant la note, fier de sa *mission*, orgueilleux du cortège, et parfois, pour épater les pékins, piquant sur l'air ce la Casquette des fioritures de langue.

Puis, c'est la halte. En place, repos! Rompez les rangs!

Les joues cramoisies se dégonflent. On retourne les clairons qui bavent un filet de salive. On s'assied un moment.

Une vieille marchande de café a dégringolé la pente raide, et apporte son cylindre de fer-blanc à robinet de cuivre. Pour trois sous, elle verse aux richards un petit noir fumant. Le caporal se paye un champoreau.

De ci, de là, débandés, les piocheurs continuent à essayer des couacs nouveaux et des taratata de fantaisie. Comme ils font cela entre deux bouffées de cigarette, on voit la musique sortir du pavillon de l'instrument sous forme palpable, en tourbillons de fumée bleue. Quelle rigolade pour les gamins!

Et l'un de ces galapiats, qui a peut-être servi chez des saltimbanques, chipe un clairon, et souffle soudain dedans un air de foire. Le caporal jure. Et tous les gosses s'ensauvent, éparpillés dans l'herbe comme une volée de moineaux.

Ils reviennent quand le peloton reprend sa marche. Ils se remettent au pas derrière les huit hommes repartis, képi sur l'oreille, face rouge, joues en ballon, derrière le caporal qui repique de plus belle, et

se dandine en appuyant d'un mouvement d'épaule
chaque temps fort de la mesure.

Et quand le prochain tournant du bastion les a ca-
chés, quand on n'entend plus que l'écho affaibli des
cuivres qui s'en vont, on se retrouve loin, bien loin
de Paris, dans un fossé solitaire de vieille ville forte,
près de la frontière.

On ne voit que le ciel où passent des nuages et des
papillons, la pente herbeuse où pendent des chèvres,
la haute muraille du fossé où les giroflées balancent
leurs cassolettes d'or.

Le tintamarre des quartiers voisins, le roulement
de ferraille des voitures, le sifflet des chemins de
fer, tout cela vous arrive assoupi, assourdi, fondu,
dans un vague et doux murmure, comme le bruisse-
ment confus d'une forêt, comme le chantonnement
monotone de la mer.

Et l'on se dit, en continuant à marcher dans l'herbe
épaisse et molle, en écoutant les notes traînantes
des clairons lointains, en poursuivant de paresseuses
songeries, on se dit avec un profond sentiment de
bien-être :

— Comme il fait bon vivre ici, dans ce calme, dans
cette solitude, et comme cette vieille province repose
bien de nos turbulences et de nos fièvres !

Toujours rêvant, on remonte la pente, et soudain,
en haut du talus, on s'arrête, bouche béante, lâchant
la fleur qu'on mordillait.

Un coup de trompette stridente vous déchire le
tympan.

Adieu l'école des clairons ! Adieu la tranquillité
endormeuse de Paris-province !

V'là l'tramway qui passe ! Le tramway d'Asnières !
Hélas !

II. — LES BOULEUX

Dire qu'il y a trente ans à peine, on jouait encore
aux boules dans les Champs-Elysées, ni plus ni moins
que sur le mail de quelque lointaine et pacifique sous-
préfecture ! N'est-ce pas de quoi décourager ceux qui
ont la folle prétention de fixer la fugace physionomie
de Paris ?

Pour moi, si habitué que je sois déjà aux brusques
changements de décor, aux transformations à vue de
la grand'ville, j'avoue que les bras me sont tombés à
cette découverte rétrospective.

Mais il n'y avait pas à en douter. Le livre où s'éta-
lait cette chose bizarre et monstrueuse était là sous
mes yeux. L'auteur y citait les noms des joueurs célèbres. Un de mes amis, possesseur du bouquin, me
faisait admirer un superbe bois de Charlet, un vieux
chauve campé sur ses jambes en compas, les manches retroussées, les bretelles au vent, suivant de
l'œil, du bras, de la main, de tout le corps, sa
boule envolée.

Je ne rêvais pas. Le document était précis. Ce bonhomme, avec des souliers à boucle, un col de chemise à la Collin, ce bonhomme était un Parisien de Paris, croqué sur le vif par l'artiste, monographié par l'auteur, et qui jouait aux boules, dans les Champs-Elysées, il y a trente ans.

Ce coin de tableau qu'offrait le Paris d'hier, ne représentait cependant plus rien, à mes yeux, du Parisien d'aujourd'hui. Ce type était aussi loin de moi qu'un Romain de la colonne trajane ou un ibis de l'obélisque.

Il me rappelait seulement des types analogues, rencontrés à la campagne, et qui, à la campagne même, semblaient déjà d'un autre temps.

Il me rappelait des Marseillais, le dimanche, au cabanon, poussant avec des cris féroces leurs boules papelonnées de clous.

Il me rappelait des Flamands, jouant un jambon ou une oie en une interminable partie de *bouloire*.

Il me rappelait des paysans, au sortir de la messe, sur la place du village, devant le cabaret à branche de houx, quand la chope de bière ou la bolée de cidre échauffe les lanceurs de cochonnet.

Mais cela ici, à Paris, aux Champs-Élysées, je ne pouvais me l'imaginer vraiment. Cela me semblait aussi singulier que si j'avais vu défiler des pioupious avec des arquebuses à rouet et des cuissards en fer battu.

Eh bien! pas plus tard qu'hier, je devais voir quelque chose de plus surprenant encore. Tant il est vrai qu'à Paris l'on ne saurait s'étonner de rien !

Ce bonhomme de Charlet, ce bouleux en manches de chemise, ce n'est plus seulement sur la page d'un livre que je l'ai contemplé : c'est au plein air, vivant, en chair et en os, attendant encore le croquis de l'artiste et la monographie de l'écrivain.

Et cela, sans aller le chercher là-bas, sur les routes poudreuses de la Provence, sous les houblonnières flamandes, à la porte des cabarets normands ou picards. C'est à Paris que je l'ai vu, à dix minutes du Parc Monceau, dans un endroit tout moderne, tout battant neuf de modernité, d'où l'on entend la trompe des tramways et le sifflet des trains.

Ils sont là une bande de braves gens qui *pointent*, qui *tirent*, qui étudient les moindres pentes du terrain, qui font les trois pas méticuleux pour couler doucement la boule, ou les trois enjambées d'élan pour la *faire plomber*, qui l'accompagnent du geste et du regard, et qui mettent toute leur âme à crier selon l'occurrence :

— Trop court!... Trop long !... Allez-y, le point est à nous !

Et, comme sur le bois de Charlet, ils ont les jarrets tendus, le torse onduleux, la bouche froncée, les mains parlantes, l'une crispée et l'autre arrondie. Leurs bretelles folles, tantôt battent comme des ser-

pents flasques le long de leurs cuisses, et tantôt ont
l'air de s'envoler de leurs épaules comme des bande-
roles à la brise.

Presque tous vieux et la plupart chauves, toujours
selon le modèle de Charlet. Les plus antiques suivent
le jeu à petits pas, tapant le sol de leurs cannes, hochant la tête, apostrophant les maladroits, souriant
d'aise aux jolis coups. Et, pareils aux dilettantes
parlant de Rubini, il faut voir de quel air ils soupi-
rent parfois :

— Ah ! monsieur, de mon temps !

Et c'est hier, en vérité je vous le dis, c'est hier que
j'ai contemplé ce spectacle, à deux pas de l'avenue
des Ternes, tout près de l'Arc de Triomphe. Un peu
plus, ma foi, et c'était dans les Champs-Élysées ; il
ne s'en faut que d'un quart d'heure de marche.

Paris ne change donc pas aussi brusquement qu'on
veut bien le dire? Eh ! non. Les transformations à vue
n'y sont qu'apparentes. Au fond, rien ne meurt tout
d'un coup, et les choses, les gens, les mœurs ne dis
paraissent et ne prennent figure nouvelle qu'insensiblement.

Je me suis aperçu de cela dans l'enclos des Bouleux, tout en cueillant des violettes délicieuses qui
commencent à pousser dans leur herbe. Allons! Paris
n'est pas encore la Babylone moderne, la ville toute
en moellons entassés sur un sol pourri. Comme ces
vieilles femmes qui ont gardé un sourire jeune et un

regard naïf, l'antique cité a toujours des coins de fraîcheur et de bonne simplicité.

Rien n'est perdu, tant qu'on y pourra trouver encore des bouleux et des violettes.

III. — GRAND ÉVÉNEMENT DE PETITE VILLE

Le spectacle ne pouvait manquer d'être curieux. Tout le monde en parlait d'avance. Il y avait un écho là-dessus dans tous les journaux *de la localité*. Il fallait aller voir ça.

C'était une antique tradition abolie qu'on renouvelait. Les enfants sautaient de joie, rien que d'y penser. Rappelant leurs souvenirs, les vieillards en pleuraient d'attendrissement.

Vraiment, c'eût été faillir aux devoirs les plus sacrés du *peintre-de-mœurs* que de ne pas assister à la petite fête.

J'ai donc pris mon courage à deux mains, l'omnibus et des provisions de route, et m'y voici.

En pleine province, à cent lieues des fièvres parisiennes, dans un coin perdu tout confit en placidité, tout endormi par le ronronnement des gens et des choses.

Un grand mail planté de vieux arbres, avec un jet d'eau élancé dans le mitan, un jet d'eau qui chante comme une berceuse. Autour, sous les branchages

savamment émondés, des allées de sable où joue la
marmaille, des bancs de bois peints en vert, des
chaises de campagne, propices aux somnolences des
bourgeois, aux rêveries des amoureux, aux aveux des
bobonnes et des tourlourous.

Les maisons qui bordent le mail ont un air officiel.
Ce doit être la mairie, la sous-préfecture, le tribunal,
le collège. Pourtant, il y a des boutiques en bas, et
force restaurants. Mais boutiques et restaurants semblent d'un autre âge. Tout cela est à la mode de
jadis. Chaque devanture pourrait arborer la fameuse
enseigne : *A l'instar de Paris.* C'est *à l'instar*, en
effet, et rien de plus.

A l'instar aussi sont les braves gens qui flânent devant ces boutiques, sortent de ces restaurants, se promènent dans les allées, lisent les gazettes sur les
chaises de paille. Comme le décor, ils paraissent
d'une époque lointaine, et leurs figures même ont je
ne sais quoi de patriarcal, introuvable à Paris, qui
fait songer à d'anciens romans enfouis dans les derniers cabinets de lecture.

Heureuses gens, qui coulent dans cet endroit pai-
sible des instants exempts de souci, qui digèrent là,
chaque jour, loin du tumulte, et qui se régalent d'har-
monie deux fois par semaine, aux métalliques accords
de la musique militaire !

Mais aujourd'hui, leur paix est troublée. Une agi-
tation inconnue *se peint* sur leurs calmes visages. On

va, on vient, on parle haut. *En croirai-je mes yeux ?*
Il y a des vieillards qui courent.

C'est la fête promise, c'est le spectacle annoncé,
c'est le grand événement qui révolutionne la petite
ville.

Vers un bout du mail, tout le monde se hâte, sans
distinction d'âge ni de sexe. Les sexagénaires allongent leurs pauvres jambes ratatinées, et arrivent en
branlant le chef, leurs bésicles relevées sur le front.
Les duos des bobonnes et des tourlourous se sont
brusquement interrompus. Des nounous prennent le
galop, se croyant en retard pour assister à la chose,
et entraînent à la volée, derrière elles, des grappes
de bébés dont les pieds ne touchent plus le sol.

Et l'on entend déjà les cris sourds d'enthousiasme,
en même temps les craintes vaguement exprimées.
Car il n'est pas sûr encore que la fête ait lieu. Tout
dépend du temps qu'il va faire au moment précis. Les
précautions sont bien prises pourtant ! Mais quoi !
Le ciel de mars est si capricieux !

Hélas ! il le fut, capricieux. Quel ciel malveillant !
A coup sûr, il l'a fait exprès. Il en veut à tous ces
braves gens.

Ils étaient là tous, émus, anxieux, ne demandant qu'à
s'épanouir dans la joie promise, la figure toute prête
à s'illuminer. Les uns contemplaient le firmament,
avec des regards pleins de prières, et presque les
mains jointes. D'autres fixaient leur attention sur le

cadran de leurs montres, et, sans le quitter de l'œil,
répondaient fébrilement aux interrogations muettes
de la foule :

— Encore une minute !

— Encore vingt secondes !

— Encore quatre secondes !

Soudain il se fit un religieux silence. Dans l'air
ébranlé, la cloche de l'église prochaine laissa s'envoler un lent sanglot de bronze. Toutes les têtes se
levèrent avec angoisse vers la nue où le soleil ne pa-
raissait point, et toutes retombèrent, mornes et déses-
pérées.

Le canon du Palais-Royal, replacé aujourd'hui sur
son antique socle, venait de faire le premier chou-
blanc de sa nouvelle série.

IV. — PARIS-PROVINCE

Il y a encore des coins de province à Paris.

En vain les boulevards fouillent dans tous les sens
et éventrent les lointains faubourgs. En vain, sous
les lourdes et hautes bâtisses à cinq étages, les enclos
écrasés perdent peu à peu leurs vertes chevelures. En
vain, pour ces vieux retraits bourgeois, le cornet aigu
des tramways sonne comme une trompette de Jéricho.

Malgré tout, certains quartiers tiennent bon contre
l'envahissement. Ils gardent leurs rues où pousse

l'herbe, où picorent les poules, où sèche le linge
sur les haies. Ils cachent leurs maisonnettes sous
les vignes vierges, les glycines, les clématites, les vo-
lubilis, qui grimpent aux fenêtres. Ils ont des ton-
nelles et des venelles.

Au bout, tout au bout des lignes d'omnibus, mais
cependant encore dans la grand'ville, avant les talus
des fortifications, du côté de Montrouge, de Vaugi-
rard, de Ménilmontant, et même des Ternes, non
loin de l'Arc de Triomphe, on a parfois la sensation
d'errer à travers les tranquillités d'une sous-préfecture.

Il y a encore des coins de province à Paris.

Les gens ont l'allure douce, la figure béate, la parole *plan plan*, de petits rentiers inoccupés. Ils de-
visent sur le pas des portes. Ils ont de longues et pai-
sibles discussions touchant la température, et finissent
généralement par tomber d'accord sur cette conclu-
sion conciliante, à savoir qu'il fait assez chaud, mais
que le fond de l'air est peut-être un peu frais.

Là fleurissent toujours, immuables en dépit de la
mode, les gilets à sous-ventrière, les grosses brelo-
ques en cornaline, les pantoufles brodées d'attributs
ingénieux, les chemises au plastron à mille plis, les
calottes grecques, les redingotes à la propriétaire,
tous les ajustements d'un autre âge, qui paraissaient
déjà antiques quand nous sommes nés, qui nous font

rire dans les caricatures d'il y a trente ans, et que nous pensions abolis à jamais.

Là j'ai vu, de mes yeux vu, des cols-cravates en crin, des pantalons de nankin, des casquettes à oreillères, des culottes à pont.

Là on trouve des cercles de joueurs de quilles, où des vieillards, rasés tous les dimanches, viennent s'exercer en-manches dé chemises, les bretelles battant les cuisses, et se reposent ensuite en fumant des pipettes à couvercle de cuivre, de petites pipettes qu'on ne rencontre plus dans aucun bureau de tabac, et qu'ils allument avec un briquet et de l'amadou.

Dans les jardins entourés de treillages, des ménagères blanchissent elles-mêmes leur linge, aponichées devant un baquet mousseux, tambourinant du battoir, les bras rouges et les mains toutes blêmes, de grosses mains à la peau mortifiée.

Le ruisseau, qui passe au milieu de la rue, reçoit par une rigole en plein air l'eau épaissie de crasse et de savon noir, gluante, marbrée de larges taches huileuses et bleues, qui s'étalent et s'évaporent lentement.

Les pommiers rabougris, les poiriers nains, sont reliés par des cordes qui plient au poids des chiffes flottantes. Le gazon chauve disparaît sous les draps éblouissants de splendeur, où les premiers lilas, secoués par le vent, font pleuvoir comme des gouttes d'améthyste.

A travers le parfum des fleurs, on respire la forte et saine odeur de la lessive ; et, les yeux fermés, on se croirait là-bas, tout là-bas, dans la campagne où, tout enfant, on restait des heures entières devant le lavoir, à regarder les bulles de mousse descendre et faire l'arc-en-ciel au fil de l'eau.

Il y a encore des coins de province à Paris.

— Voilà l'rétameur !

A la cantilène de l'ouvrier nomade, les ménagères quittent leur baquet, et apportent des casseroles, des cafetières, de vénérables Dubelloir. Il en a déjà sa charge, le *chineur !* Car c'est un *chineur*, celui-là. Non pas un de ces rétameurs qui racolent des besognes pour un patron, et qui travaillent en boutique ; mais un errant, qui campe au fond de ce terrain vague, que vous voyez d'ici après le tournant de la rue.

Faisons comme les goussepains qui lui servent d'escorte ; suivons-le. Il arrive, jette ses cuivrailles sonores à terre, allume son réchaud, compose lui-même son alliage, y rajoute du soufre, de l'étain, souffle les charbons. Un cercle de marmots l'admire. Il chante une chanson de son pays, et songe au jour où il retournera se payer un lopin de bien avec une vigne au soleil, après avoir si longtemps rafistolé les vieilles casseroles, après avoir crié si longtemps par les rues :

— Voilà l'rétameur !

Le soir est venu, enveloppant encore de calme ce calme quartier, où les mille rumeurs de la capitale ne filtrent qu'assoupies, confuses, lointaines, pareilles au ronron d'une mer dont on est séparé par une forêt.

Seul, un orgue de Barbarie, dans la rue prochaine, égrène mélancoliquement les notes d'une valse lente et dolente qu'un pauvre chien de vieille fille accompagne de ses lamentations.

D'un trottoir à l'autre, les *demoiselles* jouent au volant, aux grâces.

Sur le sable des jardins, les gamines bourdonnent des rondes d'autrefois, interminables, avec des *you, you*, après lesquels le refrain recommence.

Le long des maisons, les chats furtifs apparaissent, miaulant d'une voix très-douce, s'appelant, regardant si on les voit s'enfuir à la pretentaine.

Les gens se disent bonsoir, et l'on se quitte au seuil des allées, en constatant une dernière fois qu'il fait assez chaud, mais que le fond de l'air est un peu frais.

Il y a encore des coins de province à Paris.

XIII

EFFETS DE BROUILLARD

I. — PARIS-LONDRES

Est-ce Paris, en effet, ou bien est-ce Londres, cette ville embrumée? Plus de ciel. Plus de contours aux objets. Plus de couleurs même. Les lignes, les taches, les lueurs, tout s'estompe et se fond dans un jaune sale et uniforme. Jusqu'aux bruits qui s'étouffent sous l'épaisseur molle du brouillard.

Les voitures semblent rouler sur du coton. Les passants ont des allures de fantômes qui glissent. Les choses prennent des formes de vagues apparitions. On croirait marcher dans un rêve.

Un vilain rêve, d'ailleurs. Les yeux souffrent de cette ombre qui n'est pas tout à fait ombre, de cette lumière obscure. On écarquille ses paupières, on dilate ses pupilles en vain. Cela vous produit un pico-tement humide. On sent de la fumée vous entrer dans

6.

les regards, qui se brouillent, et vous chatouiller désagréablement la sclérotique, qui larmoie.

A la gorge aussi vous monte cette fumée. On ferme instinctivement la bouche, mais les narines se plaignent d'autant ; car le brouillard pue. Avez-vous remarqué cette odeur ? Les savants l'appellent une odeur *sui generis*. Il y a dans cette odeur comme un relent de drap mouillé, de caniche malpropre, de caoutchouc, de mauvais cigare plusieurs fois rallumé. Londres fleure cela en tout temps. On reconnait les Anglais partout, à cette puanteur qu'ils emportent dans les plis de leurs jaquettes quadrillées et dans les fils de fer de leurs favoris roux. Par le brouillard, Paris semble plein d'Anglais.

Le soir seulement, le brouillard s'égaie. La note dominante, le jaune, demeure toujours et s'accentue ; mais non plus sale. Le jaune des becs de gaz y pique ses rehauts de cuivre et d'or. Autour d'eux, la brume s'échauffe, se volatilise, se paillette, chatoie. Cela fait un nimbe délicat dont le bord va se fondant dans une teinte opaline, avec des dégradations insensibles, par une sorte de pointillé à la manière noire.

Néanmoins, c'est triste encore. Le brouillard ne saurait être joyeux. Et, en somme, la flamme des becs de gaz, dans sa lanterne de verre, au milieu de ces ténèbres, fait songer à un papillon qui agoniserait dans une cage, au fond d'une cave enfumée.

II. — HALLUCINATION

Est-ce une hallucination que j'ai eue? Avais-je l'imagination surchauffée par quelque noire lecture, tercets dantesques rougis à la flamme des fournaises infernales, promenades avec Edgar Poë dans des fantasmagories d'alcoolique, courses affolées à la suite de Dickens cherchant un enfant perdu parmi les ténèbres d'un pays de mineurs? Est-ce en ma cervelle, détraquée soudainement, que surgit cet étrange tableau devant lequel je dus m'arrêter, prunelles écarquillées, bras ballants, bouche béante? Cette idée-là me vint, avant toute autre. Oui, oui, c'est bien une hallucination. Il n'y avait pas à en douter. Jugez-en plutôt.

C'était la nuit, une nuit rendue plus épaisse encore par le brouillard, si bien que, malgré l'opacité des ombres, on y sentait le ciel bas, pesant. Sans les voir, on comprenait que les nuages, à ras du sol, se crevaient les entrailles aux angles des toits. C'est par ces blessures que coulait cette brume, comme du sang fumeux, blafard, à l'odeur fade. On en avait le cœur alourdi, les poumons engorgés, le nez empuanti, les yeux englués, et toute la peau moite et visqueuse. La terre elle-même en était détrempée. On l'eût dite tapissée de coton humide. On marchait dans quelque chose de mou qui s'écrasait sans bruit sous les pieds.

Brusquement, un astre rouge, chevelu de rayons, hérissé d'étincelles, m'apparut au tournant d'une porte grande ouverte. Il n'était pas dans le ciel, mais sortait d'en bas. Sa couleur était foncée, sale, de ce pourpre obscur qu'ont les chairs gonflées d'un abcès. Il luisait, toutefois, et terriblement, dans ces ténèbres où il faisait un trou de feu. Par moments, il ardait et flamboyait plus fort, élargissant soudain, jusqu'au plus profond de la nuit environnante, des déchirures de lumière. Et alors on entendait un sinistre grésillement qui fusait dans le silence, tandis qu'un panache de vapeur montait en bouffée énorme, coloré par dessous, semblable à un gros oiseau au ventre rose.

Le premier éblouissement passé, je vis comment s'alimentait cet astre monstrueux, qui semblait sourdre du sol, et comment naissait cet étrange oiseau de vapeur. Mais, contrairement à ce qui a lieu d'ordinaire, l'explication me troubla plus encore que le mystère lui-même. Car, loin de donner la paix à mon esprit désorbité, elle le rejeta plus stupéfait dans une hallucination nouvelle, dont la force était d'autant plus grande que les détails en paraissaient plus vivement vivants. La vision de tout à l'heure pouvait n'être qu'un rêve ! Mais la vision de maintenant s'incarnait dans des êtres humains, à la forme précise et brutale.

Des hommes, en effet, non des démons de cauchemar, mais bien des ouvriers d'allure moderne, allaient et venaient autour de ce brasier. La sueur traçait des rigoles luisantes, pareilles à dés chemins de limace, sur leurs faces barbouillées de suie. Leur poitrail velu montrait ses poils roux dans l'angle ouvert de la chemise. Leurs bras noueux, où les muscles et les tendons faisaient des paquets de cordes, gesticulaient furieusement. Pas un cri, d'ailleurs, pas un mot qui animât leur lugubre escouade et rhythmât leur besogne forcenée. Ils travaillaient, muets et féroces, ne vivant que par leur sinistre pantomime, tantôt ensanglantés dans le reflet des flammes, tantôt se noyant dans l'ombre où ils rentraient et avec laquelle ils semblaient refaire corps peu à peu.

Besogne forcenée et incompréhensible d'ailleurs ! Car, ce que les uns faisaient, les autres s'acharnaient à le défaire. Les uns accouraient, traînant des chariots de fer où rutilait du feu, et ils précipitaient ces blocs incandescents dans le brasier qui s'avivait alors. Les autres, sur ces pourpres nouvelles, jetaient à la volée de grands seaux d'eau qui se muaient en cette vapeur semblable à un oiseau au ventre rose. Et toujours les uns versaient du feu, et toujours les autres versaient de l'eau. Et je me demandais à quel supplice absurde étaient donc soumis ces damnés, dans cet enfer inconnu. N'était-ce pas un enfer, en effet, que cette vaste cour noire, entourée de hauts pilastres qui portaient à leur sommet une gerbe rouge de flammes toutes droites ?

Oh ! oui, c'était bien là une hallucination ! Oui, je sortais sans doute de quelque sombre lecture, tercets dantesques forgés aux fournaises des ténèbres infernales, rêves alcooliques d'Edgar Poë, affolements de Dickens dans les pays démoniaques des mineurs ! Oui, j'avais la cervelle détraquée, et de fantastiques images y dansaient éperduement une ronde abominable ! Et si vous voulez avoir cette vision, cette hallucination, ce détraquement, vous n'avez qu'à aller un soir, par un brouillard opaque, devant la porte ouverte de l'usine à gaz qui se trouve avenue de Wagram, au coin de la rue de Courcelles.

III. — CAUCHEMAR

Après avoir passé la porte des Ternes, sur l'avenue du Roule je roulais, dans un brouillard d'une épaisseur érébique, puant le remugle, la suie et la chancissure.

Vagabondage de poëte à la piste du cauchemar, plutôt que promenade de curieux en quête d'observations précises ; car, en vérité, il n'y avait pas grand chose à piquer de l'œil dans ces demi-ténèbres opaques. N'oubliez pas qu'elles vous escortent comme d'un paravent bleuâtre obstinément dressé tout autour de vous à six pas à la ronde. L'esprit seul y peut goûter quelque charme, se laissant pénétrer par cette humidité flottante, où il flotte, lui aussi, solitaire, sur les ailes de chauve-souris de quelque imagination mélancolique.

Et je ne m'attendais donc pas à *voir*, mais je me contentais de *sentir*, confusément, obscurément, d'ailleurs, sans même le désir de formuler les vagues impressions subies, noyé jusqu'à l'âme dans le brouillard, et comme qui dirait brouillard moi-même.

C'est alors, au plus profond de cette noyade, que je fus soudain heurté par le cauchemar, souhaité peut-être, mais en rêve seulement, et qui vint, en poignante réalité, au contraire, surgir et pantomimer macabrement devant moi.

Deux jeunes filles se tenant par la main, comme deux sœurs, vêtues pareillement d'une robe noire, d'un bonnet ruché et d'une pèlerine mauve, me frôlaient. Et des brucolaques apparaissant ne m'eussent pas étonné davantage. Car c'étaient deux monstres difformes, l'une boiteuse et borgne, l'autre goitreuse et bossue, et pourtant toutes deux de très douce allure, se parlant avec des tendresses de petites amies et se pavanant en quelque sorte dans l'ignorance de leur laideur et l'innocent oubli de leur difformité.

Et avant que j'eusse pu réfléchir sur cette étrange vision, voici que deux autres amies suivaient, se te-

nant aussi par la main, én robe noire, bonnet ruché
et pèlerine mauve, semblables au premier couple par
l'inconscience, mais diversifiées quant à l'horreur,
puisqu'au lieu d'une boiteuse accompagnant une bossue goîtreuse, c'était maintenant une hanche dé-
jetée qui sautillait auprès d'une jambe béquillarde.

Et un troisième couple venait à la file, et un quatrième ensuite, et un autre, et un autre encore,
et tous portaient ce même uniforme de robe
noire, bonnet ruché et pèlerine mauve, et tous
arboraient quelque monstrueuse déviation du corps
ou laide infirmité du visage, ou les deux réu-
nies en la même personne ; et ces hideurs variaient
à l'infini, comme si un sculpteur diabolique se fût
amusé à inventer, en torturant ces malheureuses,
toutes les façons imaginables de détériorer et de càu-
chemardiser la noble statue humaine.

Si bien qu'un grand moment s'écoula, pendant lequel
mon esprit doutait de lui-même, et se demandait par
quel bizarre phénomène magnétique la boussole de
mon jugement avait pu se désaimanter au point de
danser cette folle danse d'hallucination.

Apparemment je me trouvais en proie à une maladie de ce genre, quoique non hypnotisé par quelque
drogue de pharmacie paradisiaque, mais bien par le
simple effet du brouillard que mon imagination con-
densait en ces fantômes.

Ainsi pensais-je, immobile et muet, les pieds fixés

au sol ainsi qu'un cataleptique changé en cariatide, cariatide écrasée sous le poids de cette brume si lourde et de ce rêve si « vu ». Et je demeurais là, stupide, effaré, les yeux tout grands ouverts comme pour mieux m'emplir la tête de ce cauchemar, tandis que la procession continuait et menaçait de continuer sempiternellement.

Ainsi qu'un décor qui rentre dans les frises au coup de sifflet du machiniste, ainsi l'hallucination se dissipa soudain à l'apparition finale d'une cornette blanche, qui me fit l'effet d'une étoile montrant enfin le pôle au naufragé. Car je reconnus tout de suite les larges ailes d'un bonnet de religieuse, non contrefaite à la façon de ses élèves, et en qui la statue humaine se replaçait devant mes yeux, correcte, noble et naturelle.

Par un reste de doute, ne me fiant pas encore à ma raison revenue, j'abordai la sœur et lui demandai quelle était cette étrange pension. Et ce fut avec un soulagement réel que j'appris l'existence de l'asile Mathilde, voué à l'orthopédie sous l'invocation de Notre-Dame des Sept-Douleurs.

De joie, même, je poussai un éclat de rire, me sentant définitivement débarrassé du cauchemar. Oui, je le poussai très-haut, en sorte que les pauvres infirmes ont pu croire que je me moquais d'elles, en abominable et féroce homme bien bâti, tandis que réellement je bafouais ma propre infirmité poétique, qui

7

m'avait fait voir un coin de l'enfer du Dante sur l'avenue du Roule, et le royaume fantastique des épouvantements près de la porte des Ternes.

IV. — SYMPHONIE EN GRIS

C'est par les hivers comme celui-ci, ni froids, ni pourris, ni ensoleillés non plus, hivers où n'étincelle point le mica des gelées, où ne fleurit pas la pâquerette du givre, où ne tourbillonnent pas les papillons de la neige, où le ciel n'est pas même rayé par les vertes hachures de la pluie, hivers de brume légère que ne déchire aucun rayon, hivers de vague lumière incolore et diffuse, c'est par ces temps-là qu'il faut voir les paysages de la banlieue parisienne, si l'on aime à savourer leur fine et pénétrante mélancolie, si l'on est de ces modernistes enragés qui trouvent un charme étrange aux arbres sans feuilles, aux bâtisses sans architecture, aux horizons sans ligne, aux firmaments sans pourpre, à l'atonie de la nature affaissée et muette dans une somnolence de vieille valétudinaire.

La route est morne et molle. La terre ne sonne pas sous les pieds, avec ce bruit métallique qu'elle a quand le froid l'a durcie. Elle ne s'esclaffe pas non plus en flaques de boue aux fusées jaillissantes. Elle fait bosse, résiste un peu, puis cède, moule le soulier

et s'écrase silencieusement, grasse et visqueuse ainsi
que de la glaise. Il semble qu'on s'y enlise, qu'elle
veut vous retenir, et malgré soi l'on s'arrête, pris à
la fois par cette confuse étreinte et par l'immobilité
des choses qui vous entourent, comme si l'on se sentait devenir immobile soi-même, comme si l'on avait
peur d'être seul vivant dans cette pénombre crépus -
culaire où tout dort d'un mystérieux sommeil.

Nues et ternes, les maisons de campagne ont l'air
de grands tombeaux, avec leurs persiennes closes
qui ressemblent à des paupières fermées. Leurs jar-
dinets malingres, aux grilles de fer rouillé, aux treillages de bois dépeint, rappellent les petits enclos des
cimetières. Sous la grotte en rocaille on cherche le
globe de verre cachant une couronne en perles
blanches. Le vasque du jet d'eau a l'air d'un bénitier.
Et, parmi les buis, à travers les frondaisons en deuil
des ifs et des fusains, on s'attend à voir la plaque de
pierre où sont gravés les noms et les vertus d'une
famille défunte.

Les arbres décharnés profilent sur la nue pâle
leurs silhouettes d'une maigreur élégante et quasi-
artificielle. Aucune haleine ne les anime. Les plus
minces brindilles elles-mêmes sont calmes. Elles
paraissent n'être plus en bois, mais en fil de fer. Ou
plutôt, l'absence de lumière vive leur enlevant tout
relief, elles donnent l'idée d'un dessin plat, exécuté
par quelque méticuleux professeur d'écriture qui

aurait mis de longues heures à les entre-croiser une à une, avec une patience niaise. Leur lacis criblant le ciel incolore, autant d'innombrables et menus traits de plume sur la teinte neutre d'une page de bristol. Et cela fait songer aussi aux feuilles sèches, disséquées fibre à fibre, et devenues fines comme des toiles d'araignée, aux pauvres feuilles sèches qui effiloquent leur dentelle dans un album de petite pensionnaire.

Là-bas, aussi loin que l'œil peut regarder à l'horizon plein du coton des brumes, les hautes murailles des fabriques se confondent avec le firmament, où la ligne des toits flotte indécise et vaporeuse. Les cheminées des usines s'estompent vaguement, sans qu'on puisse distinguer leurs panaches de fumée qui se noient dans l'atmosphère aussi incolore que leurs flocons. Et, pour peu qu'on s'obstine à chercher où finit leur faîte dont les arêtes se dégradent insensiblement, on arrive à les imaginer à l'envers, reliées au ciel par cette fumée qui fait corps avec le brouillard. L'éloignement et l'épaisseur de l'air donnent à leur obélisque de briques comme une apparence fluide, et le font prendre pour quelque étrange et lointaine stalactite de nuage.

Sur les glacis des fortifications, l'herbe rase et pelée ne semble plus verte. Peut-être l'est-elle de près. Mais à distance, vue à travers le voile du demi-jour et sous les plis d'une bruine traînante, elle blê-

mit et s'efface ainsi qu'une étoffe déteinte. On dirait
de l'étoupe, de la ouate bleuâtre. Elle aussi, comme
les toits des fabriques, comme les cheminées des
usines, elle perd insensiblement sa nuance dans le
ton général de l'horizon, pareil à un lavis uniforme,
où toutes les couleurs s'apaisent, s'éteignent, se fondent, s'anéantissent, jusqu'à n'être plus qu'une espèce
de blanc à la fois sale et laiteux, sans profondeur
d'ombre et sans accroc de lumière.

Et tout, même les gens qui passent, même les
choses qu'on porte sur soi, le bout de mouchoir qu'on
a au coin de la poche, le nœud du foulard qu'on se
met au cou, le papier de la cigarette qu'on fume,
tout se ternit, et pâlit, et mollement s'évapore en
cette brume fine et pénétrante. Et l'on devient comme
une brume soi-même, n'ayant plus que des sensations
indécises, que des idées noyées. Et l'on s'abandonne
à savourer, sans réfléchir, cette mélancolie mystérieuse des banlieues parisiennes endormies dans le
brouillard, ce charme étrange des arbres sans feuilles,
des horizons sans ligne, des firmaments sans pourpre.
Et si l'on essaye de noter ce qu'on éprouve, on s'aperçoit qu'on vient d'être comme un instrument passif
sur lequel la nature, dans une somnolence de vieille
valétudinaire, a joué en passant un motif de la grande
symphonie en gris.

QUELQUES CRIS

I

LA VERDURETTE

Monsieur l'Avril a beau faire la mauvaise tête, il n'empêchera pas le Printemps d'arriver.

En vain, le grincheux prend des airs de Mars, avec son ciel gris couleur de caoutchouc, ses gelées blanches, son soleil anémique. En vain, il se barbouille d'averses, se grime de nuages, siffle, souffle, tousse, nous crache à la figure des giboulées pareilles à des accès de catarrhe.

En vain, il nous tire les oreilles avec les ongles pointus de ses brises. En vain, il nous trempe les pieds de ses brusques pluies, qui semblent le jet échappé à quelque arroseur maladroit. En vain il nous mitraille de bronchites et de coryzas pour retarder la retraite de l'Hiver.

Malgré le firmament vêtu d'un waterproof de cocher anglais, malgré le soleil en ruolz, malgré les giboulées, ces coups d'hystérie du ciel, malgré les averses, les bises, les gelées blanches, malgré nos pauvres nez

7.

qui coulent et se tuméfient, lamentables aubergines fondues en eau, malgré tout, en dépit des fumisteries d'Avril, nous croyons obstinément au Printemps, et nous le saluons.

C'est que le joli cri a déjà chanté par les rues, le cri bien connu des Parisiens, le cri qui est le premier vagissement de la nature renaissante :

— La verdurette ! la verdurette !

La verdurette, ce n'est pas seulement la maigre salade, au teint pâle, aux feuilles menues, que les bonnes femmes poussent devant elles dans leur *bagnole* à bras, ou portent sur leur ventre dans un éventaire.

La verdurette, cela veut tout dire, pour qui sait écouter entre les notes !

La verdurette, cela veut dire que les champs sont en train de se tisser leur belle robe en velours émeraude, et que les arbres se pavoisent, et que les buissons tirent des feux d'artifice de frondaison.

La verdurette, cela veut dire que les oiseaux volent les uns après les autres, se chamaillent, pépient, s'accrochent en grappes amoureuses.

La verdurette, cela veut dire... Eh ! parbleu ! ouvrez votre fenêtre et tendez l'oreille au cri qui monte de là-bas. L'entendez-vous, comme il chante allègrement dans la rue fourmillante ! Au-dessus de tous les bruits, de toutes les rumeurs, dominant le broum broum des voitures, il s'élance et pilouitte, et vous rafraichit l'esprit, aussitôt plein de riantes images. Adieu, Paris ! On est au diable. On répète :

— La verdurette ! la verdurette !

D'autres refrains l'accompagnent, moins vibrants, ainsi qu'il convient, puisqu'ils soutiennent seulement cette mélodie printanière. Les distinguez-vous dans la symphonie du pavé ? Ecoutez bien !

C'est la marchande de primevères et de jonquilles, qui annonce ses fleurs jaunes, en imitant les deux notes plaintives du coucou. Notes à la fois plaintives et railleuses, mais en mineur sûrement :

— Coucou ! coucou ! les coucous !°

Et c'est aussi les vendeurs de mouron, à la cantilène mélancolique. Vieux hommes ou vieilles femmes, ou galopins, ils ont une voix cassée, triste, traînante. Les uns répètent l'antique mélopée si navrante :

— Du mouron pour les p'tits..... oiseaux !

Quelques-uns l'agrémentent de variations plus longues, mais toujours pleureuses, comme celle-ci, célèbre dans le quartier du Temple, et dont l'air vous tire les larmes des yeux :

J'ai du mouron nouveau
Pour les p'tits oiseaux !
J'en ai du beau
du nouveau.
Régalez les p'tits oiseaux
Des Blancs-Manteaux !

J'ai souvent entendu les trois parties sonnant ensemble : ce refrain des Blancs-Manteaux, le cri du coucou et la verdurette. On eût dit un merveilleux trio pour basson, hautbois et petite flûte. Cela chantait la campagne, la forêt, les oiseaux, avec une gravité d'*andante* au fond de la basse, mais avec quelle gaieté dans le dessus !

C'est que, brodant sur le hautbois et le basson mélancoliques, la petite flûte fioriturait, frissonnante de fraîcheur, et joyeusement égrenait ses perles :

— La verdurette ! la verdurette !

Et Monsieur l'Avril a beau faire la mauvaise tête, même le fracas de nos bronchites et de nos coryzas ne saurait empêcher d'entendre le cri charmant du renouveau.

A travers giboulées et bises, à travers toux et éternuments, le cri monte, et tirelire et grisolle, comme le trille d'une alouette fusant vers le soleil :

— La verdurette ! la verdurette !

II

ACCOMMODEUR DÉ SULIS

Je laisse aux plumes élégantes des chroniqueurs mondains le soin de décrire les superbes magasins où le *chausseur* de *hig-life* étale ses chefs-d'œuvre de cordonnerie féminine.

Là, sous la lumière éblouissante des réflecteurs, le cuir travaillé, historié, brodé, broché, se présente et s'exhibe comme un objet d'art. Les bottines, orgueilleusement dressées sur leurs talons Louis XV, cambrées en des poses coquettes, piquées de dessins prestigieux en arabesques, n'ont presque plus l'air de chaussures. Rouges, bleues, vertes, mordorées, elles semblent, sur les étagères en velours, des bijoux dans un écrin.

On se demande quelle fée a pu si délicatement ouvrager ces merveilles, et quelle fée aussi osera les mettre.

Je laisse aux romanciers naturalistes le soin de décrire la boutique du cordonnier bourgeois.

Là, sur de solides rayons, s'alignent les solides

chaussures : les bottes à triple semelle que monsieur estime pour l'hiver ; les bottines à demi-talon
Louis XV, dont madame apprécie l'élégance à bon
marché ; les souliers vernis, dans lesquels on empri-
sonne les pieds du premier communiant et du garçon
d'honneur ; les mules en veau mort-né, coquetterie
du célibataire.

Je laisse aux romanciers naturalistes le soin de
noter scrupuleusement les dialogues *documentaires* de
l'essayage :

— Un peu aisé du bout, n'est-ce pas, monsieur ?
C'est à cause de mon cor, là, sur le petit doigt.

— Ernest, ceux-là sont trop justes, je t'assure. Tu
comprends, quand on grandit, il faut des souliers
avantageux.

Je laisse aux hommes de science de la littérature
moderne le soin de cataloguer ces précieux et réels
détails pour l'édification de la postérité, qui ne doit
trouver que chez eux l'histoire vraie de notre temps.

Plus volontiers je m'arrêterais à la pittoresque
échoppe du savetier, à l'échoppe misérable tapie dans
une encoignure d'Auverpin, à l'échoppe où l'on voit,
pêle-mêle entassés, le lourd ripaton du prolétaire, le
rigadin éculé du voyou, la bottine claquée de la petite
rentière, la tige rouge d'une antique botte vernie, et
le trottinet en peau de gant, le pauvre soulier de la
fille, celui qu'elle a troué en battant ses quarts mélancoliques.

Oui, volontiers je ferais comme les bonnes de la rue,
qui stationnent là, bouchant le jour au bonhomme,
cueillant un brin à son pot de basilic, et se délectant
à flairer la pâte noire avec laquelle il polit les talons
rafistolés, cette pâte résineuse et odorante dont le
benjoin fume sous le fer chaud.

Mais ce savetier-là me semble encore trop connu.
Qui ne l'a vu, en flânant dans les quartiers populaires ?
Même les gens qui ne flânent jamais ont eu quelque-
fois les yeux accrochés par la petite pancarte enlu-
minée d'une botte écarlate, autour de laquelle on lit :
Fait le vieux et le neuf.

Il n'est pas jusqu'à l'art qui n'ait illustré ce savetier.
Les estampes et les pâtes-tendres du siècle dernier le
représentent souvent, avec un sansonnet ou une pie
jacassant dans une cage au-dessus de sa tête.

Le savetier auquel je pense aujourd'hui, c'est celui
dont la cantilène a tout à l'heure sangloté sous mes
fenêtres, celui qui n'a ni magasin, ni boutique, ni
même d'échoppe, qui porte avec lui tout son attirail
dans une petite boîte pareille à celle des décrotteurs,
qui n'a pas de clients, qui travaille de raccroc, au
hasard de ses courses, et qui va, criant dans les
ruelles lointaines :

— Accommodeur dé sulis !

De pauvres gens l'arrêtent parfois, des gens pour
qui le savetier en échoppe est un *industriel* trop cher

et trop achalandé. Avec celui-ci, on peut marchander ferme, et, en outre, on n'a pas à attendre.

Le savetier en échoppe a son orgueil : dame! il fait aussi le *neuf !* Puis, il a sa clientèle : chacun son tour ! Il ne vous rend souvent votre soulier que le lendemain.

Et quand on ne possède que les *tartines* qu'on a aux pieds !

Alors, le savetier ambulant, c'est le sauveur. Il ouvre sa boîte, en tire une halène, un tranchet, du cuir, du fil poissé, et vous pose tout de suite une pièce sur le trou par où passait l'orteil.

C'est à lui que Corneille a dû faire recoudre son soulier.

Mais le savetier ambulant n'en est plus fier. Et c'est en rasant les murs, d'un pas fatigué, l'estomac creux et la mine mélancolique, qu'il reprend sa promenade en chantonnant :

— Accommodeur dé sulis !

III

LANTERNE MAGIQUE

Si je ne me trompe, il n'existe plus qu'un seul montreur de lanterne magique, j'entends un montreur classique, fidèle aux traditions, n'ayant rien changé au matériel, au spectacle et au boniment d'autrefois. Ce dernier représentant d'une profession qui s'éteint, on peut le rencontrer encore, de loin en loin, dans deux quartiers : le faubourg Saint-Germain et le faubourg Saint-Honoré. Mais hâtez-vous, si vous voulez le voir et l'entendre, car il est vieux, ses affaires ne vont pas à souhait, et peut-être est-il sur le point de souffler sa lanterne ou d'aller chercher ailleurs un public mieux disposé en faveur des ombres chinoises.

C'est dans les rues tranquilles, à la tombée de la nuit, qu'il arrive, à l'heure où l'on va coucher les bambins après le repas du soir.

Dans le silence du crépuscule, tandis que les becs de gaz s'allument et piquent l'ombre de papillons d'or, il se met à moudre lentement un air sur son

orgue de Barbarie, un air vieillot, nasillard et tremblotant. Puis, quand la dernière note a fini son dernier
couac, on entend une voix traînante et mélancolique,
qui semble venir de très loin, et la ritournelle monte
en s'alanguissant à travers les fenêtres closes :

— Lanterne magique! Lan-an-terne magique! Piè-
è-ches curieu-eu-ges !

Vous rappelez-vous les mystérieuses attirances de
cette voix, et comme votre cœur d'enfant vibrait aux
promesses de cette annonce ? On somnolait déjà, on
sentait passer dans ses yeux madame la Poussière et
monsieur le Rêve, on avait les paupières lourdes et la
tête ballante; et tout à coup la chanson lointaine,
lointaine, vous réveillait. On prêtait l'oreille. Elle se
rapprochait. Pièces curieuses! Qu'est-ce que cela
pouvait bien être? Et l'on suppliait les parents
d'ouvrir la fenêtre close et d'appeler le bonhomme
qui, tout en marchant, continuait à psalmodier ou à
faire coincoinner son orgue.

Et quand les parents avaient cédé, quelle fête !
Adieu l'envie de dormir ! Les yeux clairs s'écarquil
laient. Bouche béante, on s'extasiait devant les pièces
curieuses, et, quand c'était fini, on voulait encore
qu'il recommençât.

On les connaissait pourtant par cœur, ces fameuses
pièces curieuses. C'était toujours la même chose, avec
les mêmes boniments : la *Tentation de Saint-Antoine,*
le *Pont cassé,* le *Royaume céleste.*

Le montreur était presque toujours un Auvergnat,
et j'ai encore dans l'oreille les refrains fortement
accentués dont il accompagnait l'apparition de ses
tableaux. Je ne les vois pas autrement qu'avec ces
légendes, défigurées dans ma mémoire par la pronon-
ciation du bonhomme.

Quand les diablotins assiégeaient la hutte de
l'ermite, et donnaient la chasse au cochon affolé, la
barbe en nuage du saint et la queue en vrille de la
bête battaient si bien la mesure du refrain :

> Démolichons, démolichons
> La cabane de chaint Antoine,
> Démolichons, démolichons
> Cha cabane et chon cochon.

Dites cela en français, ça n'a plus de sel, ce n'est
plus ça. Et d'ailleurs, ça rime moins bien.

Il y avait aussi l'air du *Pont cassé*, avec l'homme
hésitant et se dandinant au bord de la brèche, son
chapeau à cornes sautant à l'eau, et lui demeurant le
pif allongé vers l'abîme infranchissable.

> Les canards l'ont bien paché
> Tire lire lire, tire lire lire
> Les canards l'ont bien paché
> Tire lire lire, lon fa.

Et le *Royaume céleste*, vous en souvenez-vous ? Ce
grand tableau noir, avec les astres faisant des trous
de lumière, le soleil chevelu de rayons énormes, la

lune avec ses yeux, son nez rond et sa bouche fendue jusqu'aux oreilles, c'était vraiment plus beau que le ciel lui-même; c'était le ciel pour enfants.

Quelle impression profonde, dans la nuit épaisse de la chambre, quand on entendait le bonhomme dire gravement, avec une voix de circonstance, solennelle, quasi-sacerdotale, et par-dessus tout mystérieuse :

— Chechi vous represéginte le rôigiaume chéleste, moncheigneur le Choleil, madame chon épouge la Lune, et leur famille chi chage et chi belle médemigelles les-g-Etoiles.

Mot pour mot, c'est encore ce que dit le vieux montreur du faubourg Saint-Germain et du faubourg Saint-Honoré. Il n'a rien changé, lui, en ce temps où tout change. Et de même, sur son orgue de Barbarie, plus nasillard et plus tremblotant que jamais, il joue toujours son air vieillot. Et de même, avec sa voix traînante et mélancolique, qui semble venir de très loin, il pousse encore sa ritournelle dont la vibration monte en s'alanguissant à travers les fenêtres closes.

— Lan-an-terne magique! Piè-è-ches cu-rieu-eu-ges!

Et, dans le silence des quartiers tranquilles, à la tombée de la nuit, son cri et son orgue agonisant font songer à quelque sinistre drame comme celui de Fualdès, et en même temps vous remémorent les doux et délicieux souvenirs d'enfance. C'est là une sensation exquise. Hélas! nous la perdrons bientôt,

quand le dernier montreur de lanterne magique aura
disparu. Sa chanson était une de ces mélopées où l'on
entend bruire toute sa jeunesse, comme on perçoit
tous les murmures et tous les rires de la mer dans le
bourdonnement d'un coquillage.

IV

UN CALENDRIER

Le vrai calendrier parisien est encore à faire.

On y marquerait les mois et les saisons par l'annonce des plaisirs et des nourritures propres à chaque période de l'année, par les cris de la rue, les affiches, les cartes de restaurant, les détails de mœurs significatifs. Voilà un almanach que tout le monde comprendrait !

Au lieu de cela, on nous divise le temps par solstices, équinoxes, quadratures, syzygies, le tout agrémenté de chiffres giratoires et d'hiéroglyphes cabalistiques, auxquels personne n'entend goutte.

Ne serait-il pas bien plus pratique de remplacer l'astronomie par la gastronomie ?

Je dis la gastronomie comme je dirais autre chose ; mais plus particulièrement toutefois ; car c'est surtout en voyant ce que l'on mange qu'on juge, à Paris, de la saison où l'on est. Par exemple, la fin de l'été ne nous apparaît pas du tout sous la forme d'un

nombre indiquant telle ou telle position du soleil, ou de
la lune, ou des planètes, sur l'horizon. Elle nous apparaît bel et bien sous l'espèce du gibier et des coquillages revenus. Septembre a pour figure une bourriche
éventrée.

Ainsi, c'est seulement sept jours avant octobre que
le calendrier scientifique nous dira : voici l'automne.
Bien plus exact, le calendrier dont je parle nous dit
dès maintenant : Adieu le soleil ! Adieu les villégia-
tures ! Gare l'eau ! Gare l'hiver !

Et tous les plus beaux calculs du monde ne sauraient prévaloir, pour nous, contre cette simple cons-
tatation : à savoir que les théâtres et les huîtres ont
fait leur réouverture.

Et ne croyez pas que ce calendrier-là s'adresserait
aux riches seulement, sous le fallacieux prétexte que
perdreaux et marennes passent devant le nez des
pauvres diables ? -

Croire cela, ce n'est pas connaître le Parisien, c'est
s'imaginer que le Parisien est représenté uniquement
par ce que les journaux appellent Tout-Paris, c'est-à-
dire par un millier de personnes.

Parisien aussi, sachez-le bien, est le bourgeois,
même le petit bourgeois, commerçant, employé, rentier. Parisienne, toute cette race qui va du gros né-
gociant payant vingt mille francs de loyer, jusqu'à
l'humble ménage habitant un cinquième à sept cents
francs.

Parisiens encore est l'ouvrier, l'homme en blouse et en casquette pendant la semaine, mais en jaquette et en chapeau melon le dimanche, et qui gagne des journées d'un demi-louis.

Parisien même (et je devrais dire surtout), le loupeur, le gouapeur, le bohème, qu'il soit de la bourgeoisie ou du peuple, sans oublier celui du soi-disant monde chic. Parisiens, tous ces parasites de la grande ville, toute cette vermine du pavé ou de l'asphalte.

Mais allez donc aux Halles, et voyez un peu ces avalanches de fruits, de légumes, de bourriches, de coquillages, de poissons. Que diable ferait-on de ces victuailles pantagruéliques, s'il n'y avait, pour les manger, que votre malheureux Tout-Paris, un millier d'estomacs malades ?

Et pensez-vous aussi que les théâtres vivraient, s'il n'y avait pour les remplir que ce bataillon sacré, lequel d'ailleurs ne paye jamais ses places ?

Non, non, soyons de bonne foi : le Parisien est un Gargantua qui a deux millions de bouches, et quatre millions d'oreilles. C'est un monstre autrement colossal que ce minuscule Tout-Paris. Et le monstre tout entier est capable, croyez-le bien, de comprendre mon calendrier annonçant la réouverture des théâtres et des huîtres.

- Votre Tout-Paris, d'ailleurs, est-il seulement sur le pied de guerre à l'heure présente ? Pas du tout. Il est encore disséminé aux quatre coins de la France, es-

sayant des modes nouvelles en face de la mer ahurie,
remâchant les vieux mots de l'année dernière, se re-
faisant un peu d'appétit pour les soupers prochains.

Et cependant, voici que les théâtres sortent leurs
barrières pour encager les queues qui s'allongent sur
le trottoir; voici qu'à la porte des restaurants et des
marchands de vin, l'écaillère pose son pavé de grès
sur les bourriches échevelées; voici que dans les faubourgs roulent les petites voitures poussées par
des femmes en marmotte, qui crient avec une voix de
tyrolienne :

— A la barque! à la barque !

Et les théâtres s'emplissent d'une foule bariolée,
où la redingote coudoie le bourgeron, où le chapeau
fleuri de la bourgeoise fait pendant au bonnet ru-
banné de l'ouvrière, où les pleurs, les rires, les lazzis,
disent que le Paris d'hiver a recommencé de vivre.

Et l'écaillère se hâte à fourrer son couteau rond
dans la cancale plate, dans la verte marennes, dans
l'ostende mignonne, dans l'énorme pied-de-cheval,
dans la portugal biscornue.

Et, le long du faubourg, la marchande ambulante
sème à droite et à gauche les frais trésors de sa roulotte, qui laisse derrière elle une bonne odeur de
marée et qui apporte dans les quartiers les plus noirs
la rude et suave haleine de l'Océan.

— A la barque ! à la barque !
— Demandez le programme, la pièce !

8

— Croquets, sucre d'orge, suc de pomme !

Voilà par quels cris s'annoncerait le mois de
septembre dans le vrai calendrier parisien. Cris universellement entendus, universellement compris.

Les riches y verraient de belles cartes de restaurant,
des annonces de première, la promesse des soirées
prochaines, le gaz flambant, les toilettes, les fourrures.

Les aisés y verraient le marchand de vin chez qui
l'on va, le dimanche, faire bombance avec une
« douzaine » et une entre-côte, les pièces à succès;
les dîners coupés par la hâte d'aller entendre « Chose »,
en mangeant des oranges.

Les plus gueux même y verraient la contre-marque
achetée, le mégot ramassé, la portière ouverte, et
l'éventaire roulant où le pauvre aussi trouve son
régal de coquillage, en se payant pour deux sous de
moules, de ces moules que le peuple appelle si pit-
toresquement les huîtres de savetier.

V

UN FAIT DIVERS

: — Des choux, des porreaux, des ca-a-a-rottes !...
Nave-e-ets, navets !... Du-u bel ognon-on-on ! Du bel
ognon !...

Traînante, grelottante, plaignarde, la mélopée,
chantée par une voix de femme, égrenait ses notes
lamentables dans l'air glacial.

Mais il avait beau être glacial, cet air de dix degrés
au-dessous de zéro, il n'arrivait pas à geler les grosses
gouttes de sueur, âcres, brûlantes, qui perlaient au
front, dégoulinaient sur les joues de la pauvre femme,
pendant qu'elle poussait d'ahan sa petite voiture
chargée de légumes et chevrotait son refrain sur un
ton de plus en plus navrant.

Oh ! la misérable créature ! Maigre, les yeux cernés,
les pommettes bleuies, les narines froncées de souffrance, elle allait, sous un tartan rapiécé et une marmotte en torchon. Elle avait une grande tache jaune
sur le haut de la figure : le masque de grossesse,

hélas ! Et son ventre ballonné se cognait à l'éventaire roulant. Elle était enceinte.

— Des choux, des porreaux, des ca-a...

Et elle s'affaissa entre les brancards.

Malgré le froid, il se fit un rassemblement. En un clin d'œil, la rue fut encombrée. Les derniers venus poussaient par derrière, demandant ce qu'il y avait. D'autres jouaient des coudes pour sortir de la presse et, n'ayant rien vu, répondaient :

— Peuh ! une femme saoule !

Un sergent de ville arrive, fend la cohue, fai écarter le monde et s'approche, en tenant à la main son carnet et son crayon pour verbaliser.

— Votre plaque ? Votre numéro ? Votre livret ? Et relevez-vous plus vite que ça !

La femme se tord par terre, sanglote, étouffe. Elle cherche, d'un geste convulsif, à dégrafer son corsage. Elle s'enfonce les poings dans le ventre, pousse ses reins en avant, allonge le cou, hurle.

— Oh ! mon Dieu ! mon Dieu ! Vous voyez bien que je vais accoucher.

On la porte chez un pharmacien. Les badauds suivent et font un tas qui s'écrase à la devanture. Chacun dit son mot.

— En v'là une idée, de faire des enfants dans la rue !

— Ben ! faut qu'elle ait un vrai courage, par un temps pareil !

— Est-ce que ça lui a pris, comme ça, tout d'un
coup ?

— Aussi, on ne travaille pas quand on est dans cet
état-là...

Et toutes les réflexions banales et prévues se croi-
sent. Ceux qui parlent prennent un air entendu. Leurs
voisins les approuvent.

Dans la boutique, la malheureuse, couchée par
terre, là-bas, au fond, où il y avait assez de place, est
en proie aux affres de l'enfantement. Le garçon potard
lui tient la tête et la fait renifler au goulot d'un flacon.
Le patron, sa calotte en arrière, se donne l'impor-
tance d'un médecin. Il a relevé la manche droite de
sa redingote. De temps à autre le sergent de ville
vient à la porte, dont le bouton de cuivre est secoué
par les impatients.

— Allons, allons, débarrassez le trottoir. Circulez,
messieurs, circulez !

Je t'en fiche, qu'on va circuler ! Voilà la femme qui
accouche. Des gamins curieux, faufilés au premier
rang, s'aplatissent le nez sur la glace de la montre et
soufflent pour tâcher de fondre les glaçons qui les
empêchent de distinguer ce qui se passe.

— Dis donc, Léon, qué qu'tu vois ? Moi, j'vois rien.

— Moi, j'vois l'pharmacope qu'est à genoux. Mais
il y a l'larbin devant. Il bouche le plus chouette. Ah !
zut ! v'là encore l'sergot qui vient nous faire dé-
caniller... Oh ! mince ! j'ai vu. C'est rien rigolo !

8.

La femme a mis au monde un enfant. Et elle songe
avec amertume que cela lui en fait cinq. Oui, avec
amertume ! Elle les aime pourtant bien, ses pauvres
petits. C'est pour eux, pour les quatre demeurés à la
maison, qu'elle est sortie ce matin, sans vouloir
écouter les voisines qui disaient que ce n'était pas
prudent. C'est pour eux qu'elle a travaillé quand
même, espérant qu'elle pourrait encore aller aujour-
d'hui. Dame, le mari est à l'hospice. Elle a rudement
du mal à les nourrir, les quatre mioches ! Et, maintenant, comment va-t-elle faire ?

Demain, elle ne pourra plus vendre. Pas le sou
pour manger ! Ah ! malheur !

Elle veut se lever et retourner pousser sa voiture.

— Non, non, c'est défendu, dit le pharmacien. Que
diable ! Il ne faut pas aller plus vite que les violons.
Un bel accouchement, c'est vrai, et joliment mené,
je m'en flatte ! Mais, enfin, ce n'est pas une raison
pour forcer la nature. On va envoyer chercher une
civière et on vous transportera, ma brave femme.

On attend. La foule a fini par se disperser un peu.
La civière arrive. On met la femme dessus avec le
nouveau-né dans une couverture. On recouvre le tout
de la serge noirâtre qui ressemble à une serpillière. Le
cortège sort de la boutique. En route, la femme s'é-
vanouit. Elle a une perte. On change de direction et
on va vers l'hôpital.

Eh bien ! Et les quatre mômes qui sont à la maison ?

Quant à la petite voiture, le sergent de ville l'a fait conduire à la fourrière.

Dans la rue, on stationne encore aux alentours. Les boutiquiers viennent demander des détails au pharmacien. Il raconte, et par le menu, avec des termes techniques. Puis il conclut invariablement par ces mots :

— Et j'ai compris, dans ses jérémiades, que cela lui en faisait cinq. Ces gens-là ne sont vraiment pas raisonnables.

On trouve, à l'unanimité, que le pharmacien a raison.

VI

A LA CRÈME! FROMAGE A LA CRÈME!

Irrésistiblement, je reviens toujours à ces cris de la rue, à ces vieilles mélopées qui planent comme des chants d'oiseau dans la forêt de moellons de la grand'ville, à ces refrains populaires qui sont l'âme elle-même du pavé.

J'y reviens, et je ne me rassasie pas d'en parler, et je suis sûr que les lecteurs non plus ne sauraient se lasser de les entendre ; car ces cantilènes ont vraiment un écho dans tous les souvenirs, et réveillent des sensations, des sentiments, des idées, dans les rêveries de tout le monde.

Surtout dans les rêveries du Parisien pur sang, de cet être bizarre qui ne connaît la nature que par ouï-dire, qui a vu par-ci par-là, en une brève villégiature, un bout de campagne hanté de touristes, et qui n'en aime que plus fort cette campagne d'où il est à tout jamais exilé.

Oh! pour celui-là particulièrement, combien ces

cris de la rue, rhythmant les quatre saisons, remémorent de lointaines et douces images, ressuscitent de fugitives impressions, évoquent de mystérieux désirs !

Et, parmi tous ces cris, il en est peu qui le troublen autant que celui des femmes, dont la voix aux inflexions paysannes pousse, dans les premières chaleurs de l'été, ce frais appel plein de tentations :

— A la crème ! fromage à la crème !

Parbleu ! je n'ignore pas ce que peuvent dire les *blagueurs*, pour *débiner le truc* de ces fausses paysannes !

Certes, elles sont paysannes des Batignolles ou de Montrouge, et le costume qu'elles arborent est pour la frime. Leur bonnet en forme de coiffe, leur tablier à pochettes, leurs manches de toile éblouissante, leur cotillon court, leur corbillon garni de linges mouillés, leurs fromages posés coquettement dans des cœurs en osier, leur petit pot à crème, tout cela semble sortir d'un magasin d'accessoires, et leur donne l'air de figurantes.

Quant aux fromages, vous ne m'apprendrez rien en me répétant avec un malicieux sourire qu'il y a de tout dedans, de tout ou de n'importe quoi, de la farine, de la cervelle de bœuf, voire du plâtre, de tout excepté du lait.

Quant à la crème, vous pouvez vous en donner à

cœur-joie. Vous ne m'étonneriez même pas en me
révélant qu'on en fabrique avec de la poudre de riz
battue dans du blanc de perles.

D'accord ! Je ne discute pas. Tout cela est de la
farce. Ce qui est sincère, c'est le petit frisson de joie,
de fraîcheur, de souvenance campagnarde, qui passe
délicieusement dans le cœur de ces Parisiens, lorsqu'ils entendent crier :

— A la crème ! fromage à la crème !

Ils se rappellent alors les coins de paysannerie où
il leur a été donné de vivre à la hâte quelques vagues
huitaines de vacances, les tasses de lait qu'ils *voyaient*
traire, et qu'ils avalaient tout chaud, fumant, mousseux, et qui leur restait sur le cœur, mais qu'ils trou-
vaient cependant exquis.

Ils se rappellent le grossier *maton*, le suave *fromage*
à la pie, qu'ils découpaient eux-mêmes sur la clayette
d'osier, et qu'ils mangeaient avec un chanteau de
pain bis, avant de boire un gobelet de *picolo*, de ce
vert petit reginglard qui leur piquait un cent d'épingles dans la gorge.

Comme c'était bon, hein ! ce rude repas de ferme,
au bout d'une promenade en pleins champs, quand
on s'en revenait harassé, suant, les jambes rompues,
la tête cerclée de migraine par le grand air, et, néanmoins, les poumons regaillardis, l'estomac creux, le

sang battant une charge inaccoutumée dans les
veines tendues comme des cordes!

Comme c'était bon! Comme on se sentait vivre!
Comme on prenait une provision de santé, de brises
odorantes, de soleil, de nature!

Et il semble que cela vous revienne, comme une sou-
daine bouffée, apportée par ce cri, qui vibre dans
l'air épais de l'été parisien :

— A la crème! fromage à la crème!

Eh! oui, c'est du faux fromage! Eh! oui, c'est de la
fausse crème! Rappelez-vous pourtant que vous vous
en êtes régalés, même de celui-là, même de cette
boue blanche où d'étranges détritus formaient d'incompréhensibles grumelots.

Dans les ténébreux restaurants où mange la jeunesse pauvre, où pitancent ceux qui seront les hommes
de demain, n'est-ce pas une fête, lorsque arrivent les
petites assiettes avec leur mortier blême qu'on sau-
poudre de sucre? Quelle nouveauté, quelle fraîcheur,
après les lamentables desserts de l'hiver, après les
mendiants avariés, les gruyères racornis, les roque-
forts en savon de Marseille!

— Garçon! un supplément!

Et l'on y va de ses trois sous, se privant du tabac
possible, consentant à fumer tout le jour les miettes
de caporal ramassées au fond des poches. Qu'importe!
Après nous la fin du monde! Tout pour le supplément

de gourmandise ! Tant pis ! Dans la rue ensoleillée,
devant la boutique obscure, la bonne femme au corbillon d'osier a passé en criant :

— A la crème ! fromage à la crème !

Et au lycée ! Remontez jusque-là, dans vos souvenirs ! C'est là que vous retrouverez les premières et
les plus douces impressions éveillées par la mélopée
printanière.

La salle d'étude était morne, chaude, puante, et
l'on donnait de la tête sur le dictionnaire, en cherchant le sens rebelle d'une version grecque, ou la
cadence fuyarde d'un vers latin.

— M'sieu Durand, là-bas, vous dormez !

— Non, m'sieu. Je réfléchis.

Et l'on réfléchissait, en effet, non pas à la version
grecque ni aux vers latins, mais aux vacances, aux
chères vacances où l'on pourrait enfin courir, ba-
varder, galopiner. Ah ! que c'était long à venir !

Tout à coup, on était joyeux, en arrivant au réfec-
toire, le matin, quand on voyait que l'immonde soupe
du déjeuner était remplacée par un grand plat de
blanc laitage. On était ravi, car cela voulait dire que
l'été commençait, que juin allait marcher rondement,
que juillet filerait ensuite, et qu'il n'y avait plus que
deux mois à attendre pour avoir enfin la clef des
champs.

Et toute cette joie s'épanouissait en espoirs radieux, en projets de fête, quand la fenêtre laissait entrer, à travers les barreaux de prison, le cri délicieux qui chantait la liberté prochaine et la cage ouverte :

— A la crème ! fromage à la crème !

VII

LES VICTIMES DU BAZAR

Il s'est trouvé des journalistes, des brochuriers, voire des législateurs, pour protester au nom du petit commerce ruiné par les grands magasins. Mais personne n'a plaint les victimes du bazar, les pauvres gagne-deniers qui portaient la balle en plein vent, et qui disparaissent devant la concurrence de la *boutique à treize*.

Et pourtant, si l'économie politique et sociale les condamne, la poésie ne doit-elle pas s'apitoyer sur leur sort? N'est-il pas vrai que la physionomie de Paris perd en les perdant? Hélas ! le bazar a tué des voix qui étaient aussi nécessaires à la grand'ville que les voix d'oiseaux le sont à la forêt.

Rien qu'au hasard de la mémoire, combien de cris populaires je me rappelle, phrases au rhythme mélancolique ou aux paroles goguenardes, turlututus en fausset ou graves mélopées en notes traînantes, qui chantaient leur partie dans le concert des bruits de

la rue, et qui l'enrichissaient d'harmonies bizarres,
et qui maintenant s'éteignent de jour en jour!

On dirait un orchestre dont les exécutants s'en vont
peu à peu, laissant la mesure commencée, lâchant
leur instrument au milieu d'une mélodie, désertant
soudain la symphonie où leur absence fait des trous
piteux.

On dirait que la vieille forêt, mystérieusement
frappée de mort, a renoncé à ses chansons d'antan,
et que, l'un après l'autre, les oiseaux s'y taisent, désolés et lamentables.

C'est de loin en loin, dans les quartiers perdus,
dans le haut des faubourgs, qu'on entend encore le
bonhomme qui égrène les taratata de sa trompette
en étain, et qui entonne, sur un air de chasse :

> Voilà l'raccommodeur de fontaines;
> Le poseur de robinets !
> Fait's donc raccommoder vos fontaines,
> Fait's poser vos robinets!

C'est dans les banlieues vagues, aux tranquillités
provinciales, qu'on voit le dernier cartonnier ambulant, le petit vieux qui paraît tout petit sous son échafaudage de caisses en papier, le triste petit vieux qui
psalmodie lentement sa cantilène sur trois notes :

— Cartons longs! cartons carrés! cartons ronds!...
Cartons pour les chapeaux de mesdames!

Et le lunetier nomade, où le rencontrer aujour-
d'hui? Sur quel trottoir inconnu, dans quelle ruelle

antédiluvienne promène-t-il sa boîte au fermoir de
cuivre? A qui vendrait-il ses grosses bésicles faites
pour chausser des nez disparus? J'ai besoin de fermer les yeux et de descendre au fond de mes souvenirs pour retrouver le son de sa voix chevrotante,
qui jetait d'abord un cri aigu et ajoutait ensuite dans
une basse solennelle cette simple phrase :

— J'ai... les bonnes conserves!

Quant au facétieux personnage qui ameutait toutes
les commères en vendant ses cannes de jonc, il me
semble l'avoir entrevu seulement en rêve, tant il y a
longtemps que je n'ai entendu son cri gouailleur :

— Battez vos femmes et vos canapés !

Et de même je me demande si ce n'est pas mon
imagination fantaisiste qui a inventé le marchand de
casque'-à-mèche. Oh! combien il me paraît antique,
celui-là! N'est-ce pas une vieille estampe qui me l'a
révélé? Mais non, non. Je me souviens bien de l'avoir
vu en chair et en os. Il portait sur le dos une balle
qui ressemblait à un gros mouton, à cause des mèches
frisées que le vent ébouriffait. Sur sa tête, enseigne
vivante, il arborait un énorme et triomphal bonnet
de coton. Et c'est avec l'éclat d'une fanfare qu'il lan-
çait cette annonce comique dont le populaire s'es-
claffait de rire :

— Panamas, panamas, panamas d'hiver !

Autant de bruits éteints, autant de chansons perdues, toutes ces phrases au rhythme mélancolique

ou aux paroles goguenardes, tous ces turlututus en
fausset et toutes ces mélopées en notes traînantes !
Autant de parties qui manquent dans le concert de
la rue.

Oui, les exécutants de ce grand orchestre s'en vont
chacun à leur tour, désertant la symphonie qui s'ap-
pauvrit peu à peu. Aujourd'hui c'est la petite flûte ;
hier c'était le hautbois ; demain ce sera le tour des
violons. Bientôt il ne restera plus que le piston tapa-
geur, joué par la corne à bouquin des tramways.

Et vraiment, pour me consoler de toutes ces voix
désormais silencieuses, ce n'est pas assez de l'aboyeur
qui glapit devant les bazars, trompettant, de la gorge
et du nez, son abominable et crécellante ritournelle :

— Ah ! voyez, voyez ! la boutique à treize, dix-
neuf, vingt-neuf, trente-neuf et quarante-neuf ! ah !
voyez, voyez !

Non, ce n'est pas assez de ce perroquet, pour ani-
mer la vieille forêt parisienne, où chantaient tant
d'oiseaux, qui maintenant l'un après l'autre se taisent,
désolés et lamentables, oubliés par tout le monde,
excepté par ces fous de poëtes, seuls amants des races
mortes et des chansons abolies.

SOUVENIRS ET FANTAISIES

I

LILAS

C'est le mois des lilas, des lilas jolis, des lilas fleuris, des lilas fleurant le miel, des lilas couleur de ciel, couleur du ciel à l'heure où les nuages sont encore azurés par la nuit qui s en va et sont déjà rosés par l'aube qui vient, en sorte que cet azur et ce rose se fondent en une délicate et tendre nuance de liquide améthyste ; c'est le mois des lilas fleuris fleurant le miel.

A la fenêtre grande ouverte, l'ouvrière travaille en chantant, et fait assaut de roulades avec le petit serin en cage. Aux fils de fer de la cage, près de l'échaudé, est accroché un brin de lilas. Et de temps en temps, quand ils sont las, l'oiseau vient becqueter une larme d'eau suspendue à la fleur, et la fillette se penche pour respirer une bouffée de la fraîche odeur qui sent le printemps et la campagne.

Dans le salon encombré de meubles, la femme élégante promène languissamment son ennui. Elle sou-

9.

lève les tentures, feuillette les livres, tapote sur le
piano, et songe sans savoir à quoi, ne trouvant aucun
charme à toutes ses richesses familières. Mais sur la
cheminée, dans un cornet de cristal, une branche de
lilas s'épanouit, et chaque fois que la jeune femme
passe auprès, un vague sourire de souvenir heureux
fleurit sur ses lèvres pâles, qui sont comme la fleur
teintée d'améthyste.

— Hu ho ! diâ ! crie le charretier. Et, se baissant, il
ramasse sur le pavé une pauvre touffe de lilas qui a
roulé dans la poussière. Il la secoue, la trempe à une
borne-fontaine, et voici que la fleur reprend un ins-
tant la vie. Il en pique un pompon derrière l'oreille
du limonier, et il mâchonne le brin qui reste, en dila-
tant ses narines poilues pour humer l'àme des lilas
fleuris fleurant le miel.

Le valet de chambre a fini la toilette de monsieur.
Après avoir donné la dernière chiquenaude au col du
veston, il prend le pulvérisateur pour embaumer dans
l'odeur à la mode toute la suave petite personne du
gentleman à tournure de groom. Mais monsieur
trouve aujourd'hui que l'odeur à la mode est aga-
çante. Il fait du doigt un signe de refus, et, prenant
dans un gros bouquet une poignet de lilas, il l'égrène
entre ses mains frottées avant de passer ses gants de
cheval.

Plus triste encore que de coutume, la vieille mère,
devant ce printemps radieux, songe aux printemps

passés, où s'épanouissaient, avec les fleurs, les chers enfants qu'elle a perdus. Et elle s'en va là-bas, dans le cimetière plein de verdures éclatantes et de moineaux amoureux, elle s'en va déposer sur les tombes les bottes énormes de lilas, de lilas mélancoliques, de lilas qui ont la couleur charmante et navrante des robes de demi-deuil.

Les gamins sortent de l'école en vrombissant comme un tourbillon d'abeilles. Et vite, vite, avant que le propriétaire bougon soit venu les menacer de son balai, vite, ils escaladent le mur pour arracher les branches qui pendent au-dessus de la rue. Et ce n'est plus à coup de pierres aujourd'hui qu'ils se mitraillent; c'est à coups de perles violettes, à coups de parfums, et les vaincus sont fouettés avec des grappes de fleurs.

Le croûton de pain ramassé par terre est bien dur. Le vieux qui le mange a bien peu de dents. Ah! comme quelque chose serait bon à grignoter avec! Quelque chose, n'importe quoi, cela ferait une douceur. Aussi faut-il bénir la fille folle qui, en passant, lui a jeté en guise d'aumône un brin de lilas pris à son corsage. Car le pain du gueux est moins dur et moins amer, maintenant qu'il le mâche machinalement avec des grains de lilas, de lilas jolis, de lilas couleur de ciel, de lilas fleuris fleurant le miel.

II

LA CIGARETTE

Un des traits caractéristiques de la rue parisienne, un de ces traits qui font notre physionomie, et que les étrangers observateurs doivent remarquer tout d'abord, tandis que l'accoutumance nous empêche, nous, d'y prêter attention, c'est la cigarette.

Nulle part on ne fume la cigarette autant qu'à Paris, nulle part, non pas même en Espagne, dans ce pays classique du *papel de hilo*.

On reconnaît même le Parisien pur sang à ceci, qu'il ne fume *que* la cigarette. Homme du monde, et pouvant s'offrir les régalias les plus capiteux ou les plus suaves partagas ; homme du peuple, et devant trouver plus de commodité dans la pipe qui tient toute seule au bec pendant qu'on travaille ; à quelque classe qu'il appartienne, et quelque bonne raison qu'il ait pour préférer autre chose, toujours le Parisien reste fidèle au simple caporal roulé dans une feuille de papier.

Et roulé par lui-même, notez bien ce point.

Car un des charmes de la cigarette, c'est justement de la faire, c'est de la sentir se former, se tasser, s'égaliser, élastique et moelleuse, et craquante, et frissante, et froufroutante, entre les doigts qui la caressent amoureusement.

Le plus grand charme de la cigarette, c'est de la faire sans qu'elle soit faite jamais. Notez encore, et très particulièrement, ce second point. Le vrai fumeur de cigarettes ne mouille pas son papier, ne donne point à sa cigarette une forme définitive, mais continue à la rouler et à la dérouler tout en la fumant. Elle est toujours parfaite, et cependant toujours inachevée. C'est une chose mobile, changeante, légère, quasi-vaporeuse, comme les volutes bleues des bouffées dans lesquelles son âme délicate en tournoyant s'envole.

Cet inachèvement est si nécessaire à la cigarette, que les ouvriers eux-mêmes l'observent d'instinct. Eux dont les mains sont occupées, salies souvent, gourdes au grand air, ils n'en savent pas moins prendre entre leurs gros doigts cette fine petite chose, et la tripoter, la chiffonner, quand ils sont Parisiens, avec une nonchalance d'oisifs et une désinvolture de grands seigneurs.

Musset a dit un jour :

Mais je voudrais au moins qu'une duchesse en France
Sût valser aussi bien qu'un bouvier allemand.

· En revanche, je défie une duchesse de n'importe
où de savoir fumer la cigarette comme un serrurier
de Grenelle ou un maçon de Montmartre. ·

Mais, hélas! ainsi que beaucoup d'autres choses,
la cigarette, ou du moins l'art de fumer la cigarette,
est en train de disparaître. C'est encore là un de ces
traits qui s'effacent insensiblement de nos mœurs.

Et ce qu'il y a de plus singulier, c'est que la cigarette mourra précisément parce que nous l'aimions
trop,

L'État, l'horrible État, cet empêcheur de danser
en rond, ce curieux qui fourre partout son nez, l'État
s'est aperçu de notre passion pour la cigarette, et
aussitôt il l'a mise en coupe réglée. Il a fabriqué et
vendu des cigarettes.

Dire qu'elles sont mauvaises, ce n'est pas assez!
Elles sont abominables, hideuses, monstrueuses.
Rien de laid, de triste, de dégoûtant, d'absurde,
comme ces tubes de papier raide, bourrés mécani-
quement, et collés à la gomme dans toute leur lon-
gueur. Des cigarettes collées! Un contre-sens, quoi!

Aussi les vrais fumeurs de cigarettes se sont-ils
esclaffés de rire, et se sont-ils dit tout de suite :

— Cela ne durera pas.

Mais quoi! L'on ne vient pas au monde en sachant
faire une cigarette. Comme tous les arts, celui-là
s'acquiert peu à peu. Et les enfants, les collégiens,
les apprentis, tous ceux qui jadis se sentaient la

vocation et la cultivaient avec patience, aujourd'hui ne peuvent plus s'instruire. Au lieu de commencer, comme nous, par rouler des boudins de feuilles mortes dans du papier à chandelle, ils courent tout de suite au paquet de cigarettes toutes faites.

Ils les trouvent détestables, c'est vrai. Mais alors ils les quittent, pour le cigare s'ils sont riches, pour la pipe s'ils sont pauvres.

Seuls quelques enragés, qui ont le génie de la cigarette, s'obstinent à chercher et à retrouver l'art perdu dont il n'y a plus en France que de rares maîtres.

Mais le nombre de ces enragés diminuera de jour en jour. Et une heure viendra, heure sinistre qui va bientôt sonner à l'horloge du Progrès, heure lamentable, heure misérable, où l'on ne verra plus que des brûle-gueule et ces affreux morceaux de tabac que Banville appelle *des troncs d'arbres prétentieux.*

Alors, dans Paris désenchanté, il n'y aura plus que deux espèces d'hommes pour rouler la fine, la suave, la délicieuse cigarette, et se demander le feu subtil qui met une paillette rouge dans sa cendre satinée : ces deux espèces d'hommes seront les souteneurs et les poëtes lyriques.

Dame ! que voulez-vous ! Ce n'est pas ma faute.

III

LIQUEURS ABOLIES

Certes, les *consommations* modernes ont leurs charmes; soit qu'on les avale à longs traits, soit qu'on les hume à petits coups, soit qu'on les savoure au fond d'une salle coutumière, parmi le tic-tac des dominos qui font un bruit de grêle sur les tables de marbre, soit qu'on les flûte négligemment à la terrasse en regardant passer sur l'asphalte le mouvant kaléidoscope des promeneurs; certes, ces boissons ne sont pas à dédaigner, et je ne saurais leur refuser mon hommage; mais...

Mais avez-vous bu du vespetro?

Sans doute, l'absinthe est belle à voir et douce à flairer, quand sa liquide émeraude se dissout brusquement en nuages d'opale, et s'évapore en effluves de mélisse et d'anis, quand, sous la chaleur et le poids du jour, elle évoque de fraîches images et répand de subtils parfums, quand elle vous fait songer aux vertes splendeurs des couchants rayés de satin pâle et aux sauvages arômes des landes désertes;

sans doute l'absinthe est belle à voir, et douce à
flairer ; mais...

Mais avez-vous bu de la crème des Barbades ?

Et le vermouth aussi est agréable, avec son goût
pharmaceutique et ses reflets de topaze claire ; et
aussi le bitter sombre, semblable à une topaze brûlée ; et même l'amer Picon, brillant comme une
perle noire ; et encore plus le suave curaçao, dont la
dernière goutte restée au fond du verre donne à l'eau
toutes les roses de l'aurore et la fait ressembler aux
joues d'une vierge éveillée par le baiser d'un inconnu ;
oui, tout cela est vrai ; mais...

Mais avez-vous bu du parfait amour ?

Il y en a pourtant, du vespetro, et de la crème des
Barbades, et du parfait amour. Et bien d'autres liqueurs encore existent, moins illustres peut-être, et
abolies, tout autant, comme le noyau de Poissy, la
prunelle, le riquiqui à la rose ; sans parler de l'apéritif Gambetta, et du bon patriote bizarrement em-
bouteillé dans une fiole qui représente Mossieu
Thiers ; et combien que j'oublie, dont la saveur est
depuis longtemps morte sur toutes les lèvres; dont le
nom même est perdu.

Mais où sont les liqueurs d'antan ?

Elles sont dans quelques lointains cafés de banlieue, refuge des boissons démodées, pauvres consommations rossignols dont personne n'a pu épuiser
le solde ; elles sont dans ces vagues estaminets où la

dame de comptoir, éternellement inoccupée, dévore dans la solitude des feuilletons interminables, où le garçon somnole sans trêve, où la poussière s'entasse au fond des soucoupes inutiles; elles sont dans les caboulots fantômes, dernier asile de ces Belles au bois dormant.

Mais quel prince Charmant les réveillera?

Le rare passant qui entre dans ces nécropoles, effrayé du silence qu'il trouble, ne voit pas les yeux doux que lui font les bouteilles lamentables, les pauvres liqueurs abolies; et vite, vite, il siffle un aigre boc de bière éventée, ou bien un tiède et trouble mazagran, qui lui barbouille l'estomac, tandis qu'elles, les bonnes vieilles, elles le lui réchaufferaient de leurs carresses, et retrouveraient pour lui plaire la verdeur de leur ancien printemps.

Mais qui sait reconnaître que ces vieilles sont de jeunes fées?

Et, nul ne venant mettre un baiser au goulot de leurs bouteilles, les liqueurs abolies continueront à dormir sur les tablettes des estaminets de banlieue, et se changeront en huile, ou sûriront, ou se dessécheront, peu à peu, d'année en année, dans la solitude où bourdonnent seulement les mouches estivales, jusqu'au jour où il ne restera plus au monde un seul homme qui se souvienne d'elles, et qui puisse encore dire :

— Mais avez-vous bu du vespetro?

IV

BESOGNE MYSTÉRIEUSE

Midi. C'est l'heure où le soleil d'hiver, si rare, daigne montrer un peu sa bonne face chevelue et ses joyeuses joues en vermeil. C'est l'heure de la journée où l'on se sent le mieux vivre.

A cette heure, les gens riches et voluptueux s'éveillent, s'étirent dans leur lit parfumé, et se font servir un fin déjeuner à même la courte-pointe. Le repas d'amour se continue en dinette de gourmands.

A cette heure, les bourgeois, les commerçants, les employés, font trève à leurs labeurs absorbants, et se reposent, les coudes sur la table, devant les assiettes fumantes et les verres remplis.

A cette heure, les ouvriers eux-mêmes sont en liesse, dans les gargotes et chez les mastroquets, et ils font les yeux doux à la soupe épaisse, au quignon de pain, au litron couleur pourpre.

C'est midi. C'est l'heure de manger en regardant sourire le soleil d'hiver. C'est l'heure du repos et de la joie. C'est l'heure de la journée.où l'on se sent le mieux vivre.

Quels sont donc ces malheureux, ces parias, pour qui cette heure, au contraire, est le signal du repos fini et du travail recommençant ? Où vont-ils, fiévreux ? A quelle mystérieuse besogne ?

Les voici, filant vite le long des murs, avec leurs figures blêmes et leurs yeux clignotants, comme s'ils craignaient la lumière. Ils se hâtent. Ils sont en retard. Quelques-uns courent.

Là, sur cette rue noire et puante, une porte s'ouvre, semblable au trou d'un clapier. Un à un, les malheureux s'y engouffrent. Ils y entrent d'un pas sûr, comme habitués à marcher dans la nuit. Et c'est, en effet, dans de la nuit qu'ils entrent, de la nuit plus noire que de la poix.

Ils suivent de longs et tortueux corridors, montent et descendent des escaliers humides, à la rampe grasse, aux murs visqueux. Ils cheminent dans un souterrain.

Est-ce une cave, une caverne, un temple de troglodytes, l'endroit où ils se retrouvent enfin ? Qui peut savoir ? Une voûte énorme pèse de toute son obscurité sur cette salle immense, déserte, silencieuse, poussiéreuse, qui fait songer à une crypte perdue des Catacombes.

C'est là qu'ils arrivent, toujours furtifs, et de plus en plus pâles sous la maigre lueur de quelques lampes qui éclairent blafardement ce lieu de désolation.

Pourquoi viennent-ils donc ici ? Devinez, si vous pouvez. Mais à les voir, à les entendre, on dirait simplement une réunion de fous et de folles en plein accès de démence.

Ils vont et viennent à grands pas, crient, pleurent, puis soudain éclatent de rire, puis se menacent, puis se pardonnent. Et toujours, toujours cela finit par quelque meurtre. Une pauvre femme qu'on assassine, un misérable qui se poignarde!

Il semble même que ce meurtre final soit leur principale occupation. Car souvent, lorsque tombe la victime, on entend quelqu'un d'entre eux se plaindre en disant : — Ce n'est pas ça ! — Et, en effet, ils ont tous l'air de trouver qu'on n'a pas assez bien tué, ou que le mourant n'a pas râlé en conscience. Et alors on peut voir l'assassin s'acharner de nouveau sur sa victime, qui reprend des forces pour se tordre mieux et hurler de souffrance. Et tous alors sont contents.

Quels sont donc ces monstres ? Quel sacrifice abominable viennent-ils donc accomplir dans ce souterrain ? Et cela à notre époque, cela en plein Paris moderne !

Ah ! certes, le fanatisme est une terrible chose, pour avoir pu troubler à ce point les cervelles de ces infortunés, pour avoir pu en faire ainsi d'obstinés

scélérats, pour avoir éteint en eux tout sentiment
humain.

Car ils n'ont aucun intérêt aux crimes qu'ils com-
mettent. Cela n'est ni pour voler, ni pour se venger.
C'est par dévotion pure à leur dieu, c'est par vertu
qu'ils en arrivent à ces scènes dignes de fakirs in-
sensés.

Ils n'ont pas même l'air de méchantes gens, quand
on les considère en dehors du moment où ils sont
transfigurés par la fureur de l'extase. Loin de là, ils
paraissent plutôt doux et presque enfants.

Les femmes sont aimables et avenantes, et il n'en
est guère dont les yeux ne reflètent un amour par-
tagé.

Les hommes sont gais compagnons, ne craignant
pas le mot pour rire. Sans doute, on reconnaît bien
que ce sont des sortes de prêtres, mais ils ont la
mine à la fois sacerdotale et bon garçon, et ce n'est
pas l'hypocrisie qu'on peut lire aux plis de leurs
faces rasées.

De leurs faces rasées !... Vous avez deviné, n'est-ce
pas ?

Eh bien ! oui, ces gens qui s'enferment mystérieusement à l'heure où les autres vont prendre l'air ;
ces gens qui passent leur après-midi dans les ténèbres,
sous quelques becs de gaz, à crier, rire, pleurer,
s'invectiver, se massacrer ; ces gens qui, le soir,

pour se reposer, recommenceront à crier, rire, pleurer, s'invectiver, se massacrer, et cette fois en pleine
lumière, sous une lumière aveuglante et étouffante ;
ces gens qui font cette besogne de forçats, ces gens
sont les pauvres gens dont on dit :

— Oh ! ces gens de théâtre ! en voilà qui mènent
une vie !...

Oui, une belle vie, parlons-en ! A peine levé, déjeuner sur le pouce, courir répéter de midi et demi à
cinq heures, dîner de plus en plus sur le pouce, jouer
de huit heures à minuit passé, manger un morceau,
se coucher avec la fièvre d'une bataille quotidienne,
se réveiller pour recommencer une journée pareille,
et recourir au théâtre, vite, vite...

— Allons ! messieurs, en scène pour le un !

Pauvres cabots !... Moi, je les adore.

V

L'AMATEUR DE TAMBOUR

Savez-vous jouer du tambour? Non, probablement. On sait jouer du piano, du violon, de la flûte, du cornet à piston, du sax-horn, de l'ophicléide, du serpent, du mirliton, de tout enfin, excepté du tambour.

Il faut être tapin de régiment, crieur de village ou saltimbanque, pour savoir jouer du tambour.

Moi, je ne suis rien de tout cela; et pourtant je sais jouer du tambour.

Comment? Pourquoi? Cela ne vous regarde pas. Je ne suis pas ici pour écrire mes Mémoires. Bornez-vous à connaître que je suis fils de militaire, que j'ai passé mes récréations d'enfant dans des cours de caserne, que j'ai eu longtemps pour dada le genou d'un tambour-major, et qu'enfin j'ai toujours nourri une passion folle pour cet instrument sauvage, barbare, dont la rauque et monotone musique évoque en moi mille échos des vieilles sociétés disparues.

Ici je pourrais me livrer à un *a parte* lyrique sur la
magie de ces évocations, et vous expliquer l'étrange
griserie que me donne le tambour.

Danses de Bacchantes enivrées, de bayadères eni-
vrantes ! Marches de peuples nomades se ruant à la
conquête de pays enchantés ! Farandoles de noirs en-
thropophages autour du gibier humain qui grésille !
Défilé triomphal d'armées victorieuses ! Cérémonies
funèbres aux sourds roulements voilés ! Voluptueuses
théories adonaïques ! Austères initiations aux mystères de Cybèle ! Extases de derviches tourneurs et de
fakirs hurlants ! Tout cela vit, et passe, et reluit, et
chante, et tourbillonne, dans les ronflements tumultueux de la peau d'âne !

Et voyez la puissance du tambour ! Tout cela tient
dans une note unique. Mais cette note est perpétuel-
lement diversifiée par le rhythme infiniment mobile
des baguettes. Est-ce une mélodie ? Non. Une har-
monie ? Encore moins. C'est le rhythme seul, le
rhythme pur, rien que le rhythme.

Inutile d'insister, n'est-ce pas ? Ce mot, le rhythme,
suffit à faire comprendre comment il est naturel
qu'un poëte adore le tambour.

D'ailleurs, il ne s'agit pas de s'excuser. Fermons la
parenthèse. A tort ou à raison, le fait est que je sais
jouer du tambour.

Cela posé, vous croyez sans doute que j'ai dû maudire M. Farre, et que je bénis le ministre qui nous a rendu les tambours.

Ah! comme vous vous trompez! Ah! pauvres gens qui n'avez jamais eu au cœur une passion ardente, absolue, exclusive, jalouse, comme la passion que ressent Othello pour Desdemona, que ressent l'avare pour son trésor!

Car j'aime le tambour au point que je voudrais être seul à savoir en jouer. Et je souffre surtout quand je vois comme on en joue mal.

Or, nos tapins, c'est lamentable à entendre, hélas! Tous les jours, poussé par un irrésistible instinct, je descends dans les fossés des fortifications, où ces malheureux s'épuisent en *ra* mélancoliques et en *fla* dérisoires; et tous les jours mon cœur saigne de leur honte.

A peine, par ci par là, un vieux caporal-maître a-t-il conservé l'art de faire chanter ce que Chateaubriant appelait si noblement *la caisse d'airain recouverte de la dépouille des onagres.*

Mais les autres? les apprentis? les vagues Dumanets, les maladroits Pitous appelés à l'honneur d'être nos futurs Corybantes? Ah! les misérables! les Philistins!

Pas de tambours, plutôt que ces tambours sans art, sans conviction! Maudit soit celui qui leur a remis les baguettes en mains! Béni soit M. Farre qui nous avait sauvés de cet abominable sacrilège! Car jouer du tambour aussi mal, c'est déshonorer le tambour.

Jugez donc de ma surprise, quand hier, tout à coup, j'entendis un roulement exquis, perlé, plein de ressauts inattendus, et cependant d'une tenue bien homogène, bien liée, absolument moelleuse. Je m'arrêtai, haletant. C'était admirable.

Vite, vite, je cours pour tourner l'angle du bastion qui me cachait ce merveilleux artiste. O joie ! j'allais donc pouvoir causer de l'instrument chéri avec un frère, avec un maître.

Avec un maître !... Cette pensée me glaça d'horreur. Oui, j'étais ravi de l'entendre. Mais en même temps, j'avais le cœur serré. Quoi ! il aimait donc le tambour d'un amour pareil au mien ! Quoi ! le tambour l'aimait aussi, cet homme, et répondait à ses caresses ! La jalousie, l'envie, me torturaient.

N'importe ! Je veux le voir, le contempler, mon rival. Et me voilà redoublant de vitesse. Enfin, j'arrive au tournant. L'homme est devant mes yeux. A mon aspect, son jeu se fait encore plus brillant.

C'était un petit vieux, *en bourgeois*. Oui, un particulier, un pékin, comme vous et moi. Et pas une mine de saltimbanque ! Un monsieur propret, à favoris, à figure de rentier.

Évidemment, cet homme était un amateur. Il jouait

du tambour pour son plaisir, pour lui-même, par
passion du tambour. Ma jalousie devint féroce. Je
perdis la tête.

— Monsieur, lui dis-je à brûle pourpoint, de quel
droit jouez-vous ainsi du tambour?

Ma figure furieuse lui fit un peu peur, tout d'a-
bord. Il cessa de battre la caisse. Mais bientôt il se
remit, et, avec le calme d'une conscience pure, il me
répondit fièrement :

— Monsieur, je joue du tambour parce que je sais
en jouer et parce que j'aime ça. Mais vous-même, de
quel droit...

Je fus touché, je l'avoue, et subitement désarmé.

— Monsieur, repris-je, pardonnez-moi. Mais c'est
que, moi aussi...

Il me comprit à demi-mot ; et, me passant avec un
geste superbe le baudrier autour du torse :

— Allez, me dit-il, je ne suis pas jaloux, moi. Au
contraire.

Il ne m'appartient pas de raconter la lutte épique
dont le fossé et le grand ciel furent seuls témoins, et
comment je tâchai de faire passer tout mon enthousiasme dans la frénésie de mon jeu, et comment le
vieillard me donna ensuite la réplique en déployant
toutes les ressources d'un art vraiment incompa-
rable.

Non, j'aurais mauvaise grâce à faire mon propre

éloge, et je me permettrai seulement de consigner ici
l'opinion de cet honnête homme, de ce savant artiste,
de ce grand maître, sur son humble rival. Aussi bien
les phrases les plus flatteuses ne vaudraient-elles pas
ce simple mot parti du cœur :

— Monsieur, me dit-il, ou plutôt mon cher ami
(car maintenant je n'hésite pas à vous donner ce
nom), nous pouvons nous toucher la main. Nous sa-
vons tous deux jouer du tambour. Et si j'en joue,
moi, avec plus de virtuosité, je suis forcé de convenir
que vous en jouez avec plus d'âme.

Il a dit : *avec plus d'âme !*

VI

EAUX-FORTES PARLÉES

On entend parfois des mots qui donnent sur la vie
sociale ce que l'eau-forte donne de la nature : une
impression nette, profonde et noire.

J'appelle un gamin de douze à quatorze ans pour
lui faire porter une lettre. C'est un apprenti emballeur, le va-trop de son atelier. La mine éveillée, le
regard intelligent. Je lui explique l'adresse. Puis,
tout à coup :

— Mais, au fait, tu sais lire ?

— Non, m'sieu.

— Comment ! à ton âge !

— J'travaille.

L'autre soir, j'étais au *banc des accusés*, un bouge
de Montparnasse. C'est là que les chiffonniers du
quartier viennent se graisser les jarrets avec un verre
de pétrole ou casse-poitrine, avant de commencer

leur tournée de nuit. Il y en avait deux qui se cha-
maillaient. L'un était dans la force de l'âge, la figure
rougeaude, la mise relativement confortable, un bon
tricot de laine sous sa pelure bien raccommodée.
L'autre, vieux, maigre, le nez violet dans une face
blême, des vêtements en loques. Le premier avait
une hotte. Le second, un mauvais sac.

— Tu n'as seulement pas ta médaille, dit l'homme
à la hotte. Propre à rien, maraudeur !

— De quoi, maraudeur? riposte l'homme au sac.
Eh ! va donc, aristo !

Je vais voir une famille misérable qu'on m'a re-
commandée. Le père est poitrinaire. La mère ne vaut
guère mieux. Il y a onze enfants à la maison.

Devant ce chiffre, je ne puis retenir un geste de
surprise.

— Qu'est-ce que vous voulez? fait le pauvre diable,
qui a compris. C'est notre seul plaisir.

Mais le mot le plus terrible, je l'ai cueilli sur les
lèvres d'une vieille mendiante, qui le laissa tomber
sans en savoir le prix, et qui ne se doutait guère des
dessous que j'ai vus dans le pataquès qu'elle faisait.

Elle disait, en parlant de ses confrères les assistés
du bureau de bienfaisance :

— Nous autres les indulgents.

Indulgents pour indigents! Vous avez bien lu. Je

vous jure que je ne l'invente pas. Je l'ai entendu de
mes deux oreilles. Je le lui ai fait répéter.

Et maintenant, pesez le mot, songez aux envies,
aux rancunes, aux comparaisons haineuses que peut
inspirer la misère, songez au nombre des meurt-de-
faim, et dites s'il ne faut pas admirer leur bonté, à ces
formidables indulgents.

Le voyou ! Je ne sais si je me trompe ; mais ce
monstre de l'infiniment petit, à la fois burlesque et
touchant, mièvre et prodigieux, en qui souffle toute
l'haleine du Paris-poison, en qui siffle toute la blague
du Paris-pinson, il me semble l'avoir entendu vivre
dans un simple dialogue de la correctionnelle.

Et j'ai pris ce dialogue dans un vieux journal de
tribunaux, non fantaisiste, mais sténographique. Le
rédacteur ne s'étonnait même pas de ce qu'il avait
transcrit. Et cependant...

L'accusé a six ans, juste. Il a volé une paire de
bottes presque aussi grandes que lui. Gravement, on
l'interroge sur *les mobiles* de son action. Je copie tex-
tuellement l'interrogatoire :

— Pourquoi as-tu volé ?

— Parce que je suis trop petit pour travailler.

— Pourquoi as-tu pris des bottes que tu ne peux
pas mettre ?

— Pour les vendre, eh ! grand mufle ! T'es rien
bête de me demander ça !

VII

BALS-MUSETTE

Il faut réhabiliter les bals-musette, que les chroniqueurs de chic s'obstinent à représenter comme des rendez-vous de malandrins, souteneurs, escarpes et autres rôdeurs de barrière. O mes confrères Auvergnats, que réunit mensuellement le diner de la *Soupe aux choux*, pourquoi pas un de vous ne s'est-il élevé contre cette stupide légende, pourquoi laissez-vous ainsi calomnier vos braves et honnêtes pays, pourquoi ne connaissez-vous pas un peu mieux ces arrière-boutiques où danse le vivant souvenir de vos montagnes? Pourquoi faut-il enfin que ce soit un profane comme moi qui ait l'idée de pénétrer dans le temple, pour soulever le voile noir où s'abritent les arcanes de l'Isis charbonnière, et pour rendre aux pauvres bals-musette la considération dont ils sont dignes?

Sans doute, le long des boulevards extérieurs, au bas de Ménilmontant, de la Villette, de Montmartre et

de Montparnasse, il y a des bals-musette comme ceux
dont parle les chroniqueurs de chic, des bouges où se
rassemble la racaille de l'égout, où les faces blêmes
sont souvent tatouées de pochons noirs, où il
coule parfois du sang dans les saladiers de plomb
gluants de vin bleu, où les pierreuses viennent se
donner du cœur à l'ouvrage en avalant un verre de
pétrole qui leur flanque un coup de fer rouge dans
l'estomac. Mais peut-on appeler bals-musette ces bals
où il n'y a plus d'Auvergnats, où même, la plupart
du temps, il n'y a plus la musette, instrument trop
doux, que remplace le strident et brutal cornet à
piston?

Passez les boulevards extérieurs, remontez vers le
haut des faubourgs, ou dévalez vers les banlieues, et
là seulement vous trouverez les bals-musette, les
vrais, tenus par des Auverpins à la fois mastroquets
et charbonniers, hantés par des Auverpins aussi, porteurs d'eau, commissionnaires, frotteurs, cochers,
cuisinières et bonnes d'enfants; les bals-musette que
parfume la chaude et savoureuse odeur de la soupe
aux choux, les bals-musette qu'arrose de sa mousse
pourprée le vin noir du pays, les bals-musette au
plancher de bois qui sonne comme un tympanon sous
les talons tambourinant la bourrée montagnarde, les
bals-musette enfin que la musette remplit de son
chant agreste, ronflant comme un chat, gazouillant

comme un oiseau, crécellant comme une cigale.

Ah! certes, ce ne sont pas des figures de malandrins, des frimousses d'Alphonses, des museaux de dogue ou de fouine. Rien que de bonnes grosses faces rougeaudes, qui sentent encore le soleil rude et l'âpre vent de là-bas. Pas d'yeux clignotants aux paupières rongées: mais des regards simples et sains, bruns comme la peau des châtaignes ou bleus comme le ciel d'été. Pas de bouches aux lèvres minces, mais de franches lippes couleur de fraise. Pas de moustaches aux pointes en crève-cœur, ni de rouflaquettes pommadées; mais des barbes de sapeur, ou des favoris de matelot, et des tignasses hirsutes semblables à des broussailles; et, parmi ces broussailles, ainsi qu'une églantine sauvage, la fleur épanouie de la gaieté, la large rose des joyeux éclats de rire.

Et ces fortes filles, qui, les poings sur les hanches, toutes droites, infatigables, tricotant des jambes, ont l'air de danser une danse de guerre antique, et poussent des *yous* pareils à des hurlements d'Amazone, qu'ont-elles donc de commun avec les pâles et mièvres rôdeuses de barrière, avec ces gamines émaciées, perdues de chlorose et d'anémie plus encore que de vice, pauvres spectres errants de la débauche précoce et de la misère perverse? Ah! les gigoteuses de cancan n'auraient pas beau jeu et tomberaient vite

pâmées, s'il leur fallait tenir tête aux sauteuses de
bourrée, dont la gorge tendue se contente d'une bras-
sière en guise de corset, dont les mollets sont plus durs
que du chêne, dont les poumons ont été bronzés par
la farouche haleine des montagnes !

Essayez, d'ailleurs, d'y toucher, à ces gaillardes
qui pourtant retroussent volontiers leurs jupes pour
mieux lancer le coup de jarret final de la bourrée.
Voilà celle-ci, qui n'est qu'une cuisinière, et dont les
doigts sentent le miroton. En voici une autre, à la
joue encore barbouillée de charbon, et qui rit d'un
rire de négresse en folie, avec ses dents blanches dans
sa face noire. Et celle-là, le front ceint d'un bonnet
en serre-tête, pour cacher sa chevelure tondue ! Celle-
là, mine d'innocente, et innocente en effet, qui, avant
de quitter le pays, a vendu ses cheveux pour s'acheter
des chemises. Essayez un peu d'y toucher, à cette
cuisinière, à cette charbonnière, à cette innocente, et,
sans qu'aucune appelle un homme pour la défendre,
vous verrez quelle mornifle vous enverra vous asseoir.

Car c'est un bal de famille, que ce bal-musette.
Tous ces gars sont des maris, des frères ou des fiancés.
Des amoureux dupeurs, sans doute, il y en a aussi.
Mais des malandrins, chercheurs de *marmites*, non
pas ! Et des filles vendant leur jeunesse, non plus !
Elles ne vendent que leurs cheveux. Et tous viennent

là pour se distraire, se voir, se dégourdir les jambes,
entendre le doux instrument et danser la robuste danse
qui leur rappellent le pays. Et si des cœurs suivent
les mains qui s'enlacent, tant mieux! Cela fera un
couple de plus qui bientôt y retournera, au pays aimé,
et qui bravement y cultivera un lopin de la terre na-
tale, et qui, en attendant, retrouve sur ce plancher
sonore les échos et jusqu'à la poussière de la patrie
absente.

Pas plus tard qu'hier, j'ai vu dans le bout de la rue
Laugier une noce entière entrer au bal-musette. Et
non des varpouilles du boulevard extérieur, vous entendez bien! En landaus, les hommes sanglés dans
des redingotes, les femmes en robes de soie, cochers,
charbonniers, riches nounous ou cordons-bleus, ils
venaient se marier à l'auvergnate, sans en rougir et
crânement. Et la mariée, une jolie brunette, relevant
sur ses hanches ses jupons de satin blanc, et de mous-
seline, se mit à danser comme les autres sa danse de
sauvage, et à taper de ses pieds mignons, et à se balancer au rhythme tournoyant de la musique enragée,
et à pousser d'une voix d'aiglonne les terribles *yous*
pareils à des hurlements d'Amazone.

Et alors, quoique n'ayant pas l'honneur de compter
parmi les heureux dîneurs de la *Soupe aux choux*,
quoique étranger, je n'ai pu résister plus longtemps

11

au désir de détruire la fausse légende qui représente
les bals-musette comme des coupe-gorges ; et j'ai
voulu réhabiliter les bals-musette, les vrais, ceux
qu'embaume la bonne odeur du lard auvergnat, ceux
qu'arrose de sa mousse pourprée le vin noir du pays,
ceux que la bourrée tambourinante emplit d'un sonore, roulement, ceux où chante la musette montagnarde, la douce et sauvage musette qui ronronne
comme un chat, trille comme une alouette, crécelle
comme une cigale et vrombit comme une abeille
grisée de lumières et de parfums.

VIII

LA CHIROMANCIE EN OMNIBUS

L'omnibus roule, cahotant, zigzaguant, dans un fracas de vitres secouées. Le bruit empêche d'entendre les conversations. La lumière tantôt crue, tantôt bouchée, selon la largeur de la rue et l'encombrement des voitures voisines, danse sur le journal, où les yeux se fatiguent parmi la farandole des lettres mal imprimées. Que faire, pour passer le temps ?

On inspecte d'abord les physionomies. Mais on a bientôt fait le tour de ces quatorze figures au type connu d'avance. Alors on sommeille, doucement bercé dans l'air épais et méphitique du lourd véhicule.

Je sais une autre distraction, moins banale, plus difficile aussi à se donner : c'est de regarder les mains des gens, et de faire son petit Desbarolles en devinant leurs occupations par ce rapide et furtif examen.

Non au moyen des lignes, toutefois ! On ne peut pas prendre les doigts de chaque voyageur et se pen-

cher, le nez dans sa paume. Mais *grosso modo*, on se
contente de relever les différences de forme, de couleur, les calus, les torsions, que les métiers divers im-
priment aux mains comme des stigmates.

Essayez, et vous verrez. Il y a des signes certains
auxquels on ne se trompe pas.

Naturellement, je ne parle pas des diagnostics
trop commodes à établir. Personne n'hésite devant
une main d'artiste, par exemple, aux doigts longs et
effilés, ou devant une main d'homme d'affaires,
tantôt grasse et boudinée, tantôt grippée et crochue,
selon que le personnage est un *tout rond* ou une âme
de renard.

Non plus on ne fait erreur, en voyant une menotte
de couturière, à l'index grêlé de piqûres noires, ou un
pouce de fumeur de cigarettes, teinté comme celui
d'une écaleuse de noix.

Mais il y a des déformations et des colorations moins
connues, ou moins observées, et c'est à celles-là surtout qu'il est amusant de fixer son regard.

Ainsi, le noir et le blanc sont trompeurs. Il faut un
œil exercé pour distinguer la main du mouleur et la
main du mitron, celle du charbonnier et celle du mé-
canicien.

Le rouge brun des ébénistes peut se confondre avec
celui des tanneurs.

Mais souvent aussi la couleur est un indice sûr,

comme le rouge vif chez les polisseurs de glaces ou l'indigo chez les teinturiers.

C'est aux callosités surtout qu'on doit les documents les plus précieux et les plus précis.

Les coupeurs ont une espèce de corne, produite par les lourds ciseaux, sur le dos de l'index et au bord externe du pouce.

Les graveurs ont un durillon unique, mais épais, à la paume de la dextre.

Chez les peintres, grâce au port habituel de la palette, un bourrelet circulaire se forme autour de la naissance du pouce gauche.

Les mains des typographes sont reconnaissables entre toutes. Le bord de la *casse* leur fait pousser un matelasset de peau morte dans la paume de la main gauche, et la pression nécessaire pour fixer en place le caractère leur donne une sorte de cor au pouce.

Quelquefois, la forme et la couleur sont altérées dans la même main, et la profession est ainsi plus sûrement encore signifiée.

Les plieuses de journaux ont l'intérieur des doigts à la fois sali et usé par le frottement continu sur le papier humide d'encre grasse.

Les coiffeurs sont aussi reconnaissables que les typographes, grâce à des stigmates caractéristiques. Ils ont des calus comme les coupeurs, à cause des ciseaux et des fers à friser, et en même temps le bout de leurs

doigts est usé par le lissage des cheveux, et huileux
de pommade imprégnée.

Maintenant, j'avoue qu'on se blouse aussi parfois,
dans cette chiromancie, comme dans l'autre d'ailleurs.

Un jour, en omnibus, je m'amusais à regarder ainsi
les mains des voyageurs, sans lever les yeux sur leurs
figures, me faisant une fête de constater ensuite si
j'avais deviné juste.

J'avise une main grasse, onctueuse, féminine. Pas
moyen de douter. C'est une main de prêtre. Je redresse la tête et je me trouve en face de mon con-
frère X...

J'avais conclu à un bénisseur, et c'est au contraire
un homme qui s'est fait des rentes comme casseur de
sucre.

IX

POTACHES A PERPÈTE

De mon temps, on appelait ainsi ceux qui ne sortaient jamais du lycée, jamais, jamais, pas même aux grandes vacances. Potaches à perpète, c'est-à-dire à perpétuité!

Il y en a encore. J'en ai rencontré l'autre jour une demi-douzaine en promenade, sous la conduite d'un jeune pion mélancolique, qui, lui non plus, ne prenait pas de congé, sans doute afin de préparer sa licence pour la session d'octobre.

Oui, en promenade, les malheureux, au milieu du mois d'août.

Les *copains* sont à la campagne, à la mer, chez les grands-parents qui les gâtent. Ils boivent l'air libre, fument des cigarettes ailleurs qu'aux lieux, mettent des faux-cols, sont amoureux des bonnes, et ne se souviennent guère des pensums et des retenues d'antan.

Eux, les pauvres petits galériens, ils continuent à

vivre entre les murs lépreux du *bahut*, couchant dans les dortoirs déserts, traînant leur ennui parmi les études vides, les classes silencieuses, les cours mornes, et les retenues d'antan leur semblent regrettables à côté de ces vacances qui n'en finissent pas.

Comme c'est long, ces deux mois sans bruit, sans jeux, sans société ! Au moins, pendant les retenues, on entendait crier les autres dans la cour voisine. Avant la fin de la récréation, on avait encore cinq minutes pour se dégourdir les jambes et se tremper un peu dans le tapage. Maintenant, le lycée est muet comme un tombeau.

On les mène bien en promenade ; mais quoi ? ce n'est plus pour faire une bonne partie de barres aux Tuileries, ou aux Invalides, en bande nombreuse, avec des causeries et des éclats de rire plein les rangs. Aujourd'hui, on marche en petit groupe derrière le pion, on rôde le long des tableaux du Louvre, quand il pleut, et quand il fait beau, le long des boutiques. Et c'est là tout le plaisir.

Oh ! comme c'est long, ces deux mois de solitude ! Pauvres potaches à perpète !

Les vacances dernières ont déjà passé ainsi. Et les prochaines passeront de même. Et bien d'autres encore ! jusqu'au baccalauréat, s'ils y arrivent. C'est-à-dire jusqu'à dix-sept ou dix-huit ans. Et cela dure depuis l'âge de sept ou huit ans. Dix ans de prison,

quoi! Dix ans pour des gamins, n'est-ce pas à perpétuité?

Ce sont des noirs, en général, des Haïtiens, des
Martiniquais. Nous les appelions aussi des *Lantillards*,
parce qu'ils étaient des Antilles.

Tout petits, jolis négrillons, avec leurs dents de
loup et leurs yeux d'oiseau, ils arrivaient, encore
imprégnés de senteurs marines, encore luisants du
soleil de là-bas. A peine débarqués au Havre ou à
Saint-Nazaire, on les expédiait au lycée, ahuris, grelottants, pleins de souvenirs dorés et de rancœurs
amères, et c'est pour dix ans qu'ils devaient dire adieu
aux brises odorantes, aux verdures, à la liberté.

Ils n'avaient pas de *correspondants* pour les faire
sortir.

Quand nous revenions à la rentrée, ils semblaient
redevenus des sauvages. Cela ne me frappait pas
alors. Mais aujourd'hui, en me rappelant, je revois
et je comprends leurs figures curieuses et farouches,
leurs allures de bêtes captives. Il leur fallait un bon
mois pour reprendre langue avec nous et pour recommencer à jouer.

Leurs meilleurs amis étaient le *tapin* et le lampiste,
surnommé *suce-mèche* ou *pisse-huile*, avec qui ils
avaient fait connaissance intime pendant les deux
mois où ils ne voyaient plus personne. Le *tapin*, passe
encore! c'était un ancien soldat, qui racontait ses
campagnes. Mais le *pisse-huile!* Une espèce d'idiot, à

11.

l'œil hagard, aux doigts gras, abruti, ne vivant
qu'avec ses lampes, et qui bégayait. Fallait-il s'em-
bêter, pour devenir l'ami de cet infirme ! Oh ! les pauvres potaches à perpète !

Tels je les ai connus jadis; tels je les ai retrouvés
l'autre jour, marchant à la queue-leu-leu sous les
arcades de la rue de Rivoli. Les voilà bien, boudinés
dans leurs tuniques comme des singes savants, le képi
trop petit soulevé par la laine bouffante de leurs
cheveux, leurs pieds fins mal à l'aise dans les gros
souliers cloués. Voilà bien leur pas élastique, leur
dandinement du buste roulant sur les hanches, et le
balancé de leurs bras trop longs. Ils ont toujours,
aussi, leur air triste, air de prisonniers et d'exilés !

Et je me suis rappelé soudain ceux de mon temps,
et leurs confidences sur les deux mois lamentables, et
leur étrange amitié pour *suce-mèche*. Dans ma mémoire
sont encore revenus danser les mots zézayants et ga-
zouillants de leurs chansons créoles, de ces chansons
qu'ils aimaient à fredonner pendant la récréation du
soir, alors qu'ils se pelotonnaient dans le dernier
rayon de soleil pour avoir moins froid. Je ne sais
pas comment s'écrivent ces mots ; mais voici les sons
à peu près :

> Kari lalo,
> Milatresse tou pique sou sou na...

Et encore celle-ci, dont la musique berceuse avait

comme un clapotis de vagues, et dont les paroles se
noyaient dans le flou des *r* mouillés :

> Méné gaille là,
> Méné gaille là
> Pour nous caresser li.
> Dites-moué qui vous a méné ici?
> C'est moussié Saint-Alary.
> Charles Roffina,
> Roffina, fina,
> Morocoille là mouri.
> Charles Roffina,
> Roffina, fina,
> Morocoille mouri là.

En passant près d'eux, l'autre jour, j'ai murmuré
cette cantilène de leur pays, et j'ai vu un sourire traverser leurs grands yeux tristes.

D'ailleurs, je ne sais si je me trompe, ou bien c'est
un effet de l'âge (déjà!) qui embellit les choses d'autrefois; mais il me semble que, de mon temps, les
potaches à perpète étaient plus noirs.

Au fond, ce sont peut-être les mêmes, que la mélancolie a fait déteindre.

X

LES NOMS DES RUES

Je vais me faire honnir par les utilitaires qui veulent que tout serve à quelque chose et qui, entre autres prétentions biscornues, ont celle de transformer les noms des rues en un cours d'histoire de France. Que ce cours d'histoire de France soit réactionnaire ou républicain, j'ai l'audace de trouver l'idée stupide, et je suis pour les noms qui ne signifient rien, les vieux noms au sens aboli, charmants précisément à cause de cela, pittoresques, bizarres parfois, auxquels chacun rattache ses souvenirs propres, sa vie triste ou gaie, une mort, un amour, une anecdote, une promenade, comme on le fait à une mélodie ancienne dont on ne sait plus les paroles ni l'auteur.

Il en est, parmi ces noms-là, qui n'ont même pas besoin de vous rappeler une heure d'antan et qui vous restent dans l'oreille uniquement par la musique de leurs syllabes et par le vide délicieux de leur signification.

Tenez, au hasard de ma mémoire, écoutez-les chanter :

Rues des Morillons, des Panoyaux, de la Sablière-du-Sabot, des Mignottes, des Belles-Feuilles, des Alouettes, des Hautes-Vignolles, Pierre-au-Lard, des Trois-Chandelles, du Fer-à-Moulin, des Lyannes, des Cinq-Diamants, du Pré-Maudit, des Annelets, de la Limace, de l'Oseille, de l'Orillon, du Puits-qui-Parle, des Fonds-Verts, des Envierges, du Liégat, des Marguerites, des Brouillards, des Ecouffes, Brise-Miche, Belhomme, des Hautes-Gatines, Vineuse, de l'Epée-de-Bois, Gît-le-Cœur.

Et comme cela toute une bande folle, vocables disparus du langage courant, sobriquets devenus d'indéchiffrables énigmes, contre-sens quelquefois entre le nom donné jadis et le sort de la rue aujourd'hui. N'est-ce pas que la sonorité en est belle, ou amusante, ou suggestive, et que chacune, en passant devant vos yeux vous a induit à quelque rêverie étrange, à quelque imagination imprévue, à une sorte de fantasmagorie peuplée selon le caprice mélodieux et bariolé des syllabes? Ces mots produisent un effet analogue à celui des couleurs qui déroulent sur les crépons japonais une histoire dont on ne peut lire la légende.

Et ne vous récriez point contre cette incompréhensibilité! C'est elle, je vous le répète, qui fait là tout le charme. Ne me dites pas que vous ignorez ce que sont des panoyaux, des vignolles, des lyannes, un orillon, des envierges, un liégat, des écouffes. Si vous le saviez, le nom de ces rues deviendrait peut-être vulgaire, ou sale, ou banal tout au moins.

Ne me dites pas non plus qu'il n'y a plus de belles-feuilles, ni d'alouettes, ni d'oseille, ni de marguerites, ni d'épée-de-bois, ni les trois chandelles, ni les cinq diamants, dans les rues qui s'appellent de la sorte. Ne cherchez pas à retrouver les mignottes, la pierre au lard, le fer à moulin, les annelets, autant vaudrait chercher le merle blanc. Surtout ne faites pas l'érudit moqueur, n'allez pas vous croire spirituel en affirmant qu'il y a des pavés dans les rues du Prémaudit et des Fonds-Verts, des boulangers ailleurs que dans la rue Brise-Miche, des mastroquets ailleurs que dans la rue Vineuse, des brouillards partout en ce moment, et ne vous avisez pas de me traiter de sentimental si je vous déclare que j'ai un petit frisson d'horreur exquise en prononçant le nom de la rue Gît-le-Cœur.

Et, pour finir, laissez-moi vous montrer comme quoi mon paradoxe poétique s'appuie sur d'autres raisons que des raisons de sentiment, comment on peut expliquer par la critique le charme singulier de ces vieilles appellations, et pourquoi de simples syllabes surannées suffisent à donner une émotion que ne donneraient pas des plaques **pédantesquement** commémoratives.

Les noms propres sont imposés aux rues par que.-

qu'un, par un gouvernement, par un conseil. Tantôt
c'est la flatterie qui propose, tantôt c'est la passion
politique qui dispose. Mettons que la flatterie soit
quelquefois bien placée, que la passion politique soit
équitable. Mais que ce soit l'une ou l'autre qui propose et dispose, c'est toujours un monsieur qui compose.

Les vieux noms de tout à l'heure, au contraire, les
souvenirs, les sobriquets, les images pittoresques, ont
été donnés et consacrés par celui que Voltaire, qui
s'y connaissait, trouvait plus spirituel que lui-même,
je veux dire par tout le monde. C'est la raison qui
fait qu'ils sont charmants, comme les rondes, comme
les légendes, comme les chansons populaires, dont
la beauté naïve, simple, irréductible aux procédés
artistiques, fait le désespoir des plus grands artistes.

Victor Hugo a écrit ce que dit la Bouche-d'Ombre ;
mais je suis sûr qu'il était jaloux de celui qui a inventé
le Puits-qui-parle.

Et voilà pourquoi, en dépit des utilitaires, je pré-
fère aux noms historiques les vieux noms qui ne
signifient plus rien, mais où chante un écho, souvent
baroque, toujours musical de la grande voix populaire.

XI

LA REVUE DES MONSTRES

Chaque premier de l'An, à Paris, on peut se croire transporté à Rome, au temps de l'empereur Héliogabale, le jour où cet extraordinaire fantaisiste avait convoqué par édit tous les gens contrefaits de sa capitale, auxquels il voulait offrir un banquet d'une colossale bouffonnerie.

Chaque premier de l'An, en effet, Paris lève l'interdiction qui pèse sur la mendicité, donne campos aux tend-la-main, et lâche à travers ses rues toute les difformités horribles et grotesques de sa Cour des Miracles. C'est la fête des infirmes, l'invasion des mal bâtis, la procession des amputés, l'exhibition des lamentables en débris ; et la ballade allemande de la Revue des fantômes n'est que de la Saint-Jean à côté de cette réelle et fantastique Revue des Monstres.

Ce qu'il y en a de monstres, à Paris, c'est effroyable !

Cette Cour des Miracles, ce peuple étrange de boi-

teux, de manchots, de borgnes, d'aveugles, d'épilep-
tiques, de pustuleux, d'ulcéreux, de suppurants, de
béquillards, de culs-de-jatte, tout cela vit, le reste de
l'année, dans des quartiers perdus, dans des cités en
torchis où personne ne va, sur les confins misérables
et honteux de la grande ville, dans laquelle il leur
est défendu de descendre. De loin en loin, au bout
d'un pont, sous un porche d'église, on rencontre un
de ces gueux, mais à peu près montrable celui-là,
autorisé, patenté presque, on pourrait même dire
comme il faut. C'est l'aristocratie des mendiants. Quant
à la plèbe, au troupeau, au commun de ces martyrs,
on ne les voit pas, on ne se doute pas qu'ils existent.
Paris les cache dans les ourlets de sa robe de fortifications, et la vermine n'en sort pas.

Mais le jour de l'An, la vermine prend l'air, et alors
on s'aperçoit de son nombre prodigieux. Tout cela
grouille, se met en marche vers les grands boulevards, accourt au rendez-vous de l'aumône permise,
pêle-mêle, en plein air, sous la lumière du ciel et le
feu d'artifice du gaz.

Quelle descente de la Courtille! Quelle mascarade
abominable! Un tohu-bohu d'apparitions à la fois
terrifiantes, pitoyables, comiques. Un cauchemar
plein de gnômes, de phénomènes, de brucolaques, de
chimères. Et ces gnômes parlent, ces phénomènes ne
sont pas dans l'esprit-de-vin, ces brucolaques vous
tirent par la manche, ces chimères vivent! On les voit

arriver, monter à l'assaut des passants, s'embusquer
au coin des rues, surgir du pavé, ramper dans la boue
des trottoirs, clopin-clopant, cahin-caha, à tâtons,
qui sur les genoux, qui sur les poignets, qui sur le
fondement, avec des pieds de bois, des derrières de
cuir, des voix de l'autre monde. Et tous vivants, vous
dis-je, tous vivants !

Vivants de quoi, comment, par quel mystère? Nul
ne le sait.

Ils n'apparaissent que ce jour-là. On dirait que
chaque année nouvelle donne, en venant au monde,
un coup de pied dans le cadavre de sa mère et qu'elle
en fait jaillir ce tourbillon fourmillant, hideux, de
larves épouvantables.

Certes, je ne récrimine pas contre la coutume cha-
ritable qui conserve ces espèces de saturnales des
monstres. Ces monstres sont des hommes, après tout ;
ils ont droit, comme nous, à l'air, au soleil, à la
liberté. En somme, c'est plutôt à eux qu'à nous qu'il
appartiendrait de se plaindre, à eux qui n'ont qu'une
fois par an l'occasion d'exciter notre pitié et de nous
rappeler qu'ils sont nos frères.

Mais tout de même je ne puis me défendre de l'horreur qu'ils inspirent, et il faut être Héliogabale pour
se divertir à contempler ces déformations immondes
de la noble statue humaine.

Ce premier de l'An, ce carnaval des contrefaits, me
laisse un serrement dans le cœur et un éblouissement

tragique dans les yeux. Je garde, comme un mauvais
rêve, le souvenir de ces plaies étalées, de ces ulcères
mis à nu, de ces membres dépareillés, de ces faces
incomplètes. J'éprouve des revenez-y de frisson, en
me disant que j'ai été raccroché par des moignons
bleuâtres, regardé dans le blanc des yeux par des
orbites vides de leurs prunelles, coudoyé par des bras
sans coudes; et c'est d'un rire convulsif et douloureux
que je ris, quand je songe que je me suis trouvé nez
à nez avec des gens qui n'en avaient pas.

XII

LA MI-CARÊME EN RACCOURCI

Je connais un homme méticuleux, positiviste, classificateur et paperassier, qui a eu l'idée, dès l'âge le plus tendre, de noter chaque jour ses impressions. Il prétend avoir été sincère. Je n'en répondrais pas, toutefois; car son cahier contient des notes prises vers les cinq ans, et qui me semblent fort avoir été faites après coup. Il n'en est pas moins convaincu de sa bonne foi.

— Et à quoi destinez-vous ces Mémoires? lui demandais-je hier.

— A écrire plus tard ceux de mon temps, me répondit-il. Vous comprenez : quand je serai mûr pour l'œuvre que je rêve, je trouverai là, dans mes registres, des témoignages sérieux sur toute chose. Par exemple, voici une coutume quelconque, une fête annuelle, bien. J'en veux fixer le souvenir pour la postérité. Qu'est-ce que je fais? Je collationne mes sensations successives à propos de cette fête, j'en tire une synthèse où rien ne peut être oublié, puisque je vois cette fête avec mes yeux de tout âge. Y êtes-vous ?

— Parfaitement. C'est très ingénieux. Vous êtes un thésauriseur de documents humains.

Ce compliment le flatta.

— Et tenez, reprit-il, voulez-vous essayer vous-même la puissance de ma méthode ? Vous verrez comme c'est fort. Prenons la Mi-Carême, qui tombe demain, et cherchons ce qui m'en est resté à chaque année nouvelle. Nous aurons ensuite une quintessence de la Mi-Carême, en dégageant la note dominante.

Et nous feuilletâmes ensemble l'énorme manuscrit, dont je transcris les passages les plus saillants, pris à des époques quinquennales.

« Cinq ans. On m'habille en zouave et l'on me promène sur les boulevards. Il y a des voitures de masques. J'ai mal à la tête. Tout le monde joue du cornet à bouquin. Je mange de la galette du Gymnase. Le soir, je bois du vin mousseux, j'ai une indigestion et je fais dans ma culotte.

« Dix ans. On m'habille en tambour-major et l'on me promène sur les boulevards, encombrés de masques. Quel mal de tête ! Je souffle tout de même dans ma trompe de grès. Je mange des brioches rue de la Lune. A dîner, on boit du champagne. Indigestion. Coliques.

« Quinze ans. Je vais me promener sur les boulevards. Je suis en patache. Voitures de masques.

J'entre dans un café. Je bois des bocks qui moussent,
puis je prends une bavaroise avec des biscuits. Je
fume un gros cigare. Mal à la tête, au cœur et au
ventre. Ah ! les sales trompes, quel vacarme ? Ça redouble mon indisposition. Tant pis ! je ne peux pas
me retenir.

« Vingt ans. Je suis déguisé en mousquetaire. Promenade sur les boulevards. Il me semble qu'il y a
moins de masques que l'an dernier. Choucroute et
crêpes chez la mère Schaller, où je joue de la trompe.
Souper chez Baratte, au champagne. Rentré saoul.
Mal aux cheveux. Indigestion. Dérangement.

« Vingt-cinq ans. Je suis en voiture sur les boulevards, avec Anna en laitière. Moi, en garde-française.
Il n'y a presque pas d'autres masques. Dîner rue des
Martyrs, chez la mère Arsène. Mangé des tripes et bu
du cidre. Souper chez Baratte, au champagne. Lâché
par Anna, qui part avec Jules, un joueur de trompe.
Je me livre à la boisson. Le cidre me revient. Malade
au poste, rossé par mes voisins que j'empeste.

« Trente ans. Je mène mon fils, habillé en zouave,
faire un tour sur les boulevards. Je lui achète un
cornet à bouquin. Comme il y a peu de masques ! Je
lui fais manger des brioches. Le soir, dîner chez les
Bertrand. On boit de la blanquette de Limoux. Eugène et moi, nous sommes purgés.

« Trente-cinq ans... »

— Pardon, fis-je au père d'Eugène. Sans aller plus

loin, si nous commencions déjà la synthèse! Il me
semble que nous tenons les éléments pour une période
très nette. Nous appellerions cela, par exemple, la Mi-
Carême d'un jeune homme.

— Fort bien ! Il est évident qu'il y a là un premier
chapitre tout indiqué.

Alors, mon bonhomme se mit à chiffrer énergiquement. Il pointait les notes semblables, éliminait les
détails passagers, additionnait ceux dont le retour
prouvait la permanence essentielle. Il cherchait la
caractéristique, la loi, pour dégager finalement la
formule scientifique de la Mi-Carême.

Il y arriva enfin, et, triomphalement, il écrivit :

« La Mi-Carême, pour les hommes de cinq à trente
ans, est une fête annuelle où l'on se déguise en militaire, le plus souvent en zouave, où l'on joue de la
trompe et du cornet bouquin, où l'on se promène sur les boulevards parmi des masques dont le
nombre diminue d'année en année. Il est d'usage, ce
jour-là, de manger des choses lourdes, de boire des
choses mousseuses, d'avoir une céphalalgie et des dou-
leurs intestinales. La loi la plus constante et la plus
rigoureusement observée exige que cet ensemble de
phénomènes ait pour couronnement une violente
diarrhée, presque toujours fatale aux culottes. »

— Hein ! ajouta le père d'Eugène, quelle belle
chose tout de même que la science !

XIII

COSTUMES DE PEUPLE

Le peuple est vraiment plus artiste que la bourgeoisie. Il n'obéit pas, comme elle, au mot d'ordre
tyrannique de la mode, qui nous habille tous à l'uniforme. D'instinct, par amour inconscient du pittoresque, et aussi grâce aux nécessités de son travail
multiple, il réagit contre cette maladie moderne de
l'égalitarisme en matière de costume.

En vain les Godchau, les Pont-Neuf, les Belle-Jar-
dinière l'inondent de confections toutes faites, de jaquettes taillées sur un patron unique, de complets
manufacturés à la grosse et tirés à des milliers
d'exemplaires désespérément semblables. Il ne se
laisse affubler ainsi que le dimanche, quand il veut
précisément singer la bourgeoisie. Mais le reste du
temps, quand il est lui-même, quand il vaque à ses
labeurs et y trouve son expression naturelle, c'est
à son propre goût qu'il façonne l'esthétique de son
costume. Et ce goût est bon, et cette esthétique est
parfaite; car son costume est toujours beau.

Surtout, il est varié, tandis que le nôtre est d'une lamentable monotonie. A cette heure, par exemple, les gens soi-disant bien mis n'offrent que deux types; aussi laids l'un que l'autre : en veston et petit chapeau de boudiné, ils ont l'air de grooms anglais; en redingote et tuyau de poêle, ils ont l'air de croque-morts. Les types du peuple, au contraire, sont innombrables.

Voyez plutôt combien se distinguent les suivants, pris dans le tas, au hasard du souvenir !

Le charpentier porte généralement son bourgeron flottant sur ses épaules, comme un dolman de hussard. Son pantalon, serré aux chevilles, bouffe et ballonne sur les cuisses. Il est en velours, marron pour la plupart, mais souvent aussi d'un bleu éclatant. La taille est étranglée par une large et splendide ceinture rouge.

Le serrurier est reconnaissable à sa veste courte, arrondie sur les reins, aussi cambrée qu'une veste d'Espagnol, et dont l'indigo fané et lavé ressemble au tendre azur du ciel parisien. Sa poitrine est sabrée par la bretelle de sa trousse, qu'il porte sur la hanche comme une giberne au bout d'un baudrier.

L'emballeur est drapé, ainsi que dans une gandourah orientale, dans son grand tablier couleur vert bouteille, qui s'attache au col et à la ceinture par de brillantes agrafes en laiton. Sur le ventre bâillent les poches, pleines de clous luisants, en acier, en cuivre doré. On dirait une cartouchière chargée à mitraille.

Le boucher, avec sa cotte violette qui lui fait un gorgerin de pourpre pâle, avec sa tunique de serviettes qui lui laisse les bras nus et dégagés, avec ses chaînes qui lui pendent sur la cuisse et y font tintinnabuler les aiguisoirs et les couteaux à gaîne de bois jaune, le boucher a l'air d'un sacrificateur antique debout dans sa robe immaculée où le sang tout à l'heure effeuillera des roses.

Et combien d'autres que je pourrais encore noter d'un trait, tous différents, tous nettement caractérisés : le fort sous son large chapeau de mousquetaire blanc, le charbonnier aux culottes de velours vert, l'ébéniste au noir tablier constellé de vernis multicolores, le débardeur en tricot rayé, le peintre coiffé d'un bonnet phrygien bariolé comme un prisme, l'égoutier aux bottes de ligueur, le fumiste aux jambes guêtrées de genouillères, le maréchal-ferrant avec sa cuirasse et ses cuissards en peau de bœuf, le vidangeur harnaché de cuir et engoncé dans sa vaste collerette ainsi qu'un guerrier japonais, et d'autres, d'autres encore, tous différents, tous superbes, qui feraient un défilé de costumes aussi variés et aussi épiques que ceux de la grande armée en personne.

Il n'y a pas jusqu'aux maçons, aux vulgaires Limousins que le plâtre condamne cependant à l'uniformité du blanc, il n'y a pas jusqu'à ces Pierrots forcés qui ne tâchent d'accrocher un lambeau de cou-

leur pour égayer le gris de leurs blouses. En ce moment, une révolution transforme leur coiffure. Ils lâchent la casquette et lui préfèrent ces petits chapeaux
de feutre importés en France par le *lawn-tenis*.

Des gens bien étonnés, c'est les gommeux et les
gommeuses qui arboraient cet été, aux bains de mer,
les susdits bicoquets et qui les retrouvent aujourd'hui
sur les tronches populacières des gâcheurs de mortier.
Du coup, ils vont y renoncer dédaigneusement. Ils y
ont renoncé déjà, et les ont remplacés par une hideuse
casquette plate, à longue visière, casquette d'in-
firmier, visière d'aveugle. Et les voilà redevenus laids
comme devant, tandis que les Limousins se font
beaux.

Rien de joli, en effet, comme ces chapeaux de
toutes nuances, qui étincellent maintenant parmi les
pierres des bâtisses ainsi que des fleurs dans des ro-
chers. Il y en a de rouges, pareils à des coquelicots ;
de bleus, pareils à des bleuets ; de violets, pareils
à des violettes et à des lilas ; de roses, pareils à des
camélias teintés ; de verts, pareils aux jeunes pousses
printanières ; et de jaunes, pareils à des boutons d'or
ou à des papillons aux ailes de soufre.

Ainsi, tandis que nous allons dans la vie, nous autres, tristement vêtus de noir, ou tout au plus de gris,
portant éternellement le deuil de nos gaietés perdues,
et sinistres, et vilains, et tous uniformément vilains
et sinistres, comme une bande de corbeaux, ils tra-

vaillent en chantant dans une fête de costumes et de couleurs, eux les pauvres compagnons, joyeux oiseaux bariolés, que leur travail lui-même décore.

Ah ! je vous crois, que le peuple est plus artiste que nous ! Sans aller plus loin, pour s'en convaincre, il suffit de comparer les faces bourgeoises sous l'éteignoir du chapeau de soie et ces simples trognes de Limousins coiffées avec des morceaux d'arc-en-ciel.

XIV

DANS LE MONDE DES POUPÉES

Sur le boulevard, un attroupement à la devanture
d'un magasin. Je joue des coudes, je m'approche, je
regarde. C'est éblouissant, c'est féerique !

Derrière la grande glace, qui fait une barricade de
chaleur et de lumière contre l'humidité grise du dégel,
sous des ruissellements de gaz, parmi l'or qui flambe,
la soie et le satin qui miroitent, le velours qui rutile,
les métaux et les cristaux qui poignardent l'œil, un
salon de poupées étale son luxe, ses falbalas, ses
meubles en miniature, ses tapis, son opulence élégante; et pose, et semble vivre.

Sur les fauteuils et le canapé capitonnés, des messieurs et des dames continuent une causerie précieuse.
Il y a un officier, avec de fines moustaches brunes,
qui gesticule du bras droit et fait ainsi s'éparpiller
le filigrane de son épaulette, tandis que sa main
gauche, appuyée sur sa cuisse, froisse un gant glacé
à deux boutons imperceptibles. Une grande blonde

12.

l'écoute attentivement, langoureuse, la tête penchée, les yeux en coulisse, la gorge gonflée sous sa robe de bal en faille mauve. Une veuve, je parie ! A côté d'elle, noyé dans les volants de sa traîne qui bouffe, un collégien croise ses bras sur sa tunique, d'une coupe gauche, où il est boudiné, comique, paquet.

Devant la cheminée discutent deux diplomates sans doute, ou deux garçons de café, qui se sont faufilés là, grâce à leur frac irréprochable et à leurs favoris en éventail. Debout, les jambes au feu, la poitrine en avant, le gilet boutonnant au nombril, le plastron de chemise raide comme une cuirasse, ils échangent des phrases toutes faites en tenant une mignonne tasse de thé. L'un porte un monocle, et, tout en causant, lorgne le groupe des jolies femmes qui entourent le piano.

Oh ! ce piano ! une merveille, un chef-d'œuvre. Il doit résonner. J'ai cru l'entendre.

En bleu-clair et blanc, une jeune fille, probablement à marier, est assise sur le tabouret à vis. Les mains effleurent le clavier. Une partition bijou est ouverte. Du Gounod ! Je m'en doutais. Pour tourner les pages, une autre jeune fille se penche et fait saillir un pouff rose dont le fouillis a l'air d'une fleur aux pétales entr'ouverts. Elle avance une menotte aux doigts prétentieusement écartés, avec l'auriculaire tout raide. De ces deux échappées du Sacré-

Cœur, l'une est blond cendrée, l'autre brune. Pour tous les goûts, quoi !

Mais la plus belle, la plus éblouissante, c'est cette rousse en satin vert-pomme. La crinière fauve jette des éclairs, les yeux aussi. La bouche minaude dans un sourire sanglant. Le corps se développe, s'exhibe, s'offre, allongé aux bras d'un crapaud bas et large.

A qui cette admirable et perverse créature ? Les deux diplomates louchent vers elle. L'officier lui lance parfois un rapide coup d'œil. Le collégien n'ose pas la regarder, mais il la sent présente. Les femmes semblent ne pas la voir. Un brave, un dompteur, a seul le courage d'affronter la lionne. Quel joli gommeux ! comme il est fin, distingué ! comme il s'incline amoureusement vers la nuque de la charmeresse, en lui soufflant dans l'oreille on ne sait quels mots chatouillants ! Petit, petit, prends garde !

Et de quoi prendrait-il garde ? C'est une mère de famille, cette mangeuse de cœurs. Voici près d'elle deux amours de bébés, tout en chiffons, en pompons, en dentelles ! Hum ! de l'adultère, alors ?

Décidément, c'est comme dans le monde. Je m'en vais.

Brusquement, je me retourne, les yeux aveuglés encore par cette opulence papillotante. Devant moi, faisant face à la boutique somptueuse, une malheureuse baraque se tient toute honteuse au bord du trottoir, dans la brume, sous la petite pluie sournoise du dégel, éclairée par une lampe à pétrole, avec son déballage de pantins à treize, dix-neuf et vingt-neuf. Les gens passent sans s'y arrêter.

Et pourtant ils vivent aussi, ceux-là. C'est Polichinelle, bossu, grimaçant, enluminé de gros vermillon. C'est Pierrot, clair-de-lunaire. C'est Arlequin, bariolé, la batte à la main, le corps souple, le museau noir. Ce sont les soldats de bois, massifs, raides, les poupons bouffis, les caniches effarés, les béliers en boule, les matous en peau de lapin. Oui, ils sont épais, mal dégrossis, taillés à coups de couteau, peinturlurés par taches voyantes. Mais comme c'est robuste, et comme ça sent bon la résine, la nature !

Et j'ai rêvé que tous ces va-nu-pieds, tous ces vêtus de rien, tous ces pantins pauvres envahissaient soudain la belle devanture d'en face. Ils arrivaient, après la traversée du trottoir, sales, boueux, humides, et se ruaient dans le satin, la soie, le velours, la lumière et la chaleur du salon. Polichinelle rossait les deux diplomates. Pierrot s'asseyait sur le piano. Arlequin donnait un coup de batte sur le derrière du gommeux et embrassait la femme aux cheveux jaunes. Les demoiselles étaient forcées de danser un galop avec les lourds soldats avinés. Le bélier bousculait le collégien. Le matou en poil de lapin se faisait les griffes sur le tapis d'Aubusson. Le caniche levait la cuisse contre les meubles. L'officier courait chercher la garde pour mettre le holà.

A côté de moi, sur le trottoir, deux messieurs parlent politique.

— Vous avez beau dire, faisait l'un, la bourgeoisie a fini son temps. Il faut en prendre son parti.

— Mais alors, quoi? Vous êtes pour la Commune !

— Je ne dis pas cela. Mais je crois fermement à l'avènement du peuple. Cela se fera en douceur, peu à peu.

Et je vis que les pantins à treize, dix-neuf et vingt-neuf étaient restés tranquillement sous leur maigre lampe, en plein air, grelottants, et qu'ils regardaient sans envie le beau salon du grand monde. Ils se consolaient de leur pauvreté en se disant :

— Nous ferons le bonheur des enfants pauvres.

XV

CRÈMERIES

Ce n'est pas la crèmerie des quartiers riches que
je voudrais chanter aujourd'hui dans un poëme en
prose, rhythmé comme ceux de Baudelaire, suggestif comme ceux d'Aloysius Bertrand. La poésie, le
rhythme, les mélancoliques souvenances ne viennent
guère battre de l'aile à la devanture de ces belles
boutiques neuves, toutes pimpantes de luxe moderne, cuirassées de marbre blanc, galonnées de
dorures, où l'on vend du lait en bouteilles plombées,
où la glace à rafraîchir flamboie sous les caresses du
gaz, où les fromages précieux étalent orgueilleusement leurs splendeurs à la façon de bijoux exposés
dans une vitrine, si bien que le Camembert y semble
être des topazes écrasées, tandis que le Roquefort fait
l'effet d'un morceau d'albâtre incrusté de veines en
émeraude, et que le modeste bondon lui-même a l'air
d'avoir été roulé dans un semis de turquoises. Non,
ce n'est point cette crèmerie-là qui m'attire !

Et ce n'est pas non plus la crèmerie des quartiers bourgeois, hantée des bonnes qui viennent y potiner le matin dans le joli carillon des boîtes au lait, la crèmerie chère aux concierges à qui l'on débite deux sous de Brie dans un carré de papier jaune, la crèmerie dont l'haleine forte emplit la rue, si bien qu'en passant sur le trottoir d'en face, il suffit de fermer les yeux pour s'imaginer qu'on mâche à même un Livarot. Non, ce n'est pas celle-là non plus que je voudais chanter aujourd'hui dans un poëme en prose, rhythmé comme ceux de Baudelaire, suggestif comme ceux d'Aloysius Bertrand. La crèmerie à laquelle je songe, c'est la crèmerie où l'on mange, c'est le restaurant des humbles, c'est la maison où vont ceux qu'effraye la vulgarité des mastroquets, ceux qui trouvent trop somptueux le service compliqué des Bouillons-Duval, et ceux dont la gourmandise timide ne se risque jamais jusqu'à l'espoir capiteux d'une *demi-Mâcon supérieur*.

Toutefois, la crèmerie où ma fantaisie veut rêver, ce n'est pas non plus la crèmerie bruyante et achalandée des quartiers populeux. Là, dans le cliquetis des assiettes et des chopines, qui font un bruit de castagnettes sur le marbre poli des tables, dans le tohubohu des garçons affairés qui commandent d'innombrables *bœufs aux choux avec beaucoup de choux*, dans la fumée des soupes que traverse le brusque éclair des cuillers en alfénide, dans la litanie sonore

des additions criées à haute voix, dans le tapage
assourdissant de tous ces tapages confondus, il y a
comme une ribote de voyageurs pressés, comme une
curée d'appétits en chamaille; et, parmi les parfums
épais, les manœuvres brutales et les aigres tinta-
marres de cette halle aux repas, on ne saurait vraiment trouver une place où puisse se poser la délicate
et silencieuse hirondelle de la rêverie. Non, ce n'est
pas encore dans cette crèmerie-là que je voudrais
égrener le chapelet des rhythmes savants et des mélancoliques souvenances.

Et ce n'est pas non plus dans les crèmeries, déjà
plus tranquilles cependant, où les étudiants pauvres
et laborieux vont se repaître, aux alentours de l'O-
déon, en compagnie de pions sans place et de poëtes
lyriques sans laurier. J'estime comme il convient l'antique renommée de Polydore, où j'ai savouré à mon
heure l'œuf sur le plat *solitaire et pensif*. Un seul œuf :
vous avez bien lu! Pas deux! On pouvait n'en demander qu'un! Oh! joie pour les bourses à sec! On com-
mandait cela en l'appelant avec ironie, non pas un
œuf, mais un veuf. Sois béni, Polydore! et toi aussi,
vieux père Paul, ancien courrier de cabinet, plus
chiche, mais plus raffiné de cuisine, ainsi qu'on devait
s'y attendre dans une maison au seuil de laquelle
était écrit : *Si parla italiano*. Je me souviens, je me
souviens! Et pourtant, ce n'est pas cette crèmerie-là
que je voudrais chanter aujourd'hui. La jeunesse des

étudiants et des pions, la déclamation fougueuse des *Musset* en herbe, la faim de ces mangeurs qui ont leurs trente-deux dents, tout cela est trop vivant encore pour l'élégie que je rêve.

La crèmerie qu'il me plaît d'évoquer dans un poème en prose, rhythmé comme ceux de Baudelaire, suggestif comme ceux d'Aloysius Bertrand, c'est la crèmerie inconnue, mystérieuse, perdue au fond d'un quartier que je ne veux pas dire, la crèmerie où n'entre jamais personne, la crèmerie où végètent un vieux garçon qui a oublié le nom des plats et une vieille demoiselle de comptoir qui a désappris l'art superflu des additions.

Et pourtant, il y a des petits papiers à en-tête imprimée, tout prêts à recevoir ces additions, qui sont devenues chimériques. Et il y a des plats aussi! Derrière les rideaux en guipure jaunie par le temps, sur une montre propre comme un autel, on peut les voir, ces plats, ces pauvres plats qu'une inexplicable et inexorable fatalité condamne à demeurer éternellement vierges, symboles trop fidèles sans doute de la vieille demoiselle qui les garde et les regarde, et se flétrit comme eux dans la mélancolie d'un mépris universel.

Immobiles, solennels, toujours dans le même ordre, ils attendent l'heure où le vieux garçon qui sommeille viendra les déranger derrière les rideaux en guipure jaunie par le temps. Et jamais cette heure n'a sonné au cartel qui palpite seul dans cette morne nécropole. A quoi pensent les pauvres plats ? Et les assiettes empilées sur la table du fond ? Et les couverts dont l'étain ne résonne plus ? Et les petits carafons, où le vin ne met plus la lumière de sa mousse violette ? Et le vieux garçon qui a oublié le nom des plats, à quoi pense-t-il ? A quoi pense, en face de lui, la vieille demoiselle qui a désappris l'art superflu des additions ?

Mais à quoi pensé-je moi-même, d'avoir été m'asseoir un jour dans cette crèmerie de la Belle au bois dormant ? A quoi pensé-je surtout, de vouloir traduire par des mots la navrante et pourtant délicieuse tristesse qui m'est restée dans le cœur avec cette lointaine souvenance d'un temps aboli ? A quoi pensé-je de tâcher à rendre cela dans un poëme en prose, rhythmé comme ceux de Baudelaire, suggestif comme ceux d'Aloÿsius Bertrand ?

QUELQUES BÊTES

I.

LES OISEAUX DE PARIS

On a dit avec raison que les Parisiens sont les gens du monde qui connaissent le moins les monuments de Paris. On a d'ailleurs eu tort de leur en faire tant de reproches ; car vraiment leur flânerie est beaucoup trop occupée des mille distractions de la rue, pour qu'il leur puisse venir l'idée d'aller grimper, par exemple, dans le mirliton d'airain de la place Vendôme.

Ce qui est moins pardonnable, c'est qu'ils ignorent les curiosités naturelles de ce Paris, curiosités qu'on peut voir au hasard de la promenade, et qui sont plus nombreuses qu'on ne pense.

Ainsi, qui diable connaît les oiseaux de Paris ?

Tous ceux à qui j'en ai parlé m'ont répondu :

— Ah ! oui, les moineaux.

Quelques-uns, plus observateurs, y ont joint les pigeons.

Enfin, les gens tout à fait savants en cette matière m'ont touché un mot du retour des hirondelles.

Et puis ? Et puis, c'est tout. Les Parisiens s'imaginent qu'il n'existe à Paris, en fait d'oiseaux, que des moineaux, des pigeons et des hirondelles. Aveugles comme ceux de l'Évangile, qui ont des yeux et qui ne voient point !

Notez que je n'ai pas dessein ici d'enfiler une plaisanterie. Je ne vais pas compter parmi les oiseaux de Paris ceux du Jardin des Plantes ou des oiseleurs du quai, non plus que les *grues* du trottoir, ou les *gobe-mouches* de la Bourse, ou les *perroquets* étouffés chaque jour sous le coup de cinq heures. Non, je méprise ces facéties de chroniquailleur, et c'est en naturaliste (au sens antique et français du mot), en curieux d'histoire naturelle, que je veux signaler aux Parisiens les oiseaux de Paris.

Et d'abord les grues, les vraies. Il y en a, et des cigognes plus souvent encore. Elles ne font que passer, au reste ; mais assez souvent, à l'époque des migrations, on entend chanter là-haut les *craquètements* aigus de ces élégants pèlerins. Leur troupe, qui s'avance sous la forme d'un angle, met comme un accroc noir dans l'étoffe gris-perle de notre ciel.

Mais sans parler de ces hôtes d'une heure, combien d'oiseaux campagnards, et même de race précieuse, qui sont les familiers de la grande ville, où ils vivent aussi libres que dans les bois !

C'est qu'il y a des bois à Paris, il faut bien l'avouer. Allez voir aux environs de l'Elysée. Dans

la cime des grands arbres croassent les corbeaux et
surtout les corneilles. Au faubourg Saint-Germain,
parmi les frondaisons des quelques vieux parcs qui
subsistent, on entend pisoter les étourneaux au plu-
mage grivelé comme des peaux de saucisse. Sur la
crête des murs, apparaissent des merles siffleurs,
qui, avant de se fourrer sous le lierre, lancent de
leur bec, ourlé de jaune, un bruyant et joyeux cara-
cacaca.

Rien d'étonnant, en somme, à ce que ces parcs
aient des oiseaux. Mais que diriez-vous si je vous en
montrais dans les squares? Eh! oui, dans les
squares, dans ces arbres sous lesquels grouille, et
crie, et joue la bande des enfants tapageurs, dans
ces arbres qui ne connaissent jamais le silence, même
la nuit, dans ce milieu tout parisien, il y a aussi des
oiseaux, et non des moineaux seulement.

Je fus très stupéfait, je l'avoue, la première fois
que je vis un merle au square des Arts-et-Métiers.
Quelque égaré, sans doute, quelque échappé de cage!
Je m'attendais à lui entendre siffler : *Quand j'ai bu
du vin clairet.* Eh bien? pas du tout. J'observai. Il
n'était pas seul. Il y en avait tout une colonie. Ils
font leurs nids dans les platanes.

Et les oiseaux aquatiques? Ce n'est pas seulement
par les grands froids, qu'on voit des palmipèdes sauvages faire concurrence sur la Seine aux cygnes civi-

lisés des Tuileries. En tout temps, ces sauvages embellissent le fleuve.

Allez en aval de Paris, et vous trouverez les mouettes occupées à taquiner le goujon, elles aussi, et je vous prie de croire qu'elles rendent des points aux mélancoliques pêcheurs dont la ligne n'est jamais tirée que pour changer l'asticot.

Grises, gaies, alertes, elles planent un moment sur leurs ailes-immobiles, puis plongent soudain et ressortent avec un éclair d'argent dans le bec.

Et quels piaillements, quelles parties de nage frénétiques, quand le temps doit tourner à l'orage ! Le baromètre du Pont-Neuf est toujours en retard sur elles.

Du côté de Chaillot, Javel, Auteuil, ce sont les bergeronnettes qui font la chasse aux mouches et aux cousins. D'un bord à l'autre de la rivière, elles volent raide, en poussant un tout petit cri qui ressemble au grincement d'un tire-bouchon dans le liège. Elles se posent net, en hochant la queue en l'air comme les oiseaux japonais.

Enfin, le roi de la Seine, c'est un des plus beaux oiseaux qu'il y ait, non seulement en France, mais au monde, c'est un des bijoux de la gent ailée, c'est le martin-pêcheur. Il est rare partout celui-là. Eh bien ! je l'ai rencontré plus d'une fois ici, et en pleine ville, en face de la Manutention militaire. J'ai vu étinceler, dans notre atmosphère de brume, son corps de saphir vivant, qui accroche la lumière et la renvoie en chatoiement d'azur teinté d'émeraude.

Oui, en plein Paris, je vous le jure. Et la preuve, c'est qu'au moment où je rêvais de campagne, de marais perdu, de solitude, à ce moment même, deux voyous passaient près de moi, et l'un disait à l'autre :

— Parfaitement, ma vieille, à trois sous ! Il ne m'a coûté que trois sous. Et tu vois, un foulard tout neuf, ce qu'il y a de plus bath ! Alors je m'ai dit que je me torcherais le pif dans de la soie. C'est rien doux ! Et puis, vrai, pour trois sous, hein ? C'est pas la peine de se moucher avec ses doigts.

II

BŒUFS BLANCS

Et moi aussi, comme le divin Pierre Dupont, je
puis chanter :

> J'ai deux grands bœufs dans mon étable,
> Deux grands bœufs blancs marqués de roux.

Et pourtant, mon étable, c'est toujours ce pavé de
Paris. Mais sur lui, on trouve de tout. Ma foi ! oui,
on y trouve même des bœufs blancs. Et sans les chercher, mais en passant, comme çà, par hasard.

Je les ai vus, l'autre après-midi, en plein boulevard
boulevardier, près du nouvel Opéra.

C'étaient d'honnêtes bœufs, des bœufs pour de
vrai, des bœufs, vous dis-je, comme on n'en voit à
Paris que dans les tableaux.

Superbes, lents, le front écrasé sous le joug, les
yeux vagues et la bave au mufle, ils traînaient, de
leur pas puissant et paresseux, une charrette rustique

où des paillettes de fumier scintillaient au soleil
avec des miroitements de brins d'or.

Les chevaux des fiacres et des omnibus renaclaient
en les voyant, et s'ébrouaient de peur. Habitués à
tout pourtant, au tohu-bohu, aux toilettes criardes,
à la trompe des tramways, au ronflement des machines à vapeur pour l'aplatissement du macadam, à
la lumière électrique, à tous les artifices de la civi-
lisation, ils s'arrêtaient devant ces deux monstres
inconnus.

Effarement comique! Pas si comique, après tout.
Ces chevaux sont, comme nous, des Parisiens. Ils
n'avaient jamais vu de bœufs.

Les bœufs ne s'étonnaient point. Dans le hourvari,
dans le méli-mélo, au milieu de tout ce monde
grouillant, ils avançaient d'une allure calme, sans
presser ni ralentir leur marche, posant leur large
pied fourchu sur ce sol étrange sans la moindre
émotion.

De temps à autre, quand le *toucheur* les aiguillon-
nait, ils se battaient les flancs de leur longue queue
au fouet roux, baissaient le front, raidissaient la
nuque, secouaient les plis flottants de leurs fanons,
et laissaient de leurs naseaux roses couler par terre
un fil d'argent.

Où allaient-ils? Je n'ai pas osé le demander au
gars qui les suivait, marchant comme eux d'un pas
lourd et grave, et qui, lui non plus, ne s'étonnait de

rien, au milieu des badauds qu'étonnaient son aiguil-
lon en branche de houx, ses anneaux d'oreilles, son
bourgeron passementé et son grand feutre battant
des ailes.

Non, je n'ai pas osé. Peut-être aurais-je appris
qu'ils allaient à Alfort, et cela m'aurait gâté ma
belle impression. J'ai préféré m'en tenir à l'imprévu
de ce spectacle, à cette apparition de la vieille campagne robuste et lente dans notre Paris anémique et
fiévreux. J'ai préféré rester sur les souvenirs que cela
me suggérait et ne pas demander à l'homme un mot
qui eût pu rompre le charme.

Là, sur le bord d'un trottoir, le dos appuyé à la
colonne d'un réverbère, j'ai eu pendant une minute
la vision fraîche et réconfortante des champs. Ébloui
par la robe blanche des grands bœufs, j'ai fermé les
paupières et j'ai vu, comme si j'y étais, le tapis
bariolé se déroulant jusqu'à l'horizon, et les ruisseaux faisant des 8 dans la plaine comme des rubans
jetés d'une main négligente. J'ai vu à côté des
trèfles en améthyste et des lins en turquoise, la
glèbe retournée, grasse et fumante, avec sa belle
chair noire où luisent les socs comme des diamants
dans du velours.

Là, parmi le piétinement des chevaux et de la
foule, les cris des cochers, la sonnerie des omnibus,
le fracas des voitures, j'ai entendu distinctement la
tintinnabulante crécelle des cricris, le brusque piou-

tement des hoche-queue qui sautent de sillon en
sillon, et le mélancolique froufrou des herbes folles,
dont la tête se courbe sous la robe invisible des
brises dansantes.

Là, près de la bouche d'un égout, à côté d'un
monsieur qui fumait un cigare et puait le taffetas
caoutchouqué, j'ai senti entrer dans ma poitrine une
large bouffée d'air paysan, où se fondaient l'odeur
de la terre humide, des foins coupés, des fumiers
secs, et l'âme errante des fleurs lointaines.

III

CHEVRES NOIRES

Après les bœufs blancs, voici les chèvres noires. Mais ce n'est point par amour de l'antithèse. Le hasard seul est coupable. Au même endroit où m'étaient apparus ceux-là, j'ai rencontré celles-ci. Il faut avouer, d'ailleurs, qu'il n'y a rien d'extraordinaire à cette rencontre. Les bœufs blancs étaient une vision passagère. Les chèvres noires sont un spectacle quotidien.

Tous les matins, dans le quartier riche qui rayonne autour du parc Monceau, elles arrivent, la clochette au col, les pis battant les cuisses, la barbiche flottante. La première fois qu'on les voit, cela étonne. Puis on s'habitue à ces gambades de troupeau devant la grille des hôtels, près des kiosques de journaux, sur le macadam où roulent les tramways. Comme les ânesses, familières à Paris, ces chèvres noires sont tout bonnement des réservoirs à lait pour les malades, pour les anémiques de l'opulence.

Mais ce qui demeure étrange quand même, ce qui sent la campagne et la nature, c'est le *pastour* qui les mène.

Non un vulgaire laitier, un Parisien de la banlieue, avec la blouse pendante sur l'échine, la chemise en madapolam de couleur, la viscope de soie balonnant à l'occiput. Non ! celui-ci est un *pastour*, un chevrier comme il y en a dans les romans, voire dans les romances.

Il est en veste montagnarde et guêtré, si je ne m'abuse. La houlette au poing, la panetière au dos, il est coiffé d'un béret basque. Rien des bérets de chic qu'arborent les jeunes rapins. C'est ici un béret nature, campé par une main paysanne, à la *va-te-faire-fiche*, sans arrière-pensée de pittoresque, et, par cela même, d'une allure superbe.

C'est déjà curieux, ce costume ; mais ce n'est rien encore. A la rigueur, on peut supposer un Batignollais ainsi transformé. Ils sont si roublards, si *mariolles*, les Pantinois ! Mais il y a une chose qu'un voyou de Paris n'aurait vraiment pu imaginer, ni réaliser surtout : c'est la flûte.

Le *pastour* mène ses chèvres aux sons de la flûte. Et quelle flûte ! Une flûte de Pan, une vraie, une pour de bon, une comme on n'en trouve plus que dans les Musées et dans quelques montagnes perdues.

Un *pastour* de roman, de romance, disais-je tout à l'heure. Mieux que ça ! C'est un berger de Virgile et

de Théocrite. En plein Paris, sûrement, l'illusion n'y
est pas. Mais je l'ai suivi, le bonhomme, et je l'ai vu
sur la berge de la Seine, faisant paître son troupeau,
là-bas, bien loin, auprès de grands arbres, avec l'eau
bruissante sous ses pieds et le ciel rutilant au-dessus
de sa tête. Et alors, je vous le jure, avec un tout
petit peu de bonne volonté, le tableau y était.

Des vers sont venus chanter dans ma mémoire, et
il me semblait les entendre ronronner dans la mélodie vague et monotone que sifflait le *pastour*. Une
idylle, quoi !

Mais au diable les souvenirs classiques ! Comme ils
se sont envolés hier, quand j'ai revu le bonhomme
et ses chèvres, en pleine modernité cette fois !

Où ? je vous le donne à deviner en mille. Où, et
surtout dans quelle attitude ?

C'était sur le boulevard Malesherbes. Le *pastour*
était entré dans une pissotière, et les chèvres faisaient
cercle autour en l'attendant.

O Virgile ! O Théocrite !

IV

LES CHIENS VIVEURS

Je vous assure que je n'invente rien : je connais deux chiens qui font la noce.

Peut-être y en a-t-il plus que cela dans ce genre sur le pavé de Paris; mais je ne parle que de mes deux, parce que je les ai vus, pratiqués, suivis, étudiés. Il y a d'ailleurs belle lurette que je ne les avais plus rencontrés, les deux gaillards. J'étais même fort loin de songer à eux, quand je les ai retrouvés hier, à la hauteur de la rue Drouot. C'est sans doute le temps printanier, le soleil, les tables en plein air, qui les ramenaient. Je me suis rappelé tout de suite leur histoire, et je crois qu'elle vaut la peine d'être dite. Ils appartiennent au Tout-Paris.

Oh! vous vous êtes croisés avec eux, c'est certain. Seulement vous n'y avez point fait attention. Quand vous aurez leur signalement, vous les reconnaîtrez à la première occasion, c'est-à-dire tous les jours, le long du boulevard, entre la rue Montmartre et la place de l'Opéra.

Ils sont toujours ensemble, l'un assez grand, gris-fer taché de jaune, barbet; l'autre un caniche blanc à queue courte, avec un pochon de laine noire sur l'œil gauche. Vous les voyez à présent n'est-ce pas? Signe particulier : ni collier, ni laisse, ni muselière. Ils sont sans maître Des indépendants, des réfractaires! Mais pas l'air minable. Une mine de prospérité, au contraire. Je le répète, ils font la noce.

Ce sont des boulevardiers: mieux encore, des noctambules.

Ce qu'ils font de leur matinée et de leur après-midi, je l'ignore. Probablement autant que j'ai pu le conjecturer, ils nichent dans quelque trou de la banlieue, au pli d'un terrain vague, à l'abri d'une bâtisse abandonnée, à coup sûr dans la campagne; car le barbet a souvent des feuilles sèches collées au ventre, et le caniche a parfois sur sa toison blanche des plaques vertes laissées par l'herbe mouillée. Mais où est ce gîte hors barrières? Ça, c'est leur secret. Mystère! Ils doivent avoir leurs raisons pour le cacher. Ce n'est pas par peur de créanciers féroces, non! Pourtant c'est quelque chose comme cela. Respectons cet incognito du domicile. Je ne puis donc vous dire l'emploi de leur journée.

Mais [je sais leur vie de huit heures du soir à cinq heures du matin.

A huit heures du soir, ils commencent leur tournée à la terrasse des cafés du boulevard, et vont ainsi

toute la soirée, de terrasse en terrasse, récoltant
force coups de pieds et quelques morceaux de sucre.
Ils évitent les coups de pied et attrapent au vol les
morceaux de sucre.

C'est comme qui dirait leur absinthe avant de souper. Car ils soupent! Eh bien! quoi? Des chiens viveurs. Oui, ils soupent.

A partir de minuit, ils se faufilent dans tous les
restaurants nocturnes. Ils entrent doucement, l'oreille
basse, la queue serrée au corps, l'échine de guingois,
le nez inquiet, en *sondeurs*. Les garçons, qui les connaissent, les guettent souvent pour les flanquer à la
porte en leur cassant des cannes sur les reins. Mais
ils sont plus fins que les garçons. Ils attendent le
moment où leurs ennemis sont appelés, occupés, où
seulement on tourne la tête, et alors, rapides et furtifs, ils se glissent sous une banquette, les *roublards!*
Comme on est bien là pour happer les os, les bribes,
jetés par la main des filles! Quelle veine, mes enfants, quelle veine!

Quelquefois, ils ont plus de veine encore. Un con-
sommateur qui les a rencontrés sur le boulevard, et
qui aime les bêtes, a été séduit par l'air bon enfant
du barbet, par l'allure tape-à-l'œil du caniche. Il les
a flattés, et il les amène avec lui en les caressant. Il
faut voir alors comme ils se redressent, comme ils
portent beau, comme *ils la font* au chien sérieux et
arrivé. A présent, zut pour les garçons! Ces soirs-là,

'on monte sur la banquette, on traîne sur le velours
doux des os bien gras, et on se torche le nez à la
nappe, ainsi que le recommande le poète François
Villon. Bien mieux, le monsieur protecteur n'a qu'un
signe à faire, et le tyran à favoris, l'ennemi des bons
·chiens, le garçon féroce, apporte en souriant de l'eau
propre dans une soucoupe dorée, et le pauvre toutou
y trempe sa barbe sale. puis se pourlèche les babines
avec un air narquois. .

Le garçon rage, et bibi rigole. Quelle noce, oh!
mince! quelle noce!

Ah! oui, il y a comme ça de bonnes aubaines. Il y
a même des fois où on veut les emmener coucher,
leur faire un sort.

Mais pas de ça, Lisette? manger, oui ; coucher chez
vous, tra la la ! Mes deux noceurs sont indépendants,
vous savez, et pour de vrai. Se mettre au service,
jamais! Et ils lâchent brusquement ceux qui leur font
à cet égard des propositions déshonnêtes.

J'ai entendu des bourgeois le leur reprocher amè-
rement, et moraliser là-dessus.

« Ces chiens sont des drôles, des bohèmes, disent-
ils. Ça ne songe pas à la vieillesse qui vient, au jour
où l'on a le nez moins fin, les pattes fourbues,
l'échine raide ; ça ne voit pas à l'horizon la fourrière,
la hideuse fourrière, où l'on meurt ignoblement
pendu ; ça ne pense jamais à se faire une position !
Ah ! ces artistes ! »

Bah ! qu'importe l'avenir, n'est-ce pas, mes braves
déclassés? Après nous le déluge ! Profitons du bon
moment. *Carpe diem !* Voici que les tavernes du
boulevard vomissent les dernières soupeuses. Le
jour commence à poindre vaguement. C'est l'heure
d'aller aux Halles. Il y a encore à licher par là.

Et mes deux chiens viveurs vont *se finir* chez
Baratte.

V

LE CHIEN SAUVAGE

Je veux encore parler des chiens. On ne saurait
trop parler des chiens, quand ça ne serait que pour
se reposer de parler des hommes.

D'ailleurs, ce n'est pas uniquement la fantaisie, ni
la misanthropie non plus, qui me pousse à faire ainsi
mon petit naturaliste. L'intérêt de la science n'est
pas aussi étranger qu'on pourrait le croire à ma pré-
dilection pour ces chers digitigrades. Il me semble,
en effet, que les Buffon et les Lacépède ont laissé beaucoup de lacunes en la matière, et j'ai à cœur de
combler peu à peu ces lacunes.

Par exemple, ils s'occupent des espèces nettement
définies et classées, et produites par l'industrie même
de l'homme, ils ne s'inquiètent pas le moins du
monde des variétés en voie de transformation. Ils
me font même l'effet d'ignorer que certaines espèces
obéissent encore, à l'heure qu'il est, à la sélection
naturelle. En d'autres termes, ils nient l'existence
du chien sauvage.

Or, le chien sauvage existe.

Dans quelle contrée inconnue ? Dans quelle forêt inextricable et vierge? Mon Dieu ! dans une contrée fort inconnue, en effet, et dans une forêt suffisamment inextricable, quoique fort peu vierge : je veux dire Paris.

Et ce chien sauvage est bien le plus sauvage des animaux. Car il n'a ni tanière comme le loup, ni terrier comme le renard, ni même un gîte coutumier comme le *chien viveur*. Il est, lui, absolument nomade.

C'est le vagabond par excellence, plus loupeur que la loupe elle-même. Les pires rôdeurs de barrière ont au moins des tapis-francs où ils se rencontrent, des *garnos* où ils retournent de temps à autre. Lui, il ne couche jamais deux fois au même endroit, et ne s'acoquine à aucun tas d'ordures particulier.

On dirait qu'il a une théorie là-dessus, en vérité. Pourquoi, en effet, ne pas revenir à un trou, s'il a semblé bon? Pourquoi ne pas chercher à retrouver la pitance au lieu où elle était hier? Evidemment, un chien quelconque, un homme même, vous ou moi, raisonnerait de la sorte. Le chien sauvage, pas du tout. Il semble qu'il ait pour instinct essentiel d'avoir l'habitude en horreur.

Il met son amour-propre à être comme qui dirait un chien sans papiers.

Pourtant, il aime la société, et il le prouve.

D'abord, il fréquente volontiers ses semblables réduits en esclavage. Il paraît même les préférer comme compagnons de ses jeux, et surtout comme victimes de son amour. Peut-être se fait-il un malin plaisir de salir leur beau poil peigné, lustré, lavé, parfumé, et de semer sa graine indépendante au sein des familles honnêtes.

C'est ainsi qu'on le voit folâtrer spécialement avec les caniches noirs (lesquels représentent, comme on le sait, l'aristocratie des caniches), avec les bichons ornés de rubans tendres, avec les *pugs* porteurs de bretelles, avec les levrettes vêtues d'un complet à la dernière mode.

Et, chose curieuse à noter, ces parvenus de la race canine payent de retour le chien sauvage, comme les plus élégantes courtisanes ont des béguins pour des drôles en casquettes. J'ai remarqué que les mieux mis sont ceux qui se prêtent le plus complaisamment aux plus étranges fantaisies de ces va-nu-pattes.

Décidément, il en faut rabattre : nous n'avons pas même l'apanage de l'Alphonse. Le cœur des chiens a ses mystères comme le nôtre.

Le chien sauvage aime aussi l'homme, tout en refusant de le servir.

Quand votre figure lui revient, il vous suit, il vous caresse, joue avec vous. Non dans un vil intérêt, d'ailleurs. Et la preuve, c'est que, si vous lui offrez quelque boustifaille, il se sauve. Il croit sans doute que vous voulez le corrompre et lui acheter son amitié.

Il vous suit donc parce que cela lui plaît, pas davantage.

Mais il vous suit alors, par exemple, d'une façon gênante. Impossible de vous en débarrasser. C'est un crampon.

J'ai tenté, une fois, d'en dépister un qui se collait à mes pas. J'ignorais alors le moyen sus-indiqué pour le mettre en fuite. Aussi j'essayai en vain de me délivrer. Peine inutile ! J'ai eu beau prendre l'omnibus, le tramway, une voiture, entrer dans des magasins, traverser des maisons à double issue! Va te faire lanlaire ! L'animal me rejoignait toujours. Il me perdait des yeux et me retrouvait du nez.

En désespoir de cause, j'allai au Hamman, et, après une heure de suée, de massage, de savonnage, de douches, je me fis frictionner du haut en bas à l'eau de Cologne. Puis, je changeai de vêtements avec un de mes amis. Cinq minutes après j'avais mon chien sur les talons ; et sa queue battant follement l'air, sa prunelle en coulisse, ses jappements pareils à un éclat de rire, tout son individu semblait me dire avec une joie mêlée de pitié :

— Fumiste, va !

VI

HUE DONC, ROSSARD!

— Hue donc, rossard !

Et les coups de fouet tombaient en crépitant dru
comme la grêle, en tourbillonnant, en chantant,
joyeux et féroces, sur la pauvre bête qui traînait le
pauvre sapin.

— Hue donc, rossard !

Et malgré la cinglée qui faisait sauter le poil, malgré l'insulte, malgré les secousses des rênes claquant
sur le dos et du mors qui sciait les barres, malgré
tous ces *encouragements*, l'animal n'avançait qu'à
grand'peine, cahin caha.

Pourtant la rue ne montait pas et le pavé n'était
point mauvais. Un cheval ordinaire eût piqué là-dessus un joli temps de trot, sans effort, allègrement,
et même avec une sorte de bonne humeur en sentant la voiture rouler presque toute seule derrière
lui.

Mais aussi n'était-ce pas un cheval ordinaire. La

voiture non plus ne pouvait guère aller toute seule.
Quelle haridelle! Et quelle guimbarde !

Une guimbarde antédiluvienne. Les brancards
ballottaient, dansaient, bringueballaient. Tantôt l'un,
tantôt l'autre se dressait, ou se fichait vers le sol, avec
des torsions bizarres, comme des bras d'épileptique.
Bras plusieurs fois cassés déjà, rafistolés au moyen de
cordes dont les nœuds pétaient, dont les bouts s'effi-
lochaient en mèches sales. La caisse, disloquée,
s'écrasait sur les ressorts flasques. Les roues bran-
laient dans l'essieu et zigzaguaient, saoules. Les harnais, en loques, avaient l'air, aux ressauts du pavé,
de vouloir prendre leur vol. Et tout cela rendait un
bruit de cassé, de ferraille. A chaque cahot, on s'at-
tendait à voir s'effondrer cet assemblage de vieilleries,
qui paraissaient collées et retenues seulement par
l'épaisseur gluante de la crasse invétérée qui les
recouvrait.

Quant au cheval, il était invraisemblable. Un fan-
tôme de cheval, une apparence, un rêve! On pouvait
compter une à une toutes les vertèbres de l'échine,
ainsi que sur un squelette. Les côtes saillaient. Le
ventre, pur néant. Et comment aurait-il eu un ventre ?
Il ne possédait pas même de chair. Car ce n'était pas
de la chair, ces tendons bandés, ces muscles tout en
fibre sèche. Cela devait jouer à vide le long des os.
Seules les guibôles, raides, montraient des rondeurs
au jarret, au boulet. Mais pas des rondeurs en viande,

hélas! Des bosses d'humeur, oui. Elles crevaient
d'éparvins. En vérité, il n'y avait ni chair, ni sang,
sous cette peau lamentable où l'on voyait de grandes
plaques de cuir sans poils, comme si elle avait été
rapiécée avec de vieilles tiges de botte.

Et il allait quand même! Il allait, tiré en arrière
par le poids du véhicule en ruines, étranglé par le
collier racorni, blessé par le harnais anguleux, par le
mors rouillé, par les rênes dures comme du bois, par
les brancards aux cassures pointues, par le fouet
infatigable.

Il allait, la langue pendante, la bouche baveuse, le
poitrail haletant, les naseaux dilatés et ronflant
avec un bruit de râle; et sous ses deux salières,
creuses à y fourrer le poing, il ouvrait tout grands
des yeux effarés, vagues, qui regardaient dans le vide.

— Hue donc, rossard!

Dire qu'il a été beau peut-être, ce paquet d'os et
de peau dont l'équarrisseur refusera cent sous! A
tout le moins, il a été jeune. Il a eu des muscles, de
la chair, et du poil sur tout son cuir. Sa queue, aujour-
d'hui glabre et pareille à un balai usé, a fait jouer son
panache autour des flancs ronds et luisants. Il a connu
l'orgueil de la crinière. Il a porté beau, pointé ses
oreilles coquettes, cambré son encolure, piaffé. Il a
eu du sang dans les veines, du feu dans les yeux, du
vif-argent dans les jambes. Il a humé l'air des prés,
mangé les luzernes fleuries, bu la rosée et galopé en

hennissant autour des juments amoureuses. Ne serait-
ce que pour le paysan qui l'a élevé, il a été beau.
Quelqu'un a été fier de lui. Puis, quand même il n'eût
pas été beau, il a été bon. Il a travaillé, il a trimé, il
a fait son œuvre, il a aidé l'homme. Il a bien mérité
le repos, et il aurait droit à mourir en paix.

— Hue donc, rossard !

Et toi aussi, misérable artiste, écrivain, poëte, toi
aussi tu peux finir de la sorte. Quand tu auras épuisé
ta vie à ta besogne, quand tu auras bien trimballé les
hommes dans les quatre coins de ton esprit et de ton
cœur, quand tu auras été la gloire et la beauté de ton
temps, tu crois qu'on te devra une vieillesse et un
trépas tranquilles ! Fou, fou, et pauvre diable ! Il te
faudra traîner encore ta plume comme ce cheval
traîne son fiacre de maraudeur. Et tu iras ainsi jusqu'à
la fin, la pensée fourbue, l'imagination pelée, la
cervelle vide, roulant toujours sur le pavé de *la copie*,
et le public d'alors ne se demandera pas si tu as été
jeune, brillant, superbe. Ce public sera tel que le
cocher de mon vieux cheval. Il sera sans pitié, brutal,
féroce. Eusses-tu été Lamartine, si tu es obligé de
travailler encore, tu crèveras en bavant de la prose,
sous les coups de fouet et les insultes de l'abominable
Collignon.

— Hue donc, rossard !

14.

TYPES

I

LE JUIF-ERRANT MODERNE

Je l'ai rencontré hier, bien entortillé, les pieds chaussés de grosses bottines, les mains dans des moufles, un énorme cigare à la bouche. Je l'ai reconnu tout de suite. Je l'ai déjà vu tant de fois !

Vous aussi, d'ailleurs, vous l'avez vu. On le trouve partout et en tous temps. Faut-il vous le dépeindre ?

Toujours mis convenablement, suivant assez la mode pour être élégant, pas assez pour être remarqué, il ne porte jamais rien à la main ; et pourtant, dès qu'il pleut, on est sûr qu'il a son parapluie. De la poche gauche de son pardessus émergent deux ou trois journaux, froissés comme s'il les avait lus ; et pourtant personne ne l'a jamais aperçu en train de lire. Il passe dans la boue, dans la neige, et ses chaussures sont toujours merveilleusement cirées ; et pourtant aucun décrotteur ne l'a vu poser le pied sur la petite boîte. Un fameux original, n'est-ce pas ?

Eh bien ? pas du tout. C'est la banalité même. Ni

beau ni laid, ni gros ni mince, ni vieux ni jeune, ni
malin ni bête, il ressemble à tout le monde.

Et pourtant il a quelque chose de bien particulier.
Il ne s'arrête jamais.

La foule se presse devant un marchand de tableaux
ou un marchand de comestibles. Il ne regarde ni la
toile où le peintre a écrasé l'arc-en-ciel, ni la dinde
truffée dont le.poitrail marbré ressemble à une épaule
de femme battue. Il ne tourne même pas la tête
quand une pauvre rosse s'abat, les jarrets raidis, les
flancs haletants, l'œil plein des affres de l'agonie. S'il
entend derrière lui crier au voleur, il se range pour
laisser passer le filou, et, s'il court ensuite avec les
badauds, ce n'est que pour rattraper le temps qu'il
vient de perdre en faisant halte une minute. Son unique préoccupation, en somme, la voilà! Il a peur
d'être en retard.

Où diable va-t-il, pour être si pressé? Ah! c'est ici
que ce banal devient vraiment original. Imaginez-vous
qu'il ne va nulle part.

Il marche sans savoir dans quelle direction, sans se
demander pourquoi, sans même sentir comment. Il
se hâte vers un but qui fuit sans cesse, ou plutôt qui
n'existe pas. Il suit un je ne sais quoi qu'il ne se propose même pas d'atteindre, mais qu'il a toujours l'air
de chercher. Peut-être son vrai dessein, dont il n'a pas
conscience, est-il simplement d'être où il n'est point.

Le reconnaissez-vous, à présent? Rappelez-vous.

Vous l'avez vu dans toutes les rues, à toutes les époques : pendant les choléras, pendant le siège, pendant la Commune, l'autre jour au plus dru de la tourmente de neige. Vous le verrez aujourd'hui en sortant. Vous le verrez demain aussi. Vous le verrez, ou mieux, on le verra toujours. C'est un type de Paris. C'est le Juif-Errant moderne.

Mais quelle voix le pousse donc dans cette marche sempiternelle et inutile ?

Oh ! c'est bien simple. Il s'ennuie, et il s'envoie promener.

II

TAC ! TAC !

Tac ! tac ! — Tac ! tac ! — Tac ! tac !

Un bruit régulier, cadencé, comme une mesure à deux temps dont le second serait le temps fort : Tac ! tac ! — Tac ! tac ! — Qu'est-ce que c'est que ça ?

Brusquement cela se transforme. La mesure à deux temps devient à trois temps : Tac ! tac ! tac ! — Tac ! tac ! tac ! — On dirait un métronome qui se dérange. Ah ! c'est singulier !

Tout à coup, le détraquement du métronome se fait épileptique, fou, absurde. La mesure bat la campagne. C'est du six-huit, puis du deux-quatre, puis d'un nombre impossible à chiffrer. Il y a des sauts, des contre-temps. Les tac ! tac ! tantôt se précipitent comme la grêle : Tac ! tac ! tac ! tac ! tac ! tac ! tac ! tantôt s'arrêtent court en coup de fouet : Tac ! Il me semble entendre une voix qui serait en bois, et qui parlerait, bredouillerait, bégayerait, par mots rapides convulsifs, saccadés, coupés de hoquets, et toujours

sur cet unique et bizarre monosyllabe : Tac! Quelle
drôle de chanson! quelle voix étrange! quel instrument plutôt!

Qui diable fait ce bruit? Parbleu! C'est trop fort !
Je le saurai. Je veux le savoir.

Il est près de deux heures du matin. C'est en
ouvrant ma fenêtre pour fermer les persiennes, c'est
par hasard que j'ai perçu le premier tac! tac! Et je
suis resté là, cloué en place par l'étrangeté de la chose
immobilisé par l'absurdité du mystère. Il fait un froid
de chien. Le vent me coupe la figure et me cingle les
oreilles. N'importe ! Je ne bouge pas, je ne tire pas
ma croisée, je grelotte, j'écoute. Pourquoi? C'est idiot.
J'écoute tout de même. L'incompréhensible irrite.
L'inconnu attire. Je veux savoir. Ecoutons encore! Ça
continue. Oui, c'est dans la rue voisine. Le bruit se
rapproche. Tiens! il cesse.

Plus rien! Si, à la voix de bois succède une voix
humaine. Qu'est-ce qu'elle dit? Je n'entends pas bien.
Allons, bon! Reprise des tac! tac! Mais cette fois avec
accompagnement de la voix nouvelle. Je tends l'oreille
Je distingue les paroles :

> Saint-Sulpice ! Saint-Sulpice !
> Et ding ! din ! don ! ding ! din ! don
> M'sieu l'curé, j'vous d'mand' pardon !
> Tac! tac! — tac! — tac! tac! tac!

Non, c'est trop bête de ne pas deviner avec quoi il

15

fait ce tac! tac! Oh! mais je le saurai. Je vais descendre. Vite, vite! il me semble que ça s'éloigne.

Bon! où ai-je fourré mon chapeau, tout à l'heure,
en rentrant? Sacristi! toujours comme ça, quand on
est pressé! Ah! le voici. Il était sur ma tête. Descen-
dons:

— Cordon, s'ou plaît!

Je t'en fiche! ils dorment comme des pots, ces concierges! Je cogne à la porte vitrée. Il y aurait le feu,
que je n'y mettrais pas plus de fièvre. Dame! mon
bonhomme va filer pendant ce temps-là. Quatre
étages à descendre, c'est long!

— Cordon, nom d'un chien!

Enfin! la porte s'ouvre. Me voici dans la rue. O
joie!

Quel profond silence! Rien! plus rien! Le bruit a
cessé complètement. Pas même un vague et lointain
écho! Rien! Je n'ai pourtant pas rêvé tout à l'heure.
Et plus rien!

Il me semble que c'était dans la rue à droite. J'y
cours. Néant! Si, si, j'entends quelque chose, là-bas,
sur le boulevard, à gauche. Je me précipite par là.
Oui, je distingue, parfaitement. Au diantre! c'est le
bruit de ma course folle. Rien! toujours rien! Je
reviens sur mes pas. Je m'embrouille. Je tourne. Je
retourne. Un quart d'heure se passe. Une demi-heure.
Rien de rien! Quel guignon! Décidément il faut
rentrer bredouille.

C'est agaçant tout de même, d'avoir voulu savoir et
de ne rien savoir !

Tac ! tac ! — tac ! tac ! tac ! — De quoi joue-t-on
pour chanter ça ?

Au fait, que disait donc l'autre chanson, celle du
gosier humain ? Il y a peut-être un indice là-dedans !
Saint-Sulpice ! Saint-Sulpice ! Eh ! eh ! Qui sait ? Le
hasard est si grand ! En allant de ce côté-là. Ma foi !
j'en aurait le cœur net. Au jour, demain matin, j'irai
voir.

Et j'y allai. Que voulez-vous ? L'obsession ! Je me
promenais sur la place Saint-Sulpice, cherchant des
yeux, réfléchissant, ruminant, ne trouvant toujours
pas, à la fois penaud et furieux.

J'étais près de la grille du séminaire. Tout à coup,
une haleine avinée me frappe au visage et une voix me
dit d'un ton plaignard :

— Ayez piquié d'un pove infirme !

Cette voix ! sang et tonnerre, cette voix ! Mais c'est
la voix qui chantait cette nuit !

Je regarde, stupéfait. Devant moi, l'œil hébété par
l'ivresse de la veille, tendant la main droite, appuyé
de la gauche sur un bâton, se tenait un bonhomme
porté par deux jambes de bois.

Je me penche et lui souffle à l'oreille.

> Et ding ! din ! don ! ding ! din ! don !
> M'sieu l'curé, j'vous d'mand pardon !

Et il se sauve comme un insecte estropié, et ses deux pilons font sur le trottoir : Tac ! tac ! — tac ! tac ! — tac ! tac ! tac ! tac ! tac ! — tac ! — tac ! tac !

III

UN DOMPTEUR

Le froid vient de ruiner Claude Ramboisson, le dompteur. Toute sa ménagerie l'a lâché. Il faut que je vous raconte l'histoire.

Vous ne connaissez pas Claude Ramboisson ? Je vais vous le présenter. Oh ! ce n'est pas un beau gars comme Bidel. C'est un espèce de vieux pauvre, gringalet, sale, rigolo, hirsute, avec des yeux en boutonnières, et un nez pareil à une aubergine trop mûre. Les cheveux et la barbe, jaunâtres, raides, gras, ressemblent à du vermicelle bouilli et en désordre.

Mais ne méprisez pas ces cheveux et cette barbe ! C'est la cage de ses bêtes.

Claude Ramboisson est dompteur de poux.

Il faut le voir, ou plutôt il fallait le voir quand il exhibait ses élèves, ses fauves. Du bout des doigts, délicatement, ainsi qu'une jeune fille cueille des fraises, il amène les monstres au jour, pour les faire travailler sur sa manche. Ils vont, ils viennent, s'ar-

rêtent, au commandement. Ils font la lutte, et Ramboisson prétend qu'elle est à mains plates. Ils répon-
dent à leurs noms. Chacun a le sien. Il y a Louis-
Philippe, Badingue, le ramoneur (un sans soin), Tape-
à-l'œil (un coquet). Il y a aussi Mélanie, Ursule, la
Chatte. Ramboisson distingue, paraît-il, les sexes.
Puis il y a des gosses, en apprentissage. Ramboisson
tue les malbâtis et soigne ceux qui pourront lui faire
honneur.

En a-t-il trop tué, ce qui a dû indigner les mères?
A-t-il exigé trop de travail pour trop peu de salaire?
A-t-il blessé des amours-propres? Toujours est-il
qu'avant-hier ses élèves l'ont laissé en plan. Il avait
couché dans un garno où on est deux par paillasse.
Son camarade de pionce était un gros père, à mine
rouge, qui avait une tête comme un bonnet d'astra-
kan.

— J'aurais dû me méfier, en voyant ces cheveux-là,
dit Ramboisson avec mélancolie. Une vraie forêt. Et
pas de pommade !

Dame ! que voulez-vous? un des poux aura été ex-
plorer ce pays inconnu. Ce Christophe Colomb aura
rapporté à ses frères de bonnes nouvelles. Il y avait là,
après une simple traversée sur la paillasse froide, à
deux pas, une vraie contrée de Cocagne, un paradis
pour les poux, de l'air, de l'espace, des joies sans
nombre, plus de travail, la liberté!!!

Et ils ont déserté la cage. C'était courir l'aventure;

je le sais. Au moins, avec Ramboisson, on était sûr
du lendemain. Avec l'autre, n'y avait-il pas de dan-
gers à risquer? Peut-être il se lavait la tête? Bah!
tant pis! l'indépendance avant tout. Comme dit Ta-
cite : *Malo perciculosam libertatem.* Est-ce à nous de
les blâmer, à nous, fils de 89 ?

N'importe ! C'est triste pour Ramboisson. Mais il
se refera une ménagerie, espérons-le. Et je le verrai
encore, rue de la Gaîté, à Montparnasse, ôtant sa
casquette et terminant ainsi son boniment :

— Oui, les aminches. Le proverbe dit que les
moules sont les huîtres du savetier. Eh bien ! les
poux, c'est les puces du pauvre.

IV

L'AMATEUR DE MOLLETS

Il neige ; il dégèle ; il reneige ; il redégèle ; en vain les blancs flocons s'obstinent à transformer le sol en un gâteau de crème, le vent d'autan s'obstine de son côté à transformer ce gâteau de crème en purée de fange. Paris-sucre n'est pas possible, décidément, et nous sommes condamnés à Paris-boue.

Par terre, c'est un marécage. A la corniche des toits, c'est une cascade. Les murs suent. Les balcons pleurent. Le zinc suinte. On n'entend que clapotis, glouglous et gargouillades. On comprend enfin que les poëtes ont raison d'employer les plus violentes métaphores pour exprimer un peu la vérité, et, par exemple, on trouve que le vieux Régnier n'a rien dit de trop quand il a écrit ces deux vers d'une si audacieuse truculence :

> Et du haut des maisons tomboit un tel dégout
> Que les chiens altérez pouvoient boyre debout.

Bref, il semble que l'on vive, depuis tantôt huit jours, en un pays de féerie dont Sa Majesté l'Eau serait la Reine, et qui aurait pour chant national le joli et mélancolique refrain des enfants :

Il pleut, il mouille,
C'est la fête à la grenouille !

Heureuse grenouille ! Je ne connais qu'un être au monde qui soit aussi joyeux qu'elle, par ces temps d'abominable gâchis. Cet être au destin fortuné, c'est l'amateur de mollets.

Distinguo. Je ne parle pas de l'amateur ordinaire, du monsieur comme vous et moi, qui ne peut s'empêcher de sourire en voyant une jolie femme retrousser sa jupe pour enjamber une mare. Il entre, dans notre plaisir à nous, une arrière-pensée de malice, et nous remarquons odieusement les mouchetures noires que la boue pique sur la blancheur des bas.

Je ne parle pas non plus de l'amateur polisson, qui songe au fameux vers de Musset sur tout ce qu'on devine en regardant un peu plus haut que la cheville Je ne parle pas de cet amateur pareil au page dont il est question dans Brantôme. Vous savez bien, ce page qui renouait les souliers d'une *belle et honneste dame* avec de tels tremblements dans les mains et de telles flammes dans les yeux, que la dame lui

15.

donnait vite un petit écu pour aller éteindre son feu ailleurs.

Je ne parle pas même de l'artiste, toujours en quête de la forme, et qui prétend, en relevant les robes de son regard curieux, ne faire attention qu'à la pureté des lignes et à l'esthétique du galbe.

Je parle de l'amateur véritable, qui aime les mollets et les considère sans malice, sans polissonnerie, sans pédantisme, qui les aime avec une ferveur de maniaque, avec une rage de collectionneur, qui les aime gravement, profondément, et que seule la philosophie allemande pourrait à peu près définir en disant qu'il aime *le mollet EN SOI.*

Observez-le, celui-là, si vous avez la chance de le rencontrer.

Son visage est sérieux, son allure tendue, son regard extatique. On sent qu'il est absorbé par sa passion, que tout son être y est occupé. Tel un amant, au premier baiser de sa maîtresse. Tel un savant, plongé dans un problème. Tel un artiste, en contemplation devant une idée. Tel un prêtre croyant, qui officie.

Il est en proie.

Que la femme soit belle ou laide, jeune ou vieille, marquise ou pauvresse, il n'en a cure, pourvu que le bas soit tiré sur le mollet, pourvu que le mollet montre, dans l'ombre mystérieuse des jupons, sa rondeur fascinante, semblable à un objet sacré qui apparaît dans le demi-jour d'un sanctuaire.

Il regarde ; il joint dévotement les mains ; il penche la tête avec une langueur mystique ; il adore.

Ne croyez pas que j'invente rien. Ce type est rare, je le sais. Mais c'est que les grandes passions ne sont pas communes !

Comme toute grande passion, d'ailleurs, celle-là est méconnue. Ce grave amateur de mollets, cette espèce de fakir, ce *voyeur* étrange, est généralement pris pour un gourgandin. On n'admet pas que la lueur étrange de ses yeux s'allume ailleurs qu'aux plus ardents tisons de la concupiscence.

Que lui importe ! Il va, tout à sa chimère, et rumine dans son cœur des pensées d'empereur romain. Oui, comme le César qui désirait que le genre humain n'eût qu'une seule tête, afin de la couper, il désire, lui, que toutes les femmes n'aient qu'un seul mollet, pour l'adorer. Il va, sublime et ridicule, ainsi qu'il convient à un génie que l'on ne comprend pas.

Et les gens qu'il heurte, en poursuivant son idéal, le comparent aux mâtins qui tirent la langue après les chiennes au printemps. Et les femmes rougissent sous ses regards, même les plus âgées, même les monstres de laideur. Et les mieux élevées le traitent tout bas de vieux drôle, tandis que les autres, exprimant tout haut l'opinion générale, l'appellent franchement sale cochon.

V

J'SUIS RIEN LOUFFOQUE

Je le suivais depuis un moment, ce vieux chiffonnier.

D'abord il ne ressemblait pas aux autres biffins. Il n'avait ni hotte, ni sac, ni même de crochet. Un chiffonnier sans le *sept* traditionnel, c'est rare. Les plus misérables, ceux qui ne possèdent qu'un couffin en loques, ceux qui vont glaner après les autres, ont au moins le bâton avec un clou planté en travers, l'outil indispensable pour retourner et piquer les trouvailles. Or, celui-ci ne portait comme emblème de sa besogne que sa lanterne. Quelle lanterne, d'ailleurs ! Toute petite, bossuée, avec un bout de chandelle des six et des carreaux en papier huilé. On aurait dit un œil d'agonisant, et un œil couvert d'une taie.

Et puis, son manège m'intriguait, à ce vieux. Il ne cherchait pas les tas d'ordures, rares du reste par ce temps de dégel, où l'on vide les seaux dans la neige

et la boue fondues, qui noient les débris. Il rôdait
autour des baraques, au bas desquelles, sa lanterne
mettait brusquement une frange jaunâtre et dansante.
Il semblait vouloir faire pénétrer la lumière dans les
fissures et agripper au bout du rayon filtrant quelque
chose qui était dans l'intérieur.

Muettes, closes, les baraques restaient barricadées
contre son désir ; car je l'entendis répéter à plusieurs
reprises, après ce bizarre examen, toujours infruc-
tueux sans doute :

— Ah ! vrai, j'suis rien louffoque.

Louffoque, en argot, veut dire fou. En effet, le
bonhomme m'avait tout l'air de l'être. Cela redoubla
ma curiosité.

Dix grandes minutes encore je le suivis. Toujours
le même travail, toujours cette quête étrange, cette
recherche d'un je ne sais quoi, que je ne pouvais
deviner, et toujours ce refrain, plein d'un découra-
gement profond, plein d'une désillusion prévue :

— Vrai, j'suis rien louffoque !

A la fin, je n'y pus tenir, et j'allai droit au vieillard
pour savoir le mot du mystère. Doucement, d'ailleurs,
sans un mot qui pût l'effrayer, ni même le blesser,
mais d'un ton amical et dans sa langue, pour qu'il
comprît que mes intentions étaient bonnes.

Le vieux se redressa lentement, leva sa lanterne à
la hauteur de mon visage, me regarda fixement ;

puis, étonné de voir un monsieur en chapeau qui parlait comme lui :

— T'es donc d'la rousse? me fit-il.

Je lui répondis que non, lui expliquai de mon mieux ce que je voulais de lui et l'interrogeai à nouveau, en lui glissant quelque chose dans la main pour capter sa confiance.

Alors il se décida à tout me dire.

— Voilà ! En rangeant les *cambrioles* (petites boutiques), on a peut-être laissé *se plaquer* (tomber) un *gluant* (bébé) de carton, et je voudrais le *pomaquer* (prendre) pour ma *daronne* (mère).

Sa daronne? Comment! il a une mère vivante, ce vieillard? Et puis, pourquoi un bébé, un pantin, à cette mère? Je comprenais de moins en moins.

Mais il continuait ses explications. Je les résume, car il était bavard et parlait ce jargon qui demande un dictionnaire pour être lu, et que je ne pourrais reproduire qu'avec des hoquets de parenthèses, ce qui détruirait le caractère de sa parole rapide, bredouillante, imagée, bourrée d'incidentes d'une seule haleine.

En deux mots, voici l'histoire :

Sa mère, — oui, sa mère, — âgée de quatre-vingt-douze ans, était à la Salpêtrière, en enfance, et il voulait lui donner pour ses étrennes un bébé. N'ayant pas de quoi l'acheter, il en cherchait un qu'on aurait perdu, et il l'espérait du hasard. Pas de sensiblerie,

vous savez, dans ce désir exprimé, pas de phrases
larmoyantes sur ceci ou cela. Il racontait la chose
comme il la faisait, simplement, ne réfléchissant que
sur l'absurdité de son idée.

Moi, vous dire tout ce qui se passait dans ma tête;
non, n'est-ce pas? Je ne suis pas ici pour faire de la
psychologie ou de la rhétorique. Je note le fait, tel
quel. Vous penserez à propos de ce fait, et comme
vous voudrez, pour votre compte ; cela vous regarde.

— Eh bien ! lui dis-je enfin, avec mes *ronds* (sous),
te voilà *fadé* (muni, qui a reçu sa part). Tu pourras
te payer ton *petit salé* (enfant) de carton.

— Oui, répondit-il, merci. Mais tout de même j'ai-
merais mieux en piger un d'occase, à la foire d'em-
poigne. Ça serait plus *mariolle* (malin). Et avec la
galette (argent) j'achéterais à la daronne des oranges
et du *trèfle à blaire* (tabac à nez, tabac à priser).

Et il reprit sa promenade étrange, et je vis derechef sa lanterne plaquer des taches d'or dans la boue
au pied des baraques, et, en m'en allant, je l'entendis
encore qui ronchonnait :

— Vrai de vrai, j'suis rien louffoque !

VI

NOS PEAUX ROUGES

Au diable le travail ! Zut ! Il fait soleil aujourd'hui,
et le ciel radieux nous montre son bleu limpide, clair,
léger, qui invite à oublier tous les tracas pour aller
respirer, marcher, boire les effluves du renouveau,
et se griser de cette simple et merveilleuse joie.

Vive ce bon soleil, qui rend vibrant l'air plus tiède,
qui met délicatement un peu de rose à la pommette
des femmes, qui pique des paillons d'or et des étincelles de diamant jusque dans la fange des ruisseaux,
et qui fait s'épanouir un sourire même dans les yeux
des misérables !

En vérité, je vous le dis, par un temps pareil, on
n'a qu'une seule chose à faire : envoyer promener
tout, et notamment s'envoyer promener soi-même.

Voulez-vous y venir avec moi? Voulez-vous écouter la bonne voix du soleil qui vous parle, comme dit
le poëte, *en lumières sublimes*? Elle vous dit de sortir,
de partir, d'aller en voyage n'importe où. Nous n'i-

rons pas très löin ; et cependant je veux vous faire
voir des paysages et des êtres que vous n'avez jamais
vus. Venez, il fait si beau ! Nous ne quittons pas Paris. Ouvrez bien larges vos poumons, pour humer le
printemps, et en route ! .

. Nous prenons les quais et nous remontons la Seine.

Entendez-vous comme elle chante? Elle passe, dans
sa robe verte et gaufrée par la brise, avec un froufrou
de danseuse qui pirouette. On ne sait pas assez comme
elle est jolie, notre Seine !

. Mais passons. Nous allons là-bas, là-bas, plus loin,
où les quais s'élargissent en berges. En clignant un
peu les yeux, on croirait que les pavés de ces berges
sont de gros galets. Je vous assure qu'on a l'illusion
du bord de la mer. Essayez, vous verrez ! .

Plus loin, encore plus. C'est dans Paris, oui ; mais au
bout. Nous y sommes. Connaissez-vous ce paysage ?
Avouez que non. De l'autre côté de la Seine,
c'est Bercy, avec ses régiments de futailles qui d'ici
fleurent un parfum de framboise. Sur notre berge,
c'est le débarcadère au bois. Remontez le courant du
regard, vous apercevez Charenton, et au-dessus, sur-
plombant, le bois de Vincennes. Retournez-vous ! Le
Jardin-des-Plantes, toujours vert, lui, grâce aux sa-
pins avec leur cône de feuillage sombre et au cèdre
qui étend ses grands bras poilus, comme un vieux
patriarche bénissant la ville. Sur la droite, la Salpêtrière, le Panthéon, le Val-de-Grâce, trois grosses

têtes rondes où le soleil allume de petits yeux jaunes. Derrière nous, Notre-Dame agenouillée au milieu du fleuve, dans ses noires dentelles de pierre, où les vitraux scintillent comme de miraculeux rubis.

Voilà le décor! Je suis sûr que vous ne l'aviez jamais remarqué. Mais, ce dont je suis plus sûr encore, c'est que vous ignorez absolument quels sont les êtres qui l'habitent. Des êtres comme vous et moi, pensez-vous? Vous n'y êtes pas. Ecoutez.

On dit que la race des Peaux-Rouges est en train de s'éteindre en Amérique. Eh bien! elle existe à Paris, et c'est ici qu'on la trouve.

Oui, c'est ici, sur ces quais d'une blancheur éblouissante, que flamboient les Peaux-Rouges de Paris, les débardeurs.

Quand il est en pleine besogne, le débardeur a pour tous vêtements un pantalon de toile bleue et une ceinture de flanelle vermillon. La tête, le cou, les bras, la poitrine, le dos, les reins, sont absolument nus; - et tout ce nu, rocailleux, raviné, pelé, recuit par la chaleur, lavé par la pluie, tanné par le vent, a la couleur d'une vieille brique et le luisant d'un sou neuf.

Il y a, dans la partie, des délicats, des aristos, qui portent une chemise de cotonnade. Ceux-là n'ont de rouges que les bras, la nuque et un triangle sur la poitrine ouverte. Mais ceux-là ne sont pas les *rupins*, les *dabs!*

Les *dabs*, ils sont superbes. Regardez-les travailler;
les beaux mâles! Dans ces cheveux drus et ébouriffés,
sur ces cous dont les tendons sont bandés comme
des cordes d'arc, le long de ces bras aux muscles
saillants, à travers les sillons et les broussailles de
ces poitrails velus, parmi les bosses et les trous de
ces échines noueuses, la sueur coule en gouttes noires
comme du sang épais, la lumière ruisselle aussi
comme sur la patine fauve d'un bronze antique.

Il y a trois espèces de débardeurs.

Le plus rude, le plus fort, le plus superbe, c'est le
débardeur de bois. Il travaille ici même où nous
sommes, en face de Bercy. Sur la pente du quai, il
hisse les poutres énormes, faites d'un seul arbre
équarri, et qui, en déboulant, peuvent écraser dix
hommes. Il se mouille les jambes au *train*, au radeau,
et il vit pieds nus, afin de ne pas glisser quand il
crispe ses orteils sur le pavé humide en criant : *Oh!*
hisse!

Le débardeur de charbon porte sa charge sur ses
reins, dans une manne en paillasson. Il marche
comme un danseur de corde, les yeux fixés sur le
bout de la passerelle, faite d'une longue planche
flexible, qui relie le bateau au port. Quand il vide sa
manne, il geint à la façon des boulangers.

Le plus gai, le plus joli, celui dont Gavarni s'est
inspiré, c'est le débardeur de pommes. On le trouve
sur le quai de la Râpée, où il se dandine dans son

large pantalon de velours à côtes, la taille sanglée
par sa *serrante* écarlate. Il n'est pas tordu comme le
débardeur de bois, voûté comme le débardeur de
charbon. Il marche tout droit, les bras tendus per-
pendiculairement pour tenir les manchons de sa
brouette La roue du véhicule grince gaiement, avec
la monotonie d'un chant de grillon, sous le poids
des pommes vertes, qui agacent les dents rien qu'à
les voir, et des pommes rouges mouillées qui ont l'air
de bonnes joues rondes où perle une sueur de jeune
fille.

Dans ces joues appétissantes, le débardeur mord
de temps à autre. Il ne le fait pas en cachette, d'ailleurs. Il a droit à cette *consommation*: On sait bien
qu'il ne peut pas en engloutir un quarteron, et qu'il a
en quelque sorte le respect du fruit. En effet, il n'y
fait pas une plaie, comme un gourmand ; il le dévore
peau et pépins, et bien souvent même ne laisse pas
de trognon. Cela lui sert d'apéritif avant le repas et
de dessert après. C'est ainsi qu'il se fait la bouche et
se dégraisse les dents. Ses repas, il les prend dans
les gargotes du port, où fument des tripes à la mode
de Caen, qu'on arrose, comme là-bas au pays, d'un
pichet de cidre.

Le débardeur de charbon ne se paye pas de ces
noces. Il est avare, étant Auvergnat. Pourtant il ne
se refuse pas un canon de petit-bleu, pour se laver
un peu *la dalle du cou* que le charbon encrasse et

dessèche de sa poussière noire. Il va le boire avec des
gens de chez lui, qui tiennent des cantines en plein
vent. Il le savoure à petites gorgées, tout en mâ-
chant du lard et du pain, du pain de munition acheté
au rabais dans les casernes.

Le vrai Peau-Rouge, le débardeur de bois, ne quitte
point la berge. On lui apporte de la maison sa potée
de soupe, où la cuillère plantée reste debout, et sa
chopine dans un litre secoué par la marche. Le vin y
mousse avec une écume violacée. C'est pourtant de
ce vin-là et de cette soupe en cataplasme qu'est fait
le beau sang qui gonfle ces muscles d'Hercule et qui
vient se changer en bronze à fleur de peau sous les
baisers du soleil.

Aimez-vous les vieilles chansons populaires, aux
interminables couplets, à la musique traînante, aux
paroles naïves? C'est au débardeur de pommes qu'il
faut en demander. Car il chante en travaillant, lui.
Tandis que le débardeur de charbon a les épaules
écrasées, la poitrine comprimée sous le poids de sa
manne; tandis que le débardeur de bois halète en
poussant la poutre massive, le *pommeux* a la tête
libre, les poumons à l'aise, et accompagne naturellement de sa voix la basse rhythmée que susurre la
roue de sa brouette.

Il est Normand et chante souvent dans son patois,
où les voyelles fermées se prononcent ouvertes, où

les finales nasillardes ont une sonorité d'instrument à anche.·

Voici un de ces refrains, noté au vol :

> La bell', si j'étiommes
> Dedans stu haut bouais,
> Bell', j'y mangeriommes
> Des pomm' et des nouaix.
> Bell', j'y mangeriommes ·
> A notre loisi,
> Nique nac, nomuze !
> Belle, vous m'avez
> T'embarlifi, t'embarlificoté
> Par votre biauté.

L'homme aux reins courbés sous le paillasson, le débardeur du diamant noir, ne chante, lui, que le dimanche, dans les bals-musette. Il danse au son de l'instrument de son pays, et pousse à la fin de l'air, en s'aponichant le derrière aux talons, le *you* aigu et sauvage qui est à la fois le cri de guerre et le cri de joie des descendants de Vercingétorix.

Le débardeur de bois est Lorrain ou Morvandiau. Son labeur de géant ne s'accommode guère des refrains joyeux et n'est scandé que par le monotone et rauque *Oh! hisse!* Parfois cependant un campagnon guide la manœuvre par une mélopée lente, gutturale, sur trois ou quatre notes au plus, qui semblent s'arracher du gosier de l'homme et se traîner ensuite comme des oiseaux blessés. Les paroles, d'ailleurs, ne varient guère dans la mélancolique chanson de *tireux-d'-bois*.

Cette chanson n'a qu'un couplet, et ce couplet a pour
thème l'inévitable et douloureux *Oh ! hisse!*

Le soliste entonne ainsi, sur la note la plus haute
de son registre :

> Oh! hisse en haut
> Par en bas.
> Oh ! hisse en bas
> Par en haut.

Et le chœur reprend, avec des hoquets brisés par
l'effort, chacun raidissant tous ses muscles et donnant
à la fois un coup d'épaule et un coup de gueule :

> Oh ! hisse... en... haut!
> Oh! hisse... en... haut!

Et, pendant que l'équipe souffle, après avoir fait
avancer la poutre d'un pied, le compagnon recommence :

> Oh ! hisse en haut
> Par en bas.
> Oh! hisse en bas
> Par en haut.

Eh bien ! êtes-vous contents de votre promenade et
de mes Peaux-Rouges? N'est-ce pas que vous revien-
drez les voir? N'est-ce pas que c'est curieux et beau,
cette Seine moirée par le soleil, ces gars solides à qui
le travail donne des allures de statue, cet horizon
parisien où le Printemps rappelle la grande et divine
nature ?

Et dire qu'au lieu d'aller regarder ces spectacles réconfortants, au lieu d'aller vous rafraîchir le cœur à cet air salubre, vous auriez pu prendre un journal, vous accagnardir sur les embrouillamini de la politique, et vous faire une pinte de bile et de mauvais sang, quand il est si facile de s'en faire du bon !

Si vous le regrettez, lisez des premiers-Paris, et grand bien vous fasse ! Moi, je continue ma promenade, le chapeau à la main, les cheveux au vent, et je m'emplis les regards et l'âme du joyeux soleil qui console de tout, même de vivre.

VII

LE MASTROQUET

Et moi aussi je veux chanter un air à la louange du mastroquet ! Non pas, toutefois, sur les grandes orgues ronflantes de l'éloquence tribunitienne, mais bien sur le mélancolique orgue de Barbarie du poëme en prose, avec la douceur navrée qui convient à cette lamentable victime.

Je veux chanter le pauvre mastroquet, qui passe pour le bourreau des estomacs populaires, et qui est le martyr de la soif des faubourgs.

Je veux chanter le triste mastroquet, qu'on accuse d'empoisonnement, et à qui l'on ne tient pas compte de l'effroyable quantité de poisons qu'il absorbe lui-même, semblable à une Locuste condamnée à prendre son propre corps pour champ de ses terribles expérience.

Je veux chanter l'héroïque mastroquet, ce Mithridate du vin bleu.

C'est avant l'aube, avant le réveil de tout le monde,

16

quand le somme réparateur berce encore les fatigues,
c'est alors qu'il se lève, lui, plus fatigué que personne, lui qui doit rester debout pendant plus de
vingt heures, lui, dont les membres courbattus, les
yeux injectés, la gève alourdie, la tête en feu, ont
eu à peine quatre fois soixante minutes pour se
reposer dans le silence des *rafraichissantes ténèbres.*

Il se lève, encore bouffi de l'envie de dormir, mal
d'aplomb sur ses jambes molles, écœuré de la boisson d'hier, sentant ballotter sous son crâne sa cervelle appesantie, pareille à une éponge qui jamais,
jamais, ne sera pressée.

Il se lève, à la clignotante clarté d'un bec de gaz,
qui siffle dans l'air épais de la boutique et dont le
jet de flamme bleue semble une combustion d'alcool.

Les murs, les tables, le sol gras, le plafond crasseux,
tout est imprégné des immondes odeurs de la veille,
de ces odeurs qui depuis longtemps font corps avec
la salle et en saturent irrémédiablement l'atmosphère.
Cela sent la boue, la sueur humaine, les haleines
échauffées, la vinasse, les rinçures, le culot de pipe,
les mauvaises digestions. Heureux quand, sur ce fond,
plane et danse le volatil parfum de l'eau-de-vie, qui
en ravigote un peu la dégoûtante fadeur !

Telle est la suave bouffée d'air que respire le mastroquet à son réveil ; tel est le viatique offert à ses
poumons congestionnés, pour y rajeunir son sang en

vue de la journée nouvelle, de la renaissante bataille
qu'il va livrer avec les canons rangés en ligne.

Cependant la devanture est ouverte ; le crépuscule
du matin blanchit le ciel ; un pâle rayon d'aube
allume une étincelle au zinc du comptoir ; voici venir
les clients de la première heure ; il s'agit de tuer le
ver ; c'est le martyre qui recommence.

Le tord-boyaux est versé à la ronde dans les lourds
godets de verre sale, et les nez enchifrenés le reniflent
bruyamment, avant qu'on ne l'envoie détruire ce
fameux ver qui a la vie si dure.

D'autres fois, c'est le vin blanc, raide comme du
vinaigre, qui est chargé de cette besogne, et qui scintille dans les grands verres pattus, avec ses petites
perles soudainement changées en épingles, quand
elles arrivent au gosier.

Mais, que ce soit le *pétrole* ou le *pivois savonné*,
dans le godet ou dans l'*entonnoir à patte*, toujours
les buveurs ont soin de dire :

— A la vôtre, patron !

Et le patron est obligé de tremper ses lèvres dans
le liquide, d'en humer une gorgée, et de tuer ce ver
qu'il massacre en vain depuis si longtemps. Et toujours le patron doit terminer sa lampée par un *hum*
engageant et satisfait, comme s'il avait *avalé le bon
Dieu en culotte de velours*.

Puis viennent les innombrables tournées de l'avant-
midi. On a tué le ver ; il faut maintenant ressusciter

l'appétit. C'est le défilé des apéritifs : vermouth
doucereux, bitter noir qui ronge le zinc, amers de
toutes sortes, absinthe aux tons cadavériques ou vert-
de-grisés.

A côté des gourmets aux goûts divers, il y a les
fidèles du canon, ceux pour qui le broc est la source
de toute joie, à la fois l'apéritif et le digestif, et qui
n'aiment qu'à se violacer les lèvres à la mousse
pourpre des chopines.

Et les uns comme les autres trinquent avec le
patron.

— A la tienne, Etienne !

Il déguste tout, l'infortuné, et s'ingurgite pêle-
mêlé la topaze liquide du vermouth, le grenat fondu
du bitter, la purée d'émeraude de l'absinthe, et l'é-
trange mixture du broc, où le cramoisi du bois de
campêche se marie incestueusement à d'invraisemblables indigos.

Là-dessus, pendant la saison, bouillonne encore
quelque demi-setier de ce vin blanc doux, surnommé
macadam, qui ressemble en effet à de la boue jaunâtre,
et qui sent à la fois le soufre et le déboire.

Hélas ! il n'est que midi, et le mastroquet ne se
couchera qu'à deux heures du matin. Quelle perspective encore, quel horizon de verres à goûter, de canons, de chopines, de tournées, de gorgées à faire
descendre dans ce misérables estomac, qui se gon-

tle, se ballonne, se brouille, écrasant de son poids les
jambes flageolantes et les pieds cloués au sol !

· · L'heure des repas est la seule bonne. Et encore
faut-il souvent se lever de table, et aller, la bouche
pleine, tenir tête aux clients invinciblement aimables,
qui attendent la réponse à leur invitation, et qui de-
meurent là, le bec ouvert, le verre en main, le coude
à la hauteur de l'œil, jusqu'à ce que le patron souriant ait soutenu sa renommée de bon zigue.

- Et toujours, toujours, c'est à recommencer. L'a-
près-midi même, cela augmente. Quant à la soirée,
voilà le bouquet ! Les pochards arrivent, généreux,
redoublant les politesses. Les canons ont à peine le
temps de se mettre en batterie. Le broc se vide en
écumant. On ne boit plus ; on soiffe.

— T'es rien leste, Ernest !

Ernest, c'est le patron, qui continue à être bon
zigue, qui ne peut pas faire autrement, qui pourtant
ne se soûle jamais, et qui mène cette existence-là
chaque jour, et qui demain se lèvera encore avant
l'aube, et qui recommencera, et qui n'en meurt pas.
Comment fait-il?

Comment fait-il ? Eh ! comment font les martyrs ?
C'est la foi qui les soutient au milieu des supplices,
et qui les fait souffrir sans murmurer, et qui nous
les montre torturés et radieux, avec le sourire sur les
lèvres.

Quelle est la foi du mastroquet ? Je n'en sais rien

16.

et je ne cherche même pas à le comprendre. Mais je ne l'admire que davantage.

Et c'est pourquoi j'ai voulu, moi aussi, chanter les louanges du mastroquet, sur l'orgue de Barbarie du poëme en prose, avec la douceur navrée qui convient à cette lamentable victime.

C'est pourquoi j'ai voulu chanter le triste mastroquet, semblable à une Locuste condamnée à faire sur son propre corps l'expérience de ses poisons.

C'est pourquoi j'ai voulu chanter l'héroïque mastroquet, ce Mithridate du vin bleu, ce Cambronne plus fort que Cambronne, car il a pour devise :

— Je ne meurs pas et je ne *rends* pas.

VIII

LE MARCHAND DE CIEL

> Amis, la nuit est belle,
> La lune va brille-er.
>
> (*Air connu.*)

Ces deux vers de la *Mandolinata* pourraient servir
de boniment au marchand de ciel, s'il ne méprisait
point les mélodies terrestres, lui, habitué à la symphonie des sphères sidérales !

Au fond, d'ailleurs, cette symphonie elle-même lui
est parfaitement indifférente, allez ! Ce n'est pas lui
qui aurait jamais songé à noter cette musique des
étoiles dont Banville a dit qu'elle est

> Si douce, qu'on a pris leur bruit pour du silence.

Le marchand de ciel est un camelot, un simple camelot, mais d'une espèce rare ; car il n'y a guère
qu'une demi-douzaine de marchands de ciel dans
tout Paris. Et encore, sur cette demi-douzaine, faut-
il en élaguer quatre, qui vagabondent du Moulin de la

Galette à la Bastille, qui sont intermittents, qui paraissent selon l'occurrence, qui n'ont pas enfin le sérieux et la *respectability* d'industriels établis.

En somme, il n'y a que deux vrais marchands de ciel : celui de la place de la Concorde et celui du Pont-Neuf. Ceux-ci, par exemple, tout à fait importants, célèbres même, ayant fonds de lunettes, astronomie patentée, et comme qui dirait télescope sur rue.

Je n'ai pas l'honneur de connaître particulièrement celui qui opère au pied de l'obélisque. Il m'a toujours semblé un personnage trop grave pour que j'osasse aspirer à faire commerce d'amitié avec lui. Je lui trouve un je ne sais quoi d'officiel qui me contraint au respect. Je ne serais pas surpris d'apprendre qu'il est réellement collègue de M. Faye, et membre de l'Institut.

Mais, en revanche, j'ai beaucoup fréquenté jadis celui qui monte la garde sous l'œil paterne du Béarnais. Est-ce au voisinage du roi bon-enfant qu'il doit lui-même son aspect aimable, ses allures sans façon ? Je le croirais volontiers. Toujours est-il qu'il paraît accessible, et que je n'ai pas senti la moindre intimidation le jour où j'eus l'audace de lui dire pour la première fois :

— Alors, que penseriez-vous d'une bonne chopine, là-bas, au coin ?

Et je dois à la vérité de proclamer qu'il me répondit avec la plus suave condescendance, sans l'ombre

de fierté, sans se trouver blessé de ma proposition
incongrue :

— Ma foi ! je ne dis pas non. Vous êtes encore un
zigue, vous !

Et c'est ainsi que j'ai pu compter au nombre de
mes connaissances un astronome.

On se représente généralement un astronome sous
la figure d'un vieux savant tout hérissé de chiffres.
Les personnes qui n'en ont jamais vu que dans la
fameuse fable de La Fontaine se les imaginent comme
des gens prêts à se laisser choir dans les puits, et
coiffés d'un haut bonnet pointu. J'ai à cœur de déra-
ciner ces idées fausses.

Mon astronome n'est hérissé que de poils. Il en a
jusque sur les dernières phalanges des doigts. J'ose-
rai même dire que je le soupçonne d'en posséder un
très-long dans la main. Il passe, en effet, tout son
temps à se promener doucement, ou à s'étendre avec
nonchaloir, la tête appuyée sur son tabouret. Sa plus
grande préoccupation m'a semblé consister en un savant culottage de pipes. C'est une façon imprévue
d'être savant.

Il est coiffé tantôt d'un chapeau melon, tantôt d'une
simple et honnête casquette à oreillères.

Quant à choir dans les puits, il n'y paraît pas disposé le moins du monde. Il a, au contraire, une répul-
sion très-caractérisée à l'encontre de l'eau, si j'en
juge, du moins, par les significatifs clappements de

langue dont il ponctuait l'ingurgitation de sa chopine.

Aussi, arrachant de mon esprit les opinions erronées qui l'encombraient à l'égard des Arago, des Herschell, des Leverrier et autres Babinets, j'ai pris sur mes tablettes à documents humains l'observation suivante :

« ASTRONOME, homme velu qui fume beaucoup et qui ne déteste pas le vin du broc. »

On ne me pardonnerait pas de laisser incomplète cette consciencieuse étude. Je dirai donc tout ce que je sais touchant ce rival de Bischoffsheim.

C'est un ancien ébéniste. Le goût du ciel lui est venu en posant ceux de lit.

Il gagne, en moyenne, de trois à quatre francs par jours.

Les éclipses lui donnent, de temps en temps, une gratification notable. Mais il regrette qu'elles soient, en général, si courtes.

Son fonds, son pain quotidien, c'est la lune (dix centimes, deux sous), pour laquelle il professe une sorte de culte, et qu'il considère, d'ailleurs, comme sa propriété. Il faut entendre avec quel dédain il donne sur elle les vagues notions scientifiques qui forment son boniment, et qu'il méprise ainsi que des potins inventés par *ces messieurs de l'Observatoire.*

Son espoir suprême, c'était une comète. Doit-il jubiler en ce moment ! Quelles belles recettes il doit faire ! Si belles, que je n'ai pas eu l'audace de retour-

ner le voir. Consentirait-il à me parler avec bienveil-
lance, maintenant que l'étoile à queue attire aussi
une queue à son télescope? La fortune n'a-t-elle pas
enflé sa vanité? Hélas! je n'ose pas affronter une
épreuve qui m'enlèverait peut-être mes illusions sur
l'amitié de l'astronome !

Car j'y tiens, à cette amitié; j'en suis fier ; j'en tire
vanité dans le monde. Songez donc ! Dire que moi,
chétif mortel, j'ai bu sur le zinc avec ce mage! Moi,
simple marchand de prose, j'ai trinqué avec ce marchand de ciel! Et il me repousserait à présent? Oh !
non, j'aime mieux rester sur mon glorieux souvenir,
et me pavaner dans l'orgueil d'avoir été traité près-
que de pair à compagnon, par un homme qui tutoie
Sirius, passe sa main dans les cheveux de Bérénice,
tape sur le ventre au rouge Aldébaran, et montre les
fesses de la lune pour deux sous!

IX

LES ASSIS

Quand s'entr'ouvrent les yeux des marguerites blanches,
Quand le bourgeon tremblant palpite au bout des branches,
Quand les lapins frileux commencent, le matin,
A sortir du terrier pour courir dans le thym,
Quand les premiers oiseaux, chantant leurs chansonnettes,
Font, dans le ciel plus pur, vibrer leurs voix plus nettes,
A l'époque où le monde heureux se rajeunit...

Oh! c'est alors qu'il faut plaindre, et douloureusement, les malheureux qu'un travail sédentaire courbe sur un bureau, colle sur une chaise, dans un coin de salle ténébreuse, dans une atmosphère lourde, confinée, épaisse, où mijote la vieille odeur chancie des paperasses, des linges douteux, des ronds de cuir, des fonds de culotte.

C'est alors qu'il convient de se lamenter sur le sort des *Assis*.

Les petits boutiquiers ont au moins leur devanture qui donne sur la rue, qui reçoit un oblique rayon de soleil. Par la porte ouverte, des bouffées de brise peuvent entrer, apportant le lointain parfum des folies printanières, quand ce ne serait que la senteur des herbes coupées dans le prochain square. Des mouches arrivent en bourdonnant, saoules de lumière, et dansent éperdument dans un rayon d'or. On a même entendu parler d'un hanneton égaré, qui est venu cogner aux vitres de la boutique voisine, et qui a sonné là une joyeuse tambourinade en l'honneur du renouveau.

Et les petits boutiquiers jouissent ainsi du printemps, à leur manière, pauvrement, vaguement ; mais enfin ils en jouissent. Ils hument par-ci par-là une gorgée d'air frais, malgré les puanteurs du ruisseau et le remugle de l'arrière-boutique. Ils regardent là-haut, entre les toits des maisons, une bande étroite du ciel, où flottent des nuages violets, où passent des pigeons, ou bleuit par instants un grand trou de saphir.

Et les petits boutiquiers, contents de peu, heureux de plus, s'apitoient sur l'infortune des misérables qui n'ont pas même ces maigres plaisirs, et ils se frottent les mains en songeant aux tristes enfermés, aux pâles paperasseurs, aux *Assis*.

L'ouvrier, lui, ouvre toute large sa blouse aux effluves d'avril. Sa blouse et son cœur ! Ce matin, au réveil, il s'est débarbouillé les yeux dans l'aube rose et verte, et il est parti au travail d'un pied léger, d'une âme légère, regaillardi, chantant.

L'usine a déclos ses fenêtres. L'atelier lui-même,
fût-il au fond d'une cour, est inondé de jour clair.
Les outils accrochent et font miroiter des paillettes
de soleil. Près de la porte, une touffe de giroflées
éclate en feu d'artifice, ou bien c'est un pot de basilic
qui fleure le musc. De la loge du concierge, à travers tous les bruits de la besogne et les cris de la rue,
montent les trilles et les roulades d'une cage de serins.

Plus joyeux encore l'ouvrier qui _turbine_ en plein
air, suspendu sur un échafaudage, plus près du bleu,
éventé par les souffles de l'horizon. Là-bas, tout là-bas,
par-dessus les bâtisses en train, il aperçoit l'océan de
verdure qui vient battre les fortifications. Il a du
soleil sur la peau. Sa cotte flambe comme une fleur.
Il voit des papillons jaunes voleter autour de sa figure.
Il boit du printemps.

Et les ouvriers, en vidant à midi une bonne chopine, la trogne allumée, les regards souriants, se
moquent des _déjetés_, des _blaichards_, des chieurs
d'encre, des _Assis_.

Mais celui qui les plaint le plus, ces pauvres _Assis_,
celui qui le plus fort se désole de leur piteux destin,
c'est l'_Assis_ lui-même, le plus l'amentable des _Assis_,
l'_Assis_ malgré lui.

Esclave du baccalauréat, qui en a fait un employé,
jeune encore, encore plein de rêves, il gémit d'être
déjà vissé immuablement à sa chaise de torture, le
nez sur d'ignobles registres qu'il doit remplir, rem-

plir sans cesse, et dont jamais il ne verra la fin, con-
damné au registre des Danaïdes. Oh ! celui-là, comme
il se plaint lugubrement ! Et, ce qui est plus triste,
sans rien dire !

Il essaye d'apercevoir un bout de ciel, un tout
petit bout, par le coin de la croisée ; il dilate follement ses narines chaque fois que la porte s'entre-
bâille. Mais en vain ! La croisée est loin. Son pupitre
est cogné dans l'endroit le plus noir de la pièce. La
fenêtre ne s'ouvre jamais, à cause des rhumes que
craignent ses voisins. Et s'il vient quelque odeur par
la porte entre-bâillée, c'est l'odeur humide et moisie
des longs corridors déserts, où poussent des champi-
gnons.

Et le triste enfermé, le navré paperasseur, le douloureux chieur d'encre, écrit en cachette des sonnets
au printemps, de pauvres et lamentables sonnets qui
voudraient bien ouvrir leurs ailes et aller vagabonder
par les sentiers verts, mais qui sont voués au ténébreux cartable, et qui se dessécheront là, entre deux
feuilles, comme de vieilles fleurs fanées, et qui font
rire cruellement les autres *Assis*, les antiques *Assis*,
les *Assis* par vocation.

Car, pour les *Assis* de naissance, il n'y a ni printemps, ni brises, ni papillons. La seule verdure qu'ils
connaissent, c'est le vert du dos des registres. Et eux ne
s'en plaignent pas ! Aussi est-ce à nous qu'il appartient
de les plaindre, ces calamiteux, marmiteux et miteux,

qui n'auront jamais désiré pour leurs poumons racornis un autre air que leur air lourd, confiné, épais, où
mijote l'écœurante odeur chancie des paperasses,
des linges douteux, des ronds de cuir et des fonds de
culotte.

X

QUÆRENTES QUEM DEVORENT

On dit volontiers que la Bohême n'existe plus.
Ceux qui émettent cet aphorisme sont de parfaits
aveugles, qui ont des yeux pour ne point voir. Paris
ne va pas sans la Bohême, pas plus que la rue sans
les ruisseaux.

Si l'on veut parler de la Bohême de Mürger, litté-
raire et artistique, connue, ressassée, décrite en prose
et chantée en vers, d'accord ! Et encore faudrait-il
s'entendre. Elle subsiste toujours, transformée seulement. Mais de celle-là, je m'en tais aujourd'hui, en
ayant dit mon mot à l'occasion. Elle n'est, d'ailleurs,
qu'un coin dans la Bohême.

Un autre coin, moins célébré, tout aussi curieux,
plus peuplé surtout, c'est le coin de la Bohême d'affaires. Boursicotiers sans calepin, clercs en rupture
d'étude, commerçants faillis, commis à la manque,
chercheurs de remises sur le néant, marchands de
chimères industrielles, décavés du monde, voire

du demi-monde, placiers en n'importe quoi qui n'existe point, tripoteurs de bourdes, combien nombreux ils sont, et combien plus féroces que l'inoffensif Schaunard, combien plus âpres à la chasse de ce tant fugace gibier qui s'appelle la pièce de cent sous !

On pense bien qu'une simple paginette ne saurait suffire à dénombrer seulement cette armée. Aussi je n'ai dessein que de croquer au passage, silhouetter au vol, quelques-uns de ces Bohèmes nouveaux, juste ce qu'on en saisit en un tour de boulevard:

C'est vers les six heures du soir qu'on les voit arriver, généralement par le faubourg Montmartre, d'où ils débouchent et débûchent, bêtes traquées avec la faim aux trousses.

Pêle-mêle avec les premières filles, ils descendent à la bataille quotidienne, hasardeux et furtifs comme elles, et, comme elles, *quærentes quem devorent.*

Ils n'ont pas le débraillé, le degingandé, l'insoucieuse allure des Bohèmes de lettres. Ils savent que la tenue est une arme, et ils s'en font une, tant bien que mal, malgré les chapeaux roussis, les redingotes élimées, les pantalons à franges, les bottines désélastiquées, les cravates luisantes d'usure. Ils portent des cols et des manchettes en papier, jouant le linge propre. Ils fument des façons de cigare, quelquefois dans un embout de faux ambre.

D'aucuns même, qui n'ont pas encore dégringolé trop bas, ou qui possèdent de belles connaissances à

la garde-robe hospitalière, ou qui ont le génie du
costume d'occasion, d'aucuns paraissent habillés de
véritables habits, arborent un soupçon de linge réel,
fripent un gant d'une main négligente, mâchent un
tronçon de partagas, brandissent une canne à béquille.

Tous, d'ailleurs, ont cet art merveilleux de dissi-
muler leur lamentable débine. Ils ne se font pas
remarquer. Il n'ont pas la misère criarde, excentrique.
On les coudoie sans se douter de leur ventre creux.
Ils sont *comme tout le monde*. Ils ressemblent à des
gens qui dînent!

Hélas! c'est précisément ce dîner, possible, non
probable, furieusement problématique, qui les attire
ici. La grande affaire qu'ils ont toujours en train,
sous toutes celles dont ils semblent s'occuper, la
grande affaire où tendent leurs efforts de bagoût
commercial, agiotant, plaçant, commissionnant,
tripotant, boursicotant, leur grande et unique affaire,
c'est de dîner.

Hélas! encore plus hélas! on la connaît, leur affaire.
Si les promeneurs indifférents ne font pas attention
à ces chercheurs de pitance, les habitués du boulevard, au contraire, sont prévenus. Ils flairent de loin
l'écornifleur. Ils l'évitent du regard.

Souvent ils ne peuvent se dérober à l'attaque,
néanmoins. L'autre avance crânement, comme à la
baïonnette, et leur pousse la poignée de main forcée.
Que faire? Sur la table, les consommations flamboient

dans les verres à patte, et l'œil suppliant du traîne-la-
guêtre s'allume à ce flamboiement, et l'éclair qu'il
jette vous force à dire :

— Prenez-vous quelque chose?

Il a l'air d'hésiter, l'affamé. Dame ! il joue son rôle
à miracle. Quel art ! Comme il s'assied sans avoir
l'air d'y tenir; comme il répond avec détachement,
d'une voix nonchalante :

— Mon Dieu ! oui, tout de même !

Mais que de fois aussi les sollicités sont durs à la
détente ! Impassibles, ils acceptent la poignée de
main, lancent une phrase banale, et continuent à
causer avec leurs amis.

Alors le *quærens* se remet en quête, tenace, obstiné,
avalant le refus muet. Il va plus loin tenter une nouvelle épreuve.

Il va, il revient, il arpente le trottoir. Il a la guigne
aujourd'hui. Pas de figures aimables ! Rien que des
mines aigres, renfrognées ! Celui-ci couperait peut-
être dans le pont? Mais quoi! il a déjà *casqué* hier.
Deux jours de suite, ce n'est pas possible. Et cet
autre? Assez commode aussi, d'ordinaire. Mais quoi!
Il est en affaires sérieuses avec un gros bonnet. On
le dérangerait trop; il serait comme un crin. Allons
encore ; revenons encore! Cherchons !

Et le ventre creux s'exaspère maintenant. Il grogne,
furieux. Du coup, la face s'assombrit. Mauvaise histoire ! cela fait peur aux gens. A Paris, sur le boule-

vard, on n'aime pas à obliger ceux qui ont l'air d'en
avoir besoin.

Et les tables défilent, défilent comme dans une hallucination tentatrice, avec leurs verres d'apéritifs
semblables à des pierreries liquides et féeriques. C'est
le bitter, couleur de grenat brûlé. C'est le vermouth,
clair et lumineux ainsi qu'une topaze. C'est l'absinthe,
la suave et endormeuse absinthe, endormeuse des
soucis, endormeuse de la faim elle-même, quand on
sait s'ingurgiter le chaud poison d'une gorgée, et
assommer en quelque sorte l'estomac. C'est l'absinthe,
cabochon d'émeraude fondue, puis, troublée par
l'eau, et pareille alors à une opale azurée.

Tout cela miroite et exhale en même temps des
parfums capiteux, et le misérable hume ces senteurs
errantes, sent ses yeux papilloter, ses jambes fla-
geoler, sa gorge devenir sèche ; et il désespère, à présent, de trouver le dîner problématique, même le
trompeur apéritif ; il désespère, car il entend partir
derrière lui, de toutes les tables, ce mot cruel :

— Attention ! voilà le *tapeur !*

Et cependant, de ces *tapeurs*-là il y en a qui seront
demain au pinacle, sachez-le bien !

Demain, celui-ci aura enfin trouvé sa fameuse affaire.
Non plus celle du dîner simplement. Mais une vraie,
solide, solide pour lui à tout le moins. Sur ce trem-
plin il rebondira. Demain vous le verrez vêtu en parfait *gentleman*, fumant des *partagas* pour de bon, des-

17.

cendant de son coupé à lui pour venir prendre langue
au café.

Demain, c'est lui qui se méfiera des autres *tapeurs*,
et qui refusera de prononcer la délicieuse phrase :

— Prenez-vous quelque chose ?

Car, si la Bohême de lettres a conduit parfois à la
réputation, même à la gloire, la Bohême d'affaires
mène aussi certains à la fortune.

Parmi les rois de la finance, il y a d'anciens *quœ-
rentes quem devorent*. Ils font aujourd'hui en grand ce
qu'ils faisaient jadis pour un dîner. C'est dans l'armée
des *tapeurs* du boulevard qu'ont commencé des gens
qui depuis ont *tapé* Paris et le monde.

— Prenez-vous quelque chose?

— Tout de même.

Et ils ont fini par prendre des millions.

XI

LES CHINEURS

A M. X..., membre de la 'Société de Géographie.

MONSIEUR,

Vous m'avez fait demander si la rue des Parlants et la rue de la Chine, dont je parle quelque part, existent en réalité, si ce ne sont pas là des fantaisies de mon imagination poétique, et, en tout cas, où j'avais puisé là-dessus mes renseignements.

Ces rues existent, monsieur, et je ne me permets pas le moindre mensonge, même poétique, dans ces petits croquis parisiens. Mes renseignements me sont fournis par ma mémoire, après avoir été ramassés peu à peu au cours de promenades dans les quartiers inconnus et inexplorés.

Il y a des découvertes à faire ailleurs qu'au centre de l'Afrique, et nos faubourgs, nos banlieues, nos terrains vagues ont leurs Stanley au petit pied et leurs Nordenskjold réduction Collas. Sachez que l'enceinte des fortifications renferme des paysages ignorés de vos plus savants confrères, des steppes, des Saharas, des oasis, des sauvages même, et aussi des peuplades entières, ayant leurs mœurs, leur type, leurs lois, et cependant non classées dans vos volumineuses paperasses.

Et, puisque vous êtes si curieux de documents, permettez-moi de vous en envoyer, qui sont tout à fait inédits, sur les *chineurs*.

Il y a *chineurs* et *chineurs*, monsieur, vous ne le saviez sans doute pas.

En argot, *chineur* signifie travailleur, et vient du verbe *chiner*. Donc, tous les ouvriers en général sont des *chineurs*.

Mais ce mot se spécialise pour désigner particulièrement une race de travailleurs *sui generis* (comme vous diriez), et c'est de cette race-là que je veux vous entretenir.

Elle campe en deux tribus à Paris. L'une habite le pâté de maisons qui se hérisse entre la place Maubert et le petit bras de la Seine, et notamment rue des Anglais. L'autre niche en haut de Ménilmontant, et a donné autrefois son nom à la rue de la Chine. C'est la tribu de la rue des Anglais qui est la plus nombreuse, et, en quelque sorte, la tribu mère.

Les *chineurs* sont, d'ailleurs, des colons et non des

Parisiens de naissance. Chaque génération vient ici chercher fortune, et s'en retourne ensuite au pays.

Vous m'objecterez peut-être que ces renseignements sont dénués d'intérêt, et que personne, excepté les baguenaudeurs comme moi, ne connaît et n'a vu ces obscures peuplades.

Pardonnez-moi, monsieur. Tout le monde a vu des *chineurs*, et vous-même, pour peu que vous sortiez quelquefois, vous en avez rencontré.

Les hommes sont à peu près vêtus comme les ouvriers parisiens, avec cette différence, néanmoins, qu'ils portent, au lieu de la casquette avachie sur l'occiput, la haute viscope de soie. Leur blouse est plus longue aussi, dans le genre de celle des épiciers.

Les femmes sont coiffées d'un foulard de couleur voyante.

Tous sont reconnaissables à leur teint basané, à leurs attaches fines, à leur regard vif, et au baluchon qui leur pend de l'épaule.

Ils vont de porte en porte, non pas sur le boulevard des Italiens, mais dans les quartiers populaires, passent la tête dans les boutiques ouvertes, tournent le bec de cane quand elles sont fermées, pénètrent au fond des corridors, poussent une pointe dans les cours, et proposent leur marchandise avec un fort accent méridional :

— Plumots ! les *fings* plumots !

— Du fil ! des *rubangs* !

— *Fot*-y des épon*n*ges ?

— Mes jolis foulard*ss* !

— Voyez du papier, des *regîtres* !

Eh bien ! les reconnaissez-vous, maintenant, monsieur ? N'est-ce pas que vous les avez vus et entendus
bien des fois ?

Ces gens-là, ce sont les *chineurs*.

Chaque année, ils essaiment vers Paris, venant du
fin bout de la Gascogne, surtout de Saint-Gaudens.

Jeunes hommes et jeunes femmes, ils ont lentement amassé les quelques francs nécessaires à l'achat
d'une pacotille, ou ils consacrent à cette première
mise de fonds le maigre héritage d'argent qu'ils
viennent de faire.

Puis ils embrassent parents et amis, et ils partent.

— Où est Cabistrol ?

— Il *chine* à Paris.

En arrivant, ils retrouvent ici, rue des Anglais, des
cousins, des camarades, une famille, et ils remplacent ceux qui ont gagné de quoi devenir propriétaires
d'un champ de blé et d'une vigne au pays.

Voilà des années que ce va-et-vient continue entre
Saint-Gaudens et la rue des Anglais, des siècles peut-
être, et cela durera toujours sans doute. Car le *chi-
nage* est de tradition chez eux.

Pourquoi ? Quelle loi d'atavisme préside à cette
mystérieuse et irrésistible migration ? Y a-t-il là un
vieux ferment de sang bohémien, tzigane, d'instinct

voyageur? Je l'ignore et serais fort heureux, monsieur, si je pouvais avoir appelé sur ce phénomène
ethnologique votre attention et celle de la Société de
Géographie.

Le jour où ce problème serait élucidé en séance
solennelle, c'est avec une noble fierté que j'enten-
drais le rapport prononcer mon nom comme celui
du Marco-Polo de cette nouvelle Chine, et je m'en
déclare d'avance, monsieur, votre tout reconnaissant

JEAN RICHEPIN,

Humble pionnier du progrès.

XII

LE MARTINGALIER

Vous le connaissez de vue certainement, pour peu que vous ayez aux semelles la glu du boulevard. Vous l'avez rencontré mille fois, et vous allez tout de suite mettre son nom sous ce croquis.

Il est petit, maigre, ravagé, jaune, comme recuit. Sans les yeux, qui brillent d'un éclat singulier et quasi phosphorescent, on le prendrait pour une momie ressuscitée. Il semble avoir dans les veines, au lieu de sang, du bitume.

Cette momie, d'ailleurs, est vêtue d'habits qui ont l'air de sortir de la Morgue. Fripés, recoquevillés, moisis, ils sentent l'humide, ils puent le noyé.

Toutefois, l'homme porte des gants, et son chapeau-gibus est du bon faiseur. Quoique vieux et fatigués, les ressorts ont encore du jeu, et ils en ont besoin ; car, à tout moment, l'homme s'en sert pour mettre son couvre-chef en claque sous son bras.

Du faubourg Montmartre à l'Opéra, comme les

filles, tel est. l'itinéraire régulier et quotidien de ce
bizarre individu. A l'heure des apéritifs, il bat son
quart sur l'asphalte, lui aussi, *quærense quum devorent*,
le long des terrasses.

Mais ce qu'il cherche, ce n'est pas une consommation, comme vous pourriez le croire. Il est en
quête d'un auditeur, et dans cet auditeur il essaie de
lever un banquier, un commanditaire, pour la *chose*,
la grande *chose*.

Ah ! cette *chose*, avec quel air mystérieux il vous
en parle, quand il a pu vous raccrocher par le bras
et vous entraîner dans sa déambulation à travers la
foule ahurie ! La foule, il ne s'en occupe pas. Peu
lui importe qu'on fasse la haie devant ses gestes de
toqué, ses exclamations de prophète, ses mines de
fantoche ! Il vous tient, cela lui suffit. Il va pouvoir
dégonfler son cœur et chanter son poëme.

D'abord, c'est un susurrement dans votre oreille.
Il chuchote des mots incompréhensibles, coupés de
silences profonds, en vous agrippant par le bouton
de la redingote.

— Surtout, n'en dites rien, fait-il. Motus ! c'est un
secret. Je ne le dis qu'à vous, à vous seul. Passe et
paroli, et le piquage sur trois. Rien de plus !... Ce
n'est pas grand'chose, hein ? Et c'est tout. Il m'a
fallu une existence entière pour arriver à cette synthèse. Synthèse, vous entendez. La philosophie du jeu,
quoi ! Tour de physique, non, mais de métaphysique.

Le paroli seul, néant. Le piquage sans plus, néant.
Passe sans le reste, néant. Mais les trois, en ordre,
méthodiquement, avec les points de repère, et ça y
est. La quadrature du cercle ! dira-t-on. Pas du tout.
C'est simple comme bonjour ! L'œuf de Christophe
Colomb !

Et il s'échauffe, s'emballe. Peu à peu, les chucho-
tements à l'oreille sont devenus des cris lyriques, des
déclamations furibondes. Les mains, qui ont lâché
vos boutons, se lèvent au ciel, font le télégraphe,
gesticulent fougueusement. Il se prend le front,
compte sur ses doigts, se cogne la poitrine, vous
tord les bras, vous caresse l'épaule. Il est parti sur
son dada. Il a l'air soûl. Il a son accès.

C'est un martingalier. C'est un des abstracteurs de
quintessence moderne, qui s'imaginent avoir trouvé
la marche infaillible pour faire sauter les banques.

— Et pour cela, que faut-il? Presque rien. Avec
dix mille francs on en verrait la farce. Ah ! si vous le
vouliez ! Ce n'est rien à risquer, en somme. Songez
donc ! Quels bénéfices ! Car c'est sûr. Vous avez bien
compris, n'est-ce pas ? C'est limpide. Eh bien ! qu'en
dites-vous? Faites-vous l'affaire? Voyons, vous n'avez
pas les dix mille francs, peut-être? Hein ! C'est ça qui
vous gêne. Bah! on peut commencer avec moins.
Cinq mille, par exemple. Non ? Alors, un billet de
mille seulement. Qui est-ce qui n'a pas un pauvre
billet de mille à mettre en banque, pour une affaire

pareille? Même un bi'let de cinq cents, tenez, ça serait assez pour débuter, pour voir.

Et l'homme vous raconte sa vie, ses succés à Monaco, à Bade, à Hambourg, autrefois. Tel que vous le voyez, lui, là, qui vous parle, il a fait sauter trois fois la banque. Il a remué des millions. Seulement, à cette époque, il n'avait pas sa martingale. Il l'a suivie par moments, d'instinct, sans savoir. C'est alors qu'il gagnait, puis il tournait bride. Pas de méthode! Alors, la déconfiture. Mais aujourd'hui, il a l'expérience. Il a réfléchi. Il a calculé ses veines de jadis, il en a fait la théorie. Aujourd'hui, il les continuerait à coup sûr. Passe et paroli, et le piquage sur trois, voilà tout. Il y a encore une autre petite chose; mais celle-là, il ne vous la dira qu'après la constitution de la commandite.

— Allons, ça y est-il? Cinq louis seulement, pas plus, et vous tâterez la chance.

Il a cessé les grands gestes et les phrases à panache qui faisaient retourner les passants. Il a repris le bouton de votre redingote, et sa voix est redevenue chuchotante, et il recommence à vous postillonner dans l'oreille. Il ne s'agit plus de millions, ni de Monaco, mais d'un pauvre petit bac, où il pourra gagner ce soir son dîner. Une mise, si minime qu'elle soit, de quoi ponter un coup, voilà tout ce qu'il lui faut. Un coup, c'est-à-dire plusieurs, le temps de mener sa martingale. Oh! ce n'est pas le diable, allez! On peut, à son cercle (!!!), ponter depuis dix sous. Donc, avec cent sous, il est sûr de son affaire. Cent sous, pas un fichtre de plus!

Donnez-les-lui, et il vous lâchera tout de suite.

Et ne croyez pas que c'est là un *tapeur* vulgaire, et qu'il va aller boire vos cent sous. Non! cet homme est sincère et ne vous floue pas. Il va réellement, de ce pas, porter cet argent au petit bac de la cité Gaillard, où il se le fera rafler, en dépit de sa martingale.

Et c'est vrai, pourtant, que cet homme a remué des millions!

XIII

LA MÈRE ZOUZOU

Aimez-vous le bon café, ce soleil noir qui vous passe un velours dans la gorge, qui vous dilate les yeux, qui vous fait monter une bouffée rose aux joues, qui vous campe au creux de l'estomac comme un coup de poing de chaleur, et qui vous tend subitement les nerfs ainsi qu'un désir voluptueux ?

Aimez-vous le bon café, dont l'arôme se marie si harmonieusement à la senteur d'un fin partagas, où à la grosse fumée d'une pipe, ou mieux encore au léger, subtil, capricieux et délicat parfum d'une cigarette ?

Aimez-vous le bon café, ce *compagnon miraculeux* des digestions bourgeoises aussi bien que des rêves artistiques ?

Aimez-vous le bon café, ce magicien qui réveille les endormis, et qui, en même temps, berce de songeries endormeuses la veille des insomniaques ?

Aimez-vous le bon café, cet ami des riches et des

pauvres, qui décongestionne les uns après un repas
trop lourd, qui nourrit au contraire les autres et
trompe leur faim par son onctueuse caresse ?

Oui, qui que vous puissiez être, millionnaire ventru
ou bohème efflanqué, Prudhomme hygiéniste ou
noctambule hasardeux, travailleur du cerveau ou
du muscle, que vous ayez la tête pleine de chimères, ou les mains raides de calus, ou la panse
pendante de panne, à coup sûr vous aimez le bon
café.

Eh bien ! je vais vous dire où l'on trouve le bon
café ! Je vais vous indiquer, dans cette vaste et ténébreuse forêt de Paris, l'endroit où coule la source la
plus pure, la plus riche, la plus merveilleuse, de ce
nectar moderne qui est l'huile nécessaire à nos
ressorts détraqués, et qui verse dans nos corps mol-
lasses, dans nos veines pâles, le long de nos misérables nerfs racornis, sa flamme liquide et rajeunis-
sante.

Ce n'est, sachez cela tout d'abord, dans aucun café
ou restaurant; pas plus dans les cafés à dorures,
encombrés de clients, que dans les lointains estaminets où somnolent quelques vagues habitués; pas
plus dans les nécropoles du Palais-Royal que dans
les tapageuses brasseries à banquettes de cuir; pas
plus dans les cabarets en vogue que dans les crèmeries débraillées où les bouillons promiscueux; ce
n'est ni parmi les fières demi-tasses, ni parmi les

vulgaires mazagrans, ni parmi les humbles petits-
noirs.

Là, que vous déboursiez douze ou trois sous, vous
n'avez jamais qu'une infâme mixture. C'est le jus
brunâtre, gluant de marc bouilli sans fin, épais de
fécule ou de gland concassé, amer de chicorée poussiéreuse, le jus fade qui mijote tout le jour dans
un bain-marie au-dessus d'une flamme à l'esprit-
de-vin.

Cela vous a une odeur de relavure et de réchauf-
fure. Jamais le soleil n'y allume cet éclair de topaze
brûlée qui flambe dans le café véritable, cet éclair
qui ressemble au regard d'un œil à la fois jaune et
marron. Ici, la couleur est terne, mate, boueuse, et
l'on dirait du purin de fumier.

Non, ce n'est pas dans les cafés qu'on trouve le
bon café.

Ce n'est pas non plus chez vous qu'on trouve le
bon café, chez vous, bourgeois méticuleux, qui cependant avez la prétention de vous y connaître, qui
faites votre mélange vous-mêmes, par poids et par
mesure, tant de Moka, tant de Bourbon, tant de
Martinique, et qui ne manquez jamais de dire à vos
invités :

— Hein ! il n'y a que chez soi qu'on en boit du
comme ça !

Non, ce n'est pas même chez vous, qui, dédaignant
l'antique Dubelloir en fer-blanc, avez inauguré les

systèmes nouveaux, *conquêtes du progrès*, à ballon
simple ou à ballon double, avec siphon réversible et
soupape automotrice, et qui faites apporter l'appareil
sur la table, et qui en expliquez par le menu les
ingénieuses combinaisons, tout en vous rengorgeant
dans l'orgueil d'appartenir à un siècle qui a définitivement dompté les plus rebelles arcanes de la nature.

Non, ce n'est pas chez vous non plus qu'on trouve
le bon café, et on le voit assez au peu d'esprit que
vous donne le vôtre.

Vous qui aimez le bon café, le vrai café, le précieux café, celui qui ranime l'intelligence engourdie,
celui qui allège l'estomac pesant, celui qui garnit
l'estomac creux, celui qui sent la gaîté, la force, la
jeunesse, l'Orient, la vie, celui qui est le compagnon
miraculeux, le magicien, l'ami, le consolateur ; vous
qui cherchez celui-là et qui ne l'avez jamais trouvé,
allez vous promener entre les Invalides et l'Ecole
militaire ; allez ! c'est là le paradis du bon café.

L'ange qui verse cette béatitude, l'Hébé qui tient
la coupe où fume ce nectar, le dragon qui garde ce
trésor, le voici ! Regardez bien, et souvenez-vous, et
tâchez de le reconnaître au signalement que je vais
vous en donner.

Un dragon, en effet ! Car ses cheveux gris, aux épis
broussailleux, semblent une crinière ; car ses moustaches se hérissent comme celles d'un grognard ; car

sa large carrure est sanglée dans un costume aux
boutons métalliques et à la coupe militaire.

Un ange aussi ! Car sa vieille face, à la fois rougeaude et parcheminée, est une face de bénédiction ;
car un rire plein de bonté s'épanouit dans sa barbe
hirsute.

Et une Hébé, tout de même, malgré cette peau
rude et velue, malgré ces allures hommasses ! Une
Hébé qui a été jolie, qui a fait tourner bien des têtes,
qui a incendié bien des cœurs, qui a été la coque-
luche de toute une armée de héros, et qui garde
encore un charme exquis, tout tendre, tout féminin,
dans ses deux grands yeux pareils à deux violettes
fanées.

Saluez ! Arrêtez-vous ! Prenez cinq sous et tendez-
les à l'ancienne. Elle vous dira en souriant :

— Ah ! ah ! mon garçon, vous aimez donc le fin
caoua, vous ? Eh bien ! vous n'êtes pas si bête que
vous en avez l'air !

Et, d'un vaste cabas couché sous son pliant, la
bonne fée tirera une petite tasse en cuivre rouge,
une sorte de casserole minuscule emmanchée d'une
longue queue. Elle ôtera de dessous ses pieds son
gueux plein de cendres et de braises. Elle soufflera
sur les tisons. Elle y posera la petite tasse où elle
aura jeté dans l'eau une poudre semblable à de l'or
noir. Et elle accomplira devant vous le mystère
magique d'où sortira tout à l'heure le philtre.

18

Buvez cela les yeux au ciel ! Buvez à genoux, si vous êtes reconnaissant ! Buvez et bénissez la mère Zouzou, la mère au *caoua*, l'ancienne càntinière d'Afrique, l'ange bienfaisant, l'Hébé exilée sur notre terre de larmes pour y verser le baume divin ; la mère Zouzou avec qui s'en va mourir bientôt le secret du .bon café, du vrai café, du précieux café ; la mère Zouzou, enfin, qui seule à Paris sait encore faire le café avec ces trois simples choses : du feu, de l'eau et du café.

XIV

LE CONFESSEUR DES COCHERS

L'autre nuit, au numéro 26 de la rue de la Chaise, est mort un curieux personnage, que beaucoup de Parisiens sans doute ne connaissaient pas, et dont la renommée cependant était énorme et quasi légendaire au faubourg Saint-Germain et dans les environs de Saint-Sulpice.

Je veux parler du R. P. Millériot, jésuite.

C'était proprement un type, et la légende n'a pas eu tort de fleurir autour de cette figure originale. Il méritait tout un recueil d'anecdotes, et sans doute un mémorialiste du siècle dernier n'eût pas manqué de lui consacrer un bon chapitre.

Pour mon compte, j'ai eu l'occasion de connaître ce singulier homme, dans des circonstances bizarres que je raconterai peut-être un jour, et je crois avoir à dire sur lui des choses qu'on ne trouvera certainement pas chez les autres. Cela sans sortir de mon cadre; car, ainsi qu'on va le voir, le R. P. Millériot appartenait

bien, par certains détails de sa vie, à l'histoire fami-
lière du pavé.

D'abord, il faisait en quelque sorte partie intégrante
du décor de Saint-Sulpice, ce quartier absolument à
part, comme physionomie, parmi les quartiers parisiens.

Rien, en effet, dans le reste de la capitale, ne ressemble à ce coin dévotieux, tout embaumé d'encens,
tout confit en bigotisme, priant et marmonnant des
chapelets à l'ombre de la vaste église et du grand séminaire. Nulle part on ne rencontre autant de boutiques pieuses, de chasubliers, de libraires catholiques.
Il y jusqu'à des hôtels spéciaux pour MM. du clergé.
On ne saurait faire dix.pas sans croiser une soutane.
L'air lui-même sent la douceâtre odeur des sacristies.

La population est congruente au décor. Aux re-
traites, aux sermons, au catéchisme de persévérance,
les fidèles abondent. Beaucoup de faces de bedeaux.
Des femmes, dévotes de profession pour ainsi dire, reconnaissables à leurs bonnets ruchés de noir et à leurs
châles de mérinos. Le dimanche, sur la grand'place
nue, dominée par des statues d'évêques, autour de la
vasque où dort une eau qui a l'air d'eau bénite, on se
croirait, à voir ce monde spécial, dans quelque ville de
province, rue de l'archevêché, et l'on s'attend à la
procession sortant du portail, avec son dais de velours et ses enfants de chœur pareils à des coquelicots en marche.

Or, dans ce décor, le P. Millériot mettait la dernière touche. Grand, sec, la face colorée, actif, semblable à une longue fourmi toujours à l'œuvre, il passait et repassait ; et ses gros souliers à clous, sa soutane râpée, son air de vieux curé de province, achevaient le tableau et complétaient l'illusion.

Comme la boutique de Coupe-Toujours avait la renommée de la galette, on sait que Saint-Sulpice à la renommée des confesseurs. Or, de tous les confesseurs, célèbres là-bas, le P. Millériot était le plus couru.

Et ici commence le curieux : il était couru, et fameux, à cause de sa brutalité. Ainsi certains chirurgiens, aux manières rudes, mais à la main prestigieuse. Il opérait à leur façon, en bourru, mais subtilement. Personne ne l'égalait pour récurer, comme il disait, une conscience.

— Et en deux coups de torchon, ajoutait-il.

Il avait coutume de résumer plus trivialement encore sa singulière puissance, et de l'exprimer par cette formule toute naturaliste :

— Je suis un vidangeur d'âmes.

Il le prouvait bien, d'ailleurs, par le trait suivant, que je crois peu connu, qui est des plus originaux, et que je garantis comme absolument authentique.

Chaque fois qu'il y avait au faubourg Saint-Germain une grande soirée, il venait errer à la porte, parmi la file des voitures, et liait conversation avec les cochers et les valets de pied. Il leur parlait ami-

18.

calement, les endoctrinait, buvait un coup avec eux,
au besoin, et moitié sérieux, moitié plaisantant, leur
proposait de les confesser.

On riait d'abord. Puis, sur un mot adroit, sur un
souvenir du pays et de l'enfance, on réfléchissait.

— Voyons, ce n'est pas une grosse affaire, après
tout. Je ne te fais pas peur, n'est-ce pas? Qu'est-ce
que ça te fait de te remettre camarade avec le bon
Dieu?

Et, quand l'homme hésitant lui semblait à peu près
conquis, vite, vite, sans perdre de temps, il le poussait dans une voiture, et le confessait là. C'est ce qu'il
appelait faire des coups d'État sur les consciences

Je ne sais ce qu'ont raconté les journaux religieux
à propos du grand confesseur. Mais certes, ils n'ont
rien dit de plus curieux que cet étrange apostolat qui
transformait les coupés en *tribunal de la pénitence.*

Sans doute aussi l'on a prononcé quelque pompeuse
oraison funèbre sur le R. P. Millériot. Mais je ne
pense pas qu'elle vaille ce simple mot, si expressif,
que j'ai entendu dire un jour par un de ses convertis :

— Le P. Millériot, c'est un rude lapin, allez! Il n'y
en a pas deux comme lui pour vous foutre l'absolu-
tion en cinq sec.

XV

PAUVRES ÉTRENNES

De pauvres étrennes, de tristes étrennes, de lamentables étrennes, ce sont les étrennes du petit employé à cent vingt francs par mois, du vieux petit employé sans famille, qui ne gagnera jamais plus de cent vingt francs par mois.

Étrennes aussi pauvres, aussi lamentables que son existence elle-même, laquelle se déroule monotonement, dénuée de tout imprévu, à l'abri de toute surprise, pendant les trois cent soixante-cinq jours dont se compose le tissu de l'année depuis la Circoncision jusqu'à la Saint-Sylvestre.

Et pourtant, il y pense anxieusement, à ces pitoyables étrennes, il ne pense qu'à cela, il en rêve la nuit, il en a des distractions à son pupitre, il y concentre tous ses vœux et toutes ses espérances, le vieux petit employé sans famille, qui ne gagnera jamais plus de cent vingt francs par mois !

Songez donc ! Ces tristes, pauvres et lamentables

étrennes, c'est encore le seul imprévu, la seule surprise qui vienne un peu faire accroc dans l'uniforme et monotone tissu de son existence. Et cet imprévu, cette surprise, ont beau être les mêmes chaque année, malgré tout le vieux petit employé s'imagine que c'est là de l'imprévu et de la surprise, et voilà pourquoi il compte si soigneusement les jours depuis la Circoncision jusqu'à la Saint-Sylvestre.

Avez-vous quelquefois réfléchi au train-train lugubre de cette existence dénuée de tout imprévu, à l'abri de toute surprise ? Ah ! le pauvre vieux petit employé, comme il mène une pauvre vieille petite vie ?

Le matin, il se lève de son pauvre vieux petit lit, dans sa pauvre vieille petite chambre, qui est tout là-haut, au sixième, parmi les mansardes des bonnes, gelée en hiver, étouffante en été, carrelée d'un vilain malon couleur tomate, tendue d'un hideux papier à raies vertes, éclairée par une fenêtre à tabatière d'où l'on a pour tout horizon l'océan des toits, ces vagues immobiles, et la forêt des tuyaux, ces arbres de tôle qui ne fleurissent jamais.

Il se lève donc, le pauvre vieux petit employé, et, devant un pauvre vieux petit miroir encadré dans un rond de zinc, il fait sa pauvre vieille petite barbe, et il descend vers les huit heures pour recommencer sa pauvre vieille petite journée.

Trois heures de bureau, à écrire en gothique, en coulée, en anglaise, à tracer des traits au tire-ligne, à corriger des fautes au grattoir, à copier et recopier les mêmes sempiternelles paperasses sur les mêmes registres sempiternels.

A onze heures, déjeuner à la crèmerie! Que prendre, ce matin?... Eh! que pourrait-il prendre, sinon la pitance dont son estomac routinier a dû se faire à la longue une irrésistible manie? Les œufs sur le plat, d'un jaune pâle, le bœuf en salade, charpie brune, et le riz au lait, grumeau de colle-à-pâté nageant dans une claire sauce azurée.

Et voici qu'en parcourant le *Petit Journal* et en fumant sa pipe, le pauvre homme a dépensé toute sa pauvre heure de liberté, et il remonte à son bureau, pour écrire encore, pendant quatre fois soixante minutes, en gothique, en coulée, en anglaise, pour copier et recopier les mêmes sempiternelles paperasses sur les mêmes registres sempiternels.

Puis vient le soir. Une promenade sur les fortifications, quand il fait beau, et le dîner... Toujours à la crèmerie, naturellement. Que prendre, ce soir?... Eh! que pourrait-il prendre, sinon le nourrissant et fade vermicelle, le ragoût compliqué et le bout de fromage, le tout arrosé du chétif carafon que couronne une mousse violâtre?

Reste à aller s'asseoir au fond de l'estaminet coutumier, en fumant de lentes pipes, en disant de lentes choses, en faisant une interminable partie de dames, suivie de quelques parties de dominos, avec les mêmes

partenaires, sous l'œil du même garçon, qui donne
des conseils au vieux petit employé, et qui, de temps
à autre, après un coup douteux, lui fait sentir la
honte d'une irrévérencieuse familiarité en le traitant
à demi-voix de vieille baderne.

Et l'heure de rentrer tinte au mélancolique cartel
du comptoir, et, une fois de plus, il faut arpenter la
rue, arpentée deux fois par jour depuis trente ans,
pour regagner la pauvre vieille petite couchette où le
pauvre vieux petit employé va dormir son pauvre
vieux petit somme, en rêvant à ses étrennes.

Ah ! ces étrennes, jamais pourtant elles ne varieront,
jamais, jamais, il devrait le savoir après tant d'années
qui les ont ramenées toujours les mêmes, en suivant
le même cours monotone depuis la Circoncision jusqu'à la Saint-Sylvestre.

Pauvres étrennes, tristes étrennes, lamentables
étrennes, qui ne sont pas moins immuables que la
houle immobile des toits, et qui ne fleurissent pas
plus que les arbres de tôle toujours pareils dans la
forêt des tuyaux.

Et néanmoins le pauvre vieux petit employé y
songe anxieusement, et caresse l'espoir de cet imprévu, la chimère de cette surprise, qui viendront
égayer un peu le copiage et le recopiage de ses mêmes
sempiternelles paperasses sur ses mêmes registres
sempiternels.

Ces étrennes, c'est d'abord la gratification annuelle,

qui pendant longtemps a augmenté d'année en année,
mais qui n'augmentera plus à présent que le vieux
petit employé est arrivé au bâton de maréchal en ga-
gnant cent vingt francs par mois.

Puis, à la crèmerie, c'est l'orange enveloppée dans
du papier de soie, et qu'il trouvera sous sa serviette
propre, et qu'il mangera dévotement après son riz
au lait, en préparant dans sa poche la pièce de
quarante sous destinée à la servante.

Enfin, le soir, à l'estaminet, c'est une pipe Gambier,
cravatée d'une faveur rose et ornée de son nom en
émail sur le tuyau. Il la regardera avec amour, donnera quarante autres sous au garçon, et se payera un
doigt de rhum pour imbiber la terre et préluder à un
savant culottage.

Et puis, ce sera tout, il aura eu enfin ses étrennes !

Et demain, il recommencera à compter les jours,
en copiant et recopiant de sempiternelles paperasses
sur des registres sempiternels ; et il recommencera
aussi à arpenter la rue, arpentée deux fois par jour
depuis si longtemps ; et il recommencera de même
à manger le matin ses œufs sur le plat, son bœuf en
salade, son riz au lait, et à manger, le soir, son vague
vermicelle, son ragoût, son brie, arrosés d'un carafon
à mousse violâtre ; et il recommencera pareillement
la partie de dames et les parties de dominos, sous
l'œil du garçon qui lui donnera des conseils et l'ap-
pellera baderne.

Et demain, et après-demain, et toujours, il suivra
le cours monotone de cette existence, dénuée de tout
imprévu, à l'abri de toute surprise, uniforme depuis
tant de Circoncisions et tant de Saint-Sylvestres.

Et ces pauvres étrennes, ces tristes étrennes, ces
lamentables étrennes, il y rêvera quand même,
en marchant, en copiant, en mangeant, en fumant,
en contemplant par sa fenêtre à tabatière l'horizon
des toits, vagues immobiles, et des tuyaux, arbres en
tôle qui ne fleurissent point.

Et cela restera ainsi jusqu'au jour où le pauvre
vieux petit employé, mis enfin à la retraite, mourant de ses habitudes interrompues, aura fini sa
pauvre vieille petite vie, et sera couché à jamais dans
sa pauvre vieille petite bière.

XVI

LE PATRONNET

Parmi tous les badauds de la grande badaudière
parisienne, qui est le pays du monde où l'on en trouve
le plus, parmi tous les flâneurs, gâcheurs de temps,
dépensiers de loisirs, tâcherons assidus au métier de
ne rien faire, bayeurs aux grues, musards de nature,
friands d'occasions à paresser, fourriers de la loupe,
gouapeurs, balochards et débalinchistes, il n'en est
point un seul qui, pour l'air janot, pour l'allure à la
fois oisive et affairée, pour les mains vides, les gestes
vagues, le regard à l'aventure et le nez au vent, puisse
rivaliser avec le patronnet.

Plus généralement connu sous le nom de *gâte-sauce*,
désigné aussi par le sobriquet de *blanc-partout*, le
patronnet est ce petit bout d'homme que l'on rencontre environ tous les cinq cents pas, et qui chaque
fois doit être un patronnet différent, mais qui néanmoins semble toujours le même patronnet, vêtu d'une
courte veste et d'un long tablier en percale éblouissante et raide comme du papier ministre, le front

19

coiffé d'un bonnet de pareille étoffe, bonnet large, rond, aplati, mince, en forme de crêpe, et tel que la frimousse du patronnet s'y encadre ainsi que dans un nimbe lunaire.

Sur le haut de ce bonnet repose un coussin semblable à une brioche, et sur ce coussin une manne en équilibre, et dans cette manne beaucoup trop grande un petit édifice de fine pâtisserie, timbale aux aspects de vieux donjon doré par le soleil, godiveau en forteresse flanquée de quenelles et bastionnée d'écrevisses, saint-honoré dont les boules émergeant de la crème font songer à une mosquée écroulée sous une avalanche, tarte où la compote à travers un treillis de pâte rougeoie comme un couchant parmi des branchages d'automne, Alhambra de nougat où la cerise confite pique d'énormes rubis et l'angélique de monstrueuses émeraudes.

Insensible à la gloire de porter ces merveilles d'architecture gourmande, ne s'occupant même pas d'assurer avec sa main l'équilibre instable de la manne qui flotte au roulis et au tangage de son pas, le patronnet marche sans gravité ni précaution, s'arrête brusquement à tous les hasards de la route, pénètre dans les foules compactes qui se tassent autour d'un cheval abattu, s'extasie devant les vitrines, lit les affiches, allonge des coups de pied aux chiens en train de se dire bonjour du côté de la queue, rigole, riposte aux blagues qu'on lui jette en passant, coudoie, est cou-

doyé, et parfois, lorsqu'il est en retard, se met à
courir, secouant la manne comme un vaisseau battu
par la tempête.

Comment se fait-il que l'Alhambra de nougat conserve intactes ses délicates aiguilles et ne tombe pas
en ruines, que la compote soit assez patiente pour ne
pas s'évader à travers les barreaux de pâte de la
tarte, que le saint-honoré tremblant et mollasse ne
devienne pas une informe bouillie semblable à de la
neige longtemps piétinée, que le godiveau, continuant
à présenter une figure géométrique, ne soit pas dé-
mantelé de ses quenelles, décasematé de ses écrevisses, et que la timbale elle-même ne finisse point
par s'effondrer, laissant de son ventre ouvert dégou-
liner ses entrailles fumantes ?

· Et pourtant, ces désastres n'arrivent jamais, non
pas même quand le patronnet se trouve pris dans une
bousculade, ou s'empêtre les pieds dans une robe, ou
défend son tablier happé par quelque chien hargneux, ou envoie des coups de chausson aux galopins
qui veulent fourrer leur doigt dans sa manne ; et il
semble vraiment qu'il y ait une bonne fée toujours·
occupée à veiller sur ce petit bout d'homme, sur ce
gâte-sauce, sur ce *blanc-partout*, frère du Pierrot des
pantomimes, qui promène dans nos rues modernes,
encombrées d'habits sombres, grouillantes de personnages moroses, sa joyeuse mine de gamin trompeur et son éblouissant costume en clair-de-lune.

XVII

FILLES DU PEUPLE

On s'occupe beaucoup, et même beaucoup trop, de celles qui deviennent des belles petites; on ne pense pas assez à celles qui restent de braves filles. Tout pour les entreteneuses d'Alphonse; rien pour les sœurs de Gavroche! Et pourtant, il y en a, de ces héroïques gamines, dont la vie et la vertu obscures seraient belles à raconter.

Tant pis! Je ne suivrai point la mode, et je veux raconter une histoire de dévouement inconnu et de devoir accompli, dussé-je me faire traiter de « vieille perruque », ce qui est dur à mon âge et avec les cheveux que j'ai.

En ce temps-là, il y a sept ou huit ans, je vendais, pour vivre, du grec et du latin, une triste marchandise qui ne se paye pas cher et qui nourrit mal son homme. Pour comble de malheur, c'était en décembre, et je n'avais guère le feu sacré du professorat. Donc, un dur hiver, un pénible moment, je vous assure.

Dès sept heures du matin, je trottais par les rues,
les yeux encore bouffis de sommeil et picotés en
même temps par l'aigre bise, les oreilles pincées par
le froid, le nez pleurant de gel et les doigts gourds et
roides d'onglée. Heureusement j'étais toujours obligé
de courir pour ne pas arriver en retard, et la course
me réchauffait malgré moi. Tout de même, j'aurais
préféré souvent être un tantinet en avance, afin de ne
pas grimper comme ça la rue des Martyrs au pas
gymnastique. En voilà une montée qui fait souffler !
Ah ! je peux dire que je prenais mon pain d'assaut.

Tout en montant, d'ailleurs, je reluquais à droite
et à gauche, en vrai Parisien qui n'a jamais le regard
au repos, en chien qui flaire sans s'arrêter. Pour voir
quoi, pour trouver quoi ? on ne sait pas ; mais on
espère quand même, en quête du hasard.

A cette heure indue, il n'y avait pas encore grand
monde au long des trottoirs. Les ouvrières qui
descendent à Paris par ce chemin-là, ne passent guère
que sur le tournant de sept heures et demie. Pourtant,
j'en rencontrais deux tous les jours. Quoique plus
matineuses que les autres, il faut croire qu'elles non
plus n'étaient jamais en avance ; car elles se dépê-
chaient joliment, les pauvres petites. Je les aperce-
vais de loin, dégringolant par la chaussée pour aller
plus vite, et nous nous croisions comme deux trains
qui ont à peine le temps de se voir.

Malgré la rapidité de la rencontre, je finis néan-

moins par les bien connaître, et j'ai encore leur physionomie exacte dans la mémoire.

L'aînée, qui avait de dix-huit à vingt ans, n'était
pas belle, fichtre ! Un vrai laideron : des yeux en points
de dé, une bouche à se mordre les oreilles, un de ces
nez dans lesquels on dit qu'il pleut, le teint d'une
moricaude, des cheveux rares et d'un noir roussi, une
gorge de raie et le dos bombé comme un couvercle de
cercueil.

Mais l'autre, la plus jeune, était-elle mignonne !
Des frisettes dorées floconnaient jusque dans ses yeux
de pervenche, quand elle baissait son petit nez rose
pour fendre le vent. Et sa poitrine ! Deux pêches, pas
plus grosses que ça, mais qui n'avaient pas besoin de
corset pour se tenir toutes droites. Comme elle portait
une robe légère malgré décembre, on voyait sous son
fichu pointer les *tétons de Vénus* que le froid raidissait.
Et pas de flic-flac, je vous prie de le croire, bien
qu'elle courût. Non, c'était planté solidement, allez !

A dire la vérité tout entière, elle avait deux défauts,
la fillette. Il ne faut pas non plus se laisser emballer
et la prendre pour une perfection. Soyons justes,
mais sévères !

D'abord, elle avait des taches de rousseur. Oui,
même en cette saison, où cela se passe d'ordinaire !
Je suis forcé de l'avouer, elle en avait. Mais si fines,
si fines ! Etait-ce bien un défaut ? Moi je ne trouve
pas. On aurait dit du son très-menu sur de la crème.

Le vrai défaut, le malheur, c'est qu'elle boitait. Oh !
il n'y a pas à dire qu'elle boitillait ! Une de ses jambes
était réellement beaucoup plus courte que l'autre. En
marchant, l'effet devait être vilain, pour sûr. Mais je
ne l'avais jamais vue marcher. Et puis, qui sait ? La
mâtine était si gracieuse, qu'elle savait rendre aimable
même son infirmité. Je n'exagère pas. Elle escamo-
tait, d'une façon si gentille, le déhanchement par de
petits sauts ! C'est sans doute pour cela qu'elle courait
toujours. Cela lui donnait l'air d'une alouette blessée.

Plus d'une fois, j'avais eu envie de l'arrêter, de lui
parler. Je ne sais pas trop ce que je lui aurais dit,
d'ailleurs. En toute sincérité, je ne songeais pas le
moins du monde à la bagatelle. C'était trop frais, trop
enfant, pour qu'on pût penser à mal. Non, j'aurais
aimé à savoir ce qu'elle faisait, où elle allait, sa vie,
ses habitudes, ses goûts, son être enfin. Je m'imagi-
nais quelque chose comme les ravissantes créatures
de Dickens, si poétiques dans leur navrante misère.
Je bâtissais là-dessus toutes sortes de romans, oubliant
que tous les romans sont de la bien petite bière au
prix de la réalité.

La réalité, je l'ai connue plus tard, par hasard, un
jour que je ne la cherchais plus.

Les élèves à qui je donnais la becquée pour la Sor-
bonne ayant changé de domicile, je dus changer aussi
d'itinéraire. Je cessai de monter tous les matins la rue

des Martyrs, et, avec la rue des Martyrs, adieu, mes
deux gamines !

Quelquefois, je me disais :

— Il faut pourtant que je les revoie. Passent-elles
toujours par là ? Je referai le voyage exprès. Je
remonterai mon ancien calvaire.

Mais je remettais à demain, et encore à demain, si
bien que je finis par n'y plus penser du tout. On oublie
vite à Paris ; on a tant de choses dans la tête, tant de
besognes sur les bras, tant de spectacles sous les yeux.

Environ deux ans après, je me trouvai un soir nez
à nez, rue de Provence, avec la moricaude. Le souvenir me revint brusquement.

— Tiens ! dis-je, comme si j'avais l'habitude de lui
parler, qu'est-ce que vous avez donc fait de la petite
boiteuse ?

L'ouvrière ne me reconnut pas tout d'abord et
resta interloquée de cette question à brûle-figure. Elle
m'examinait avec son regard en vrille.

— Ah ! c'est vous qui grimpiez si bien la rue des
Martyrs, s'écria-t-elle. Parfaitement, je vous remets...
Eh bien ! la petite boiteuse, il y aura tantôt six mois
qu'elle est morte.

Et deux grosses larmes lui montèrent aux yeux.

— Dame ! vous savez, reprit-elle ; c'est un rude métier que d'être brunisseuse. Et puis, ça la fatiguait
trop, c'te môme, de se transbahuter comme ça tous

les jours de Montmartre à Grenelle et de Grenelle à Montmartre.

— Mais pourquoi travailler à Grenelle?

— Parbleu! parce que l'ouvrage était meilleur là-bas. Un atelier chouette! Six sous de plus par jour.

— Alors, pourquoi loger à Montmartre?

— Rapport à son petit.

— Elle avait un enfant?

— Toute une histoire, écoutez donc! Le père était parti en Angleterre, et lui avait promis de le reconnaître en revenant. Alors, il ne fallait pas changer de logement, n'est-ce pas? Sans cela, où les retrouver! Car il n'a jamais dit où il était, une fois parti, ce beau merle, et on ne pouvait pas lui écrire. Comprenez?

— Est-ce qu'il est revenu?

— J't'en fiche! Est-ce que ça revient, ces oiseaux-là? Une gouape.

— Et le petit?

— Ah! ça, c'est mon affaire. Henriette me l'a laissé en héritage, et je l'élève. Vous pensez bien qu'avec une fiole comme la mienne, je n'aurai jamais d'amant, pas vrai? Mais ça ne m'empêchera pas d'avoir un fils. Eh! oh! je suis pressée. Pendant que je bavarde là, il attend sa soupe, le gosse. Bonsoir, m'sieu!

Et la moricaude s'enfuit, toute noire, en rasant les murs comme une hirondelle.

XVIII

ROMANÉ TCHAVÉ

Romané tchavé, dans la langue tzigane, cela veut dire enfant bohême. Mais il n'est pas commode, à l'heure qu'il est, de rencontrer en France un vrai *Romané tchavé.* Pourtant, si le cœur vous en dit, voici toute proche l'occasion d'en voir. Allez à la place du Trône, quand la foire au pain d'épice est dans la fièvre des derniers préparatifs, avant le dimanche qui est la grande première des saltimbanques. Tous les *roulottiers* de France s'y donnent rendez-vous. Et parmi eux l'on a chance encore de trouver quelques Bohémiens.

Une fois la fête commencée, leur piste sera moins facile à éventer dans le tintamarre des boniments, dans le bariolage des toiles peintes, dans le fourmillement des maisons-voitures. D'ailleurs, les façades seront seules en vue à ce moment ; les figures disparaîtront sous les perruques ; les corps seront déguisés par les maillots. Or, c'est dans l'intimité des coulisses qu'il faut regarder un *Romané tchavé* pour le reconnaître. C'est à son allure, à sa mine, qu'il faut le distinguer pour saisir les lignes et le caractère de son type. Il faut aller à la découverte avant le lever du rideau.

Puis, quand même on devrait revenir bredouille, le spectacle seul de ces derniers préparatifs est une amusante curiosité. La foire au pain d'épice, expliquée, racontée, décrite, commentée tous les ans, n'a plus rien de neuf à nous offrir. Le moindre reporter la sait sur le bout du doigt. Elle est devenue un thème de chic sur lequel tout le monde peut broder des variations. Au contraire, le branle-bas d'avant la fête, personne ne s'en occupe, personne ne l'a mis en *copie*. Et pourtant, comme il est plus intéressant que la foire elle-même !

Voyez! les marteaux cognent, les scies grincent, l'eau chante sous les coups de balais. A grand renfort de savon noir, on débarbouille les toiles énormes, aux couleurs crues. Sous la crasse, accumulée par la poussière des chemins, reparaissent les vermillons étranges, les bleus invraisemblables, où s'épanouissent les beautés bouffies des femmes colosses, où se cambrent les hercules qui portent des pyramides de poids avec le sourire sur les lèvres, où flamboient des animaux chimériques, des paysages extravagants et des groupes de spectateurs à la mine ébahie, toujours les mêmes sur toutes les toiles : un ouvrier, un bourgeois,

une dame levant les bras au ciel, et un maréchal de
France, sabré par son grand cordon cramoisi.

Pendant qu'on lave ainsi la frimousse de la baraque, ce qui est l'affaire des mâles, les femmes turbi-
nent dans le campement, au seuil des maisons à
quatre roues. Les vieilles astiquent le cuivre des ophi-
cléides, rafistolent les clefs des clarinettes, et giflent
la peau d'âne des tambours pour voir si elle ronfle
comme il faut. Les jeunes, tout en mouchant les
mômes, piquent des paillons neufs sur les antiques
souquenilles, et reprisent les maillots roses fripés
comme des saucisses vides.

Il n'y a d'inactif que les chiens savants, qui n'ont
pas besoin de répéter leurs rôles. En attendant les
représentations, n'ayant rien à faire, ils vivent de
leurs rentes. Barbets échappés du Walpurgis, caniches
aux moustaches de grognard, loulous en boule de
poils, ils se reposent de leurs fatigues passées et
futures en cherchant leurs puces au soleil, ou, majes-
tueusement assis sur leurs maigres fesses, ils flairent
avec leur nez mobile et contemplent avec des yeux
attendris la marmite fumante en plein vent.

C'est par là que vous rencontrerez quelques familles
ayant du vrai sang bohémien. Vous les reconnaîtrez
à leur peau tannée par le hâle des courses vagabondes,
à leurs regards de bête traquée, à l'air de sorcières
qu'ont leurs vieilles qui disent la bonne aventure. Et
si vous aimez ces proscrits éternels, ces derniers

descendants des antiques parias touraniens chassés
autrefois de l'Inde, alors approchez-vous d'un de leurs
enfants au front étroit, aux cheveux gras, et appelez-
le doucement : *Romané tchavé*.

Appelez-le *Romané tchavé*, et vous aurez une grande
joie. Car, à ce mot de sa langue mystérieuse, il lèvera
sur vous ses yeux de velours jaune, avec un remer-
ciement effaré. Et, pour peu que vous soyez poëte,
vous lirez dans ces beaux yeux le poëme des longs
voyages et de la belle étoile, la divine chanson de
l'indépendance sauvage, et la pénétrante mélancolie
des races à jamais vaincues qui sont en train de disparaître.

XIX

LA DERNIÈRE INCARNATION D'HERCULE

Il faut célébrer sa gloire sur le tympanon des vocables sonores, et la graver dans le rhythme des phrases lapidaires. Il faut le chanter, ce moderne Hercule, avant qu'il soit tout à fait disparu du monde. Et il le sera bientôt ; car, si les dieux s'en vont, combien plus les demi-dieux ! Encore un peu de temps, et il ne restera plus de celui-ci, dernière incarnation du grand Alcide, qu'un vague et peut-être ridicule souvenir.

Hélas ! oui, ridicule. Déjà c'est dans la nuit, furtivement, comme un malfaiteur, que le héros accomplit ses fatales besognes ayant pour but divin de purger la terre. Il n'ose plus, ainsi qu'autrefois, sortir des écuries d'Augias aux regards d'un peuple entier, et présenter à la vénération des hommes ses mains dégouttantes de fange, ses nobles mains où l'ordure étincelle et fume au soleil comme le sang immonde d'un monstre vaincu.

Ingrats et railleurs, les hommes d'aujourd'hui, au

lieu de sentir la grandeur de son œuvre, ne sentent
plus que la puanteur qui est la fumée de ce sacrifice.
Et même, pour n'admirer plus son effort, ils ont inventé des machines qui le remplacent. Adieu la vail-
lance et le génie avec ces machines compliquées!
Elles sont, aux muscles et au cœur d'Hercule, ce qu'est
l'orgue de Barbarie à la lyre d'Orphée.

Et pourtant, le moderne Alcide a encore des muscles et du cœur, et parfois le remords le prend, de
l'ombre à laquelle on le condamne. Pourquoi cette
honte attachée à ses travaux? Pourquoi ne point bra-
ver l'ingratitude, et même les sourires moqueurs des
hommes? Pourquoi ne pas montrer derechef, comme
autrefois, ses nobles mains honorées par la fange
vaincue? Et alors, farouche et joyeux, il retrousse
ses manches et fait sa besogne en plein soleil.

Oh! regardez-le! Profitez de ce qu'il veut bien
encore se laisser contempler dans sa gloire des temps
anciens, en dompteur calme des fléaux, les membres
gonflés de force, la face auguste et rayonnante, tel
que le figurent les parfaits bas-reliefs de la Grèce, tel
que le chantent les immortels poëmes des vieux aèdes.
Regardez-le, et emplissez à jamais vos yeux de cette
image! Regardez-le bien; car vos enfants ne le verront plus.

Il arrive sur un char grossier, mais embelli par les
dépouilles de maintes victimes. Sans ostentation,
toutefois! Inaccessible à un vain orgueil, il ne se pa-

vane point dans son triomphe. La fierté qui luit sur
son visage n'est pas celle de la vanité présomptueuse,
mais celle du devoir accompli et des périls affrontés.
Il subit l'admiration plutôt qu'il ne la sollicite. Il a
cette modestie sereine qui sied à la vraie grandeur.

Ses attributs ne sont plus ceux de jadis. La nudité
superbe et la peau du lion de Némée ne s'accommo-
deraient guère à nos pudeurs et à nos frimas. Aussi
le héros est-il vêtu. Mais, comme son congénère Milon
de Crotone, il lui faut pour s'habiller toute une peau
de bœuf. C'est en cuir épais qu'est sa large collerette,
pareille à celle des guerriers du Japon, et le raide
tablier fauve sous lequel il cache l'emblème de sa
puissance.

Il s'avance avec un sourire vers le barathre, où
dort le monstre qu'il va dompter. Et sa narine ne se
fronce même pas, et sa lèvre n'a pas un pli de dégoût,
en respirant les miasmes que l'ennemi répand d'une
haleine furieuse et nauséabonde. Le héros n'y prend
pas garde, et semble même trouver on ne sait quel
charme à cette épouvantable odeur, comme s'il y
flairait seulement le parfum de sa victoire prochaine.

Sans se presser, sûr de lui-même, il descend au fond
de l'antre. En vain le monstre, gonflé d'âpres venins,
vautré sur son lit d'ordures, redouble de souffles em-
pestés. Le héros, toujours souriant, lui attache au
col un chanvre solide, bouche sa gueule avec un tam-
pon de fer, lui monte sur les épaules, revient au jour,

le hisse à la force des poignets, et le tire enfin à la
lumière, effaré, fangeux, énorme, le ventre noir et
gluant sous l'azur du ciel.

Parfois, dans la bataille, le ventre s'est déchiré et
les entrailles coulent. Qu'importe! Le héros les ramasse, ferme la plaie. Il ne veut pas un cadavre,
mais un captif. Et, prenant le monstre à bras le corps,
il le roule, le pousse, le porte, jusqu'à son char, où
il l'enchaîne avec les autres vaincus. Puis il s'en va,
toujours souriant, laissant aux artistes éblouis l'inou-
bliable vision de l'Alcide moderne, de l'*Héraclès au
tonneau*.

Ainsi la vieille mythologie se transforme, ainsi les
dieux et les demi-dieux ont éternellement leurs ava-
tars; et, si la foule ignorante et impie les méconnaît
sous leurs incarnations dernières, le poëte au moins
leur est fidèle, et célèbre leur gloire sur le tympanon
des vocables sonores, et la grave dans le rhythme des
phrases lapidaires, même quand le héros prend pour
revivre la forme de l'humble bernatier et de l'obscur
vuidangeur.

XX

LE CAMELOT

I. — MARCHANDS DE CHAPELETS

Les journaux religieux m'amusent singulièrement. Vous ne vous en doutiez peut-être pas. Entendons-nous. Ils m'amusent quand ils font des tartines homéliformes sur la foi et la piété des Parisiens.

Ils ont compté et statistiqué, au mieux de leurs intérêts, les badauds qui sont encore fidèles à la neuvaine de Sainte-Geneviève, et les petites boutiques qui ont, pendant huit jours, transformé la place du Panthéon en montagne de Fourvières. Et là-dessus, les voilà partis à soutenir que la bonne ville tout entière est férue d'amour pour les châsses et les reliques.

Parbleu ! il serait étonnant que, sur une population de deux millions d'habitants, il n'y eût pas quelques milliers d'âmes dévotes.

Mais, si l'on veut peser au juste ce que vaut cette

dévotion, il faut savoir qui sont les marchands qui l'alimentent. Une religion n'est florissante que par la foi de ceux qui en vivent. Or, il est notable qu'ici les fournisseurs des croyants sont d'abominables incrédules. Les chapelets sont vendus par des camelots.

Le camelot, c'est le Parisien pur sang, une espèce de Peau-Rouge toujours en chasse dans cette grande forêt de la capitale, forêt aussi peu vierge que possible. Il y vit de toutes les curiosités, de toutes les flâneries, de toutes les badauderies, qu'il connaît, qu'il chatouille et qu'il exploite.

C'est lui qui vend les *questions*, les jouets nouveaux, les drapeaux aux jours de fête, les immortelles aux jours de deuil, les verres noircis aux jours d'éclipse, la limonade calabraise pendant l'été, des cigares et du feu pendant les courses, des cartes transparentes sur les boulevards et des images pieuses sur la place du Panthéon.

Il change incessamment son éventaire. Que lui importe? Mais il y a une chose qu'il ne saurait changer, et à quoi vous le reconnaîtrez derrière ses étalages si divers : cette chose, qui le particularise et en fait un être facile à signaler, c'est sa voix.

Qu'il soit marchand d'obscénités ou de chapelets, teneur de bonneteau ou basardeur de poupées innocentes, c'est toujours avec la même gorge éraillée, la même lippe crapuleuse, la même parole traînante et grasseyante, c'est toujours avec sa voix de perroquet alcoolique qu'il raccroche les passants et leur *bonit* son *truc*.

J'ai l'honneur de connaître intimement un des rois de Paris-Camelot. Il s'appelle Emile. Il y aurait un roman en plusieurs volumes à écrire sur ce bonhomme, qui a fait tous les métiers, et qui a, comme Panurge, trente-trois façons de gagner son argent, et soixante-six de le dépenser, *sans compter la réparation de dessous le nez.*

Tour à tour ouvreur de portières, ramasseur de bouts de cigares, marchand de contremarques, figurant, baraquiste du jour de l'an, porteur de dépêches à la Bourse, pître de foire, garçon de cabinet et maître-nageur aux bains froids, je l'ai revu l'autre jour sous le portail de Sainte-Geneviève, tout cuirassé de scapulaires et enguirlandé de chapelets.

Comme je m'en étonnais bêtement, il me répondit avec une philosophie parfaite :

— Ne vous esbloquez donc pas comme ça. Je fais mon métier. Je tiens tout ce qui amuse. Aujourd'hui c'est ça; demain c'est autre chose. Il en faut pour tous les goûts, pas vrai? Je vends des contremarques pour le paradis, voilà tout.

Et il se remit à glapir son boniment catholique, faisant le scapulaire forcé comme il aurait fait la carte forcée, et proposant ses chapelets absolument comme s'il avait dit :

— Demandez l'anneau brisé, la sûreté des clefs, cinquinte cintimes.

Beaucoup de braves gens, venus là en simples curieux, se laissaient mettre l'objet pieux dans la main, et cédaient au bagout entortillant du voyou.

Et j'ai beaucoup ri des pauvres journaux religieux, qui prenaient pour une recrudescence de la foi ce qui n'était qu'un effet de l'habileté du camelot.

Ça, la voix de Dieu, allons donc! Moi, je n'ai entendu que la voix d'Emile.

II. — AH! TENEZ, TENEZ, MESSIEURS!

— Ah! tenez, tenez, messieurs, profitez-en! C'est le dernier paquet. Je ne vous ferai pas de boniment. Par un temps pareil, ce serait abuser de votre complaisance. Je ne veux pas vous faire attraper d'engelures. Au contraire, c'est pour vous réchauffer, messieurs. Le meilleur calorifère, le voilà. Oui, là, dans ces cartes. Rien qu'à les regarder, on a chaud partout. Mais voilà! Il faut reluquer ça chez soi, à la lumière. Oh! alors!... Ah! tenez, tenez, messieurs, c'est pour finir...

Il a beau faire un froid de chien. On est Parisien ou on ne l'est pas. Qui dit Parisien dit badaud. Et on s'est arrêté devant ce grand escogriffe, qui était courbé vers le sol, où il traçait des lignes imaginaires, et qui s'est relevé tout à coup, dès qu'il a vu sept ou huit personnes autour de lui.

— Aussitôt debout, il débite le boniment ci-dessus, d'une voix éraillée, rapide, à la fois glapissante et mystérieuse.

En même temps, il a tiré de dessous sa pelure roussie un petit paquet qui ressemble à un jeu de cartes et qu'il fait passer d'une main dans l'autre en clignant de l'œil d'un air óbscène.

La figure est blême, le regard coquin, l'accent canaille. Les mains qui jouent avec les cartes sont sales, mais maigres et fines. Pas des pattes de travailleur! Le pouce et l'index de la droite réluisent comme de l'ébène. Que de cigarettes, pour arriver à ce culottage noir et verni! La gorge s'en ressent. Une petite toux sèche la râcle entre les phrases. Peut-être aussi est-ce là une toux de poitrinaire. L'homme a les ailes du nez très pincées, les pommettes saillantes, les oreilles décollées. Joli, malgré ça! La moustache en crocs; les rouflaquettes bien lissées sur les tempes; un col de chemise cassé, raide d'empois; une cravate en ruban; les joues rasées de frais. Il y a du gommeux sous cette haute casquette à ballon, du gommeux de la *Reine-Blanche*. C'est un aristo d'en bas.

— Ah! tenez, tenez, messieurs!...

— Gn'a du pet, interrompt un second voyou qui survient. V'là un sergot qui s'amène, là-bas, au coin de la rue. Chassons!

— Allons, vite, avant que je file, reprend le camelot. C'est du nanan, ça, messieurs, du défendu. Il y
a de quoi rire. Je n'en dis pas plus. Enlevez-moi le
reste. Faut que je ferme boutique. Chaud! chaud! Le
dernier paquet. Ah! tenez, tenez. A qui le tour? C'est
pour rien. Pas dix balles, pas cinq, pas trois, pas
deux cinquante, pas deux. A trente ronds, pas plus, à
trente sous. Trente-deux cartes. Pas un sou la carte.
Deux figures par cartes. Trois sur les as. Et du tapé,
vous savez. V'là le sergot. Allons, à qui le paquet? A
vous? Aïe donc! Vite. Trente ronds, c'est çà. De la
monnaie, que vous dites? J'en ai pas. V'là le sergot.
Chassons!

Et il file avec une pièce de deux francs, après avoir
subrepticement glissé le fameux jeu de cartes dans la
main d'un moutard curieux ou d'un vieillard dé-
pravé.

L'acheteur emporte le paquet comme un satyre
emporterait une nymphe.

Idiot! ce sont des cartes belges, à six sous le jeu, en
papier à chandelle, mal coloriées et opaques, du
reste. Il n'y a pas dessus la moindre obscénité.

Cent pas plus loin, le camelot a recommencé son
truc, après avoir ri, avec son copain, des *pantes qui la
gobent!*

III. — A LA QUEUE

Combien de fois l'a-t-on poussé depuis quarante-huit heures, ce cri, tantôt gouailleur, tantôt furieux, ce cri par lequel on accueille les *pressés en retard*, qui veulent gagner des rangs dans la file, à la porte du ministère des finances, au seuil des mairies, au guichet des percepteurs ou des banquiers, partout où stationne la foule pour souscrire au milliard. A la queue !

Si le nouvel arrivant tranche du brutal, joue des coudes trop énergiquement, use de sa force, c'est avec une explosion d'injures qu'on le repousse, et tout le monde fait barricade pour le rejeter en marge, et le gardien de la paix lui-même prend sa voix la plus bourrue pour lui dire :

— A la queue, monsieur ! plus vite que ça.

Si au contraire, c'est un marmiteux, un timide qui essaye de la ruse, qui se faufile en tapinois, quelque goguenarde apostrophe le désigne au rire universel :

— Attention au père *la Sonde !*

— T'es rien fouinard, monsieur *Peinard !*

— Tu veux donc entrer dans le chignon de madame ?

— En voilà un qui est pressé comme un lavement !

Et, de blague en blague, on reconduit le malavisé au bout, tout au bout de la queue.

C'est que cela vaut son prix, une bonne place dans
la queue, pas trop loin de la tête, et ceux qui ont la
veine d'un occuper une ne la lâchent pas ainsi sans la
défendre.

Il y a d'abord les braves gens venus là pour souscrire réellement, avec leur argent à eux. Avoir une
coupure, prise toute vierge à l'émission, c'est une
fête. L'attendre en piétinant des heures et des heures,
c'est l'absinthe au régal désiré. Ils en jouiront d'autant plus, de leur bout de papier conquis, qu'ils l'auront attendu plus longtemps. Il en est de cela comme
des femmes.

Puis, et surtout, il y a les *queuistes* de profession,
pour qui la place tenue est un gagne-pain.

Encore un des mille bizarres métiers de Paris, un
de ces métiers qu'on exerce une fois par an, comme
celui de noircisseur de verres pour éclipses, métiers
paradoxaux, chimériques, qui semblent avoir été inventés par l'imagination falote de quelque fantaisiste,
et qui existent néanmoins, et qui ont leurs ficelles,
leur art, leurs *traditions ! ! !*

Il faut d'abord connaître les bons endroits, c'est-à-
dire ceux où la queue rapporte le plus. Dans certains
quartiers de petite bourgeoisie, les souscripteurs viennent en personne, et ne se payent pas volontiers un
remplaçant. Moitié économie, moitié manie ! Dans
d'autres, au contraire, il est bien porté de ne pas *poser*

soi-même et l'on fait le pied de grue sur les pieds du
• *queuiste*. C'est là que le roublard se poste.

Arriver à temps, et même beaucoup en avance, la
veille, l'avant-veille au besoin, cela ne suffit pas toujours pour avoir les bonnes places. Il faut surtout
empêcher les concurrents d'arriver. Pour cela, on se
sert du bagout. On sait où sont ces concurrents, on
les trompe sur la qualité de tel ou tel endroit. Mais
eux-mêmes cherchent à vous mettre dedans. Qui sera
le plus malin?

Choisir dans la queue est encore une science difficile. Les toutes premières places ne sont pas forcé-
ment les meilleures. Les plus courues sont celles
où l'on peut s'appuyer, s'asseoir, les encoignures,
les pas de porte, les bornes. Autant de compéti-
tions!

Ah! vous croyez, vous autres, qu'il suffit d'aller
bêtement prendre la file, ici ou là, le plus près possible du guichet! Alors, où serait le mérite?

Détrompez-vous. N'est pas *queuiste* qui veut.

— Et c'est un bon métier cela?

— Dame! vous savez, je crois que celui de Roths-
child est un peu plus agréable.

Il s'agit de rester sur ses jambes, ou, quand on est
un truqueur, le derrière sur la pierre, pendant un
temps assez long, qui compte souvent une nuit
blanche.

On mange ce qu'on a pu apporter, du pain, du

cervelas. Les rupins ont un litron sous le bras. Les
moins patients reculent quelquefois d'une bonne
place pour une *goulée* qu'on leur laisse prendre à la·
négresse (bouteille). Des rangs sont changés aussi
pour une pipe, quand on a épuisé sa vessie à
tabac.

On se distrait comme on peut, en imitant les cris
d'animaux, en montant des scies aux souscripteurs
pour de bon. La nuit, on allume des lampions.

Et quand arrive enfin le monsieur à qui l'on a
vendu sa place, ça rapporte tout de suite de cent sous
à dix francs.

Et pourtant, si étrange que cela paraisse, il y a des
gens qui vivent de ces petits profits. Non de la queue
au milliard seulement, mais de la queue en général.
Partout où la foule doit attendre, partout où les
places sont au premier occupant, on trouve ces
queuistes. Toujours les mêmes, reconnaissables à leur
insouciance au milieu de la fièvre des gens qui sont
à la file une fois par hasard.

Eux, que ce soit à un guichet de banque, comme
hier, ou sur le péristyle d'un théâtre les soirs de première, ou dans la haie sur le parcours d'un *bel* en-
terrement, ou devant l'Institut les jours de réception
bruyante, ils sont invariablement gais, rieurs, et·
d'autant plus qu'on est plus énervé autour d'eux.

En effet, si l'attente est longue, si l'accès est difficile, les places seront plus chères ; et comme je l'ai

entendu dire un jour à l'un de ces curieux gagne-
petit :

— V'là le monde qui s'agace, chouette ! Y aura
gras pour les *marchands de patience !*

IV. — LES TROIS CARTES

Quatre heures de l'après-midi ! Dans le demi-jour
blafard de la brume tombante, un rassemblement
d'une dizaine de personnes fait une tache noire sur
le ruban bleuàtre de l'asphalte. C'est hors des fortifications, près de la porte de Levallois-Perret. Il passe
peu de monde ; mais ces rares passants sont invinciblement attirés par ce petit centre de badauds. On
s'approche, on veut voir, et l'on demeure. Moi aussi,
comme les autres.

Accroupi, les doigts tripotant trois cartes au ras du
sol, le pif en l'air, les yeux dansants, un voyou en
chapeau melon glapit son boniment d'une voix à la
fois traînante et volubile.

— C'est cœur, carreau et trèfle. Le cœur perd. Le
carreau perd. Le trèfle gagne. V'là celle qui perd.
Celle-ci ne gagne pas non plus. Celle-ci gagne.. La
même ! Elle ne perd pas. Et v'là celle qui perd ! Et
celle qui perd aussi. Et celle qui gagne. Le carreau
perd. Le cœur perd. Le trèfle gagne. Le carreau, c'est
pas votre blot ! Le cœur, n'ayez pas peur ! Le trèfle,
vous me dites : des nèfles. Elles passent. V'là celle

qui perd. V'là celle qui gagne. V'là célle qui perd.
Regardez-les passer. C'est assez !. Enfoncé ! Il y a
cinque francs au jeu.

Avez-vous compris le jeu ? C'est celui des trois
cartes. Rien de plus simple. Après que le banquier
les a fait passer et repasser très-vite devant vos yeux
en vous les montrant bien à chaque fois, il les a
reposées face à terre, l'une à côté de l'autre. Si vous
savez où est le trèfle, vous avez gagné.

— Il est là, au milieu.

— Eclairez.

— Voilà.

— V'là vos *cinque* francs. Tant *pire* pour moi !

Le voyou prend un air navré. Mais, au coin de
l'œil, il a un petit clignotement que je connais et qui
veut dire : « Chouette ! » Il est ravi. On a mordu à
l'amorce. Il recommence.

— Le cœur perd. Le carreau perd, le trèfle gagne.
Trop petit, bibi, t'as mal maquillé ton outil. V'là celle
qui perd. J'ai *trinqué* (perdu), c'est pas gai. V'là celle
qui gagne. La v'là encore. Qué drôle de corps ! Du
carreau, c'est pour ton veau. Du cœur, c'est pour ta
sœur. Et v'là la noire ! Qui qui s'appelle Edouard ?
Elle gagne. Celle-ci perd. Celle-là aussi. La v'là dessus. Qui qu'a reçu ? La v'là dessous. C'est pour cent
sous. Pas pour cent sous, pour dix francs. Le cœur
perd, le carreau perd, le trèfle gagne. Regardez bien.
C'est le coup de chien. Pour dix francs, c'est diffé-

20.

rent. Allez-y ! Regardez-les passer. C'est assez !
Enfoncé ! Il y a dix francs.

Cette fois, le boniment a été plus rapide encore,
plus bredouillé, plus étourdissant. Les cartes ont été
montrées plus coup sur coup, zigzaguant du sol en
l'air, dansant une gigue effrénée qui vous éblouit de
ses entrechats de rouge et noir. Pourtant, à l'avant-
dernière passe, avec une gaucherie admirablement
jouée, la noire a été laissée presque ostensiblement
dans le coin à droite. Sans doute, pensent les benêts,
le banquier s'est grisé lui-même à son bagoût, et a
oublié de mieux cacher la gagnante.

— Elle est là, dit quelqu'un, là, à droite.

— Touchez pas! Eclairez !

— J'y vas de cinq francs.

— Non, dix francs.

Il est sûr de son coup, le brave badaud. Il a bien vu
le trèfle laissé maladroitement dans ce coin-là. Il va
gagner, c'est certain. Bah! pourquoi ne pas risquer
dix francs, puisqu'il est sûr ?

L'autre est toujours accroupi, l'œil éteint maintenant, la bouche close, irritant de tranquillité, avec sa
face glabre et pâle qui ne dit rien.

— Allons, voilà mes dix francs, fait le joueur. Le
trèfle est là, dans le coin à droite.

— Retournez !

C'est le carreau. Le voyou, en posant la noire si

gauchement, l'avait habilement fait sauter et l'avait remplacée par une rouge.

Et il recommence un nouveau boniment. A présent, pour réamorcer les joueurs qui se défient, c'est un compère qui tient le coup, et qui gagne. Les badauds reprennent courage. Un autre compère gagne encore un coup, de dix francs cette fois. La galerie s'allume de plus en plus. Le voyou élève la voix et redouble de jacassement.

— C'est moi qui perds. Tant pire, mon p'tit père ! Rasé, le banquier ! Encore un tour, mon amour. V'là le cœur, cochon de bonheur ! C'est pour finir. Mon fond, qui se fond. Trèfle qui gagne. Carreau, c'est le bagne. Cœur, du beurre, pour le voyeur. Trèfle, c'est tabac ! Tabac pour papa. Qui qu'en veut ? Un peu, mon neveu ! La v'là. Le trèfle gagne ! Le cœur perd. Le carreau perd. Voyez la danse ! Ça commence. Je le mets là. Il est ici. Merci. Vous allez bien ? Moi aussi. Elle passe. Elle dépasse. C'est moi qui trépasse, hélas ! C'est un sept, c'est pas un as. Elle gagne. Celle-ci perd. Celle-là itou. V'là l'atout. Je joue mon tout. C'est tout. Regardez-la ! Elle est là. Elle n'y est plus. Où qu'elle est ? S'il vous plaît ? Complet ! V'là le cœur ! Est-il laid ! V'là le carreau. Il n'est pas beau. Trèfle qui gagne. Regardez bien ! C'est le coup dé chien. Passé ! C'est assez ! Enfoncé ! Il y a vingt-*cinque* francs au jeu !

Ah ! par exemple, cette fois-ci, tout le monde l'a

vu. Est-il bête ce banquier-là ! Quel malapatte ! Et ça
se mêle de remuer les cartes, ça ! Mais il y perdra sa
chemise, le malheureux ! Parbleu ! le trèfle est là,
dans le coin à gauche. C'est évident.

— Jè tiens le coup.

— C'est vingt-*cinque* francs, vous savez ?

— Trente, si·vous voulez.

— Trente-cinq.

— Quarante. Je suis sûr.

— Éclairez.

— Voilà.

C'est un samedi. L'homme a reçu sa paye. Il tire
huit grosses pièces de cent sous et les jette fièvreuse-
ment sur l'asphalte.

— Retournez, dit le voyou.

C'est une rouge.

Un murmure gronde dans la foule. Le perdant,
blême, crispe ses poings. Les compères s'approchent
du *maquilleur de brêmes* (tripoteur de cartes) qui
s'est relevé, avec un éclair mauvais dans ses yeux
ternes, et en serrant les muscles de sa maigre mâ-
choire. Il se recule, et siffle.

A ce signal arrive un gosse, en courant, qui crie
d'une voix aiguë :

— Pet ! v'là la rousse ! Décanillons !

Et tout le monde se disperse, vivement, excepté les
trois compères et le môme, qui rentrent d'un pas

tranquille dans Paris, pour y fricoter l'argent des imbéciles, *y boulotter la galette des sinves.*

V. — DEMANDEZ LES DÉTAILS COMPLETS!...

L'incendie n'était seulement pas maîtrisé; des langues de flammes dardaient encore par les fenêtres croulantes ; un épais tourbillon de fumée roulait, enveloppant tout un quartier menacé ; des blessés se tordaient sur des civières avec leurs membres rôtis emmaillotés dans de la ouate; à l'hôpital, un martyr était mort au milieu des tortures et un autre agonisait; des pans de murs chancelaient sur leurs bases, et pouvaient d'un moment à l'autre s'effondrer, écrasant des héros sous leurs éboulis de pierres brûlantes comme du fer rouge.

Et déjà, parmi la foule compacte, des gens couraient, un paquet de journaux sur le bras, sans même avoir le temps de les plier, et se noircissaient les doigts à l'encre toute fraîche, et criaient:

— Demandez les détails complets sur l'incendie ! Demandez ce qui vient de paraître! Demandez la seconde édition! Demandez la dernière heure! Demandez les détails complets !

On nous parle toujours avec admiration de la presse américaine. Je me demande vraiment si elle peut faire plus fort, à moins de donner le récit des événements qui *vont* se passer.

Mais, à coup sûr, ses vendeurs ne sont pas plus étonnants que les nôtres.

Et avez-vous remarqué quels sont ces vendeurs en général ? Des femmes, des jeunes gens, presque des enfants. Et quelle prestesse de singe pour se glisser dans les groupes, pour détacher du paquet la feuille humide, pour recevoir et rendre la monnaie, au milieu de la bousculade des badauds, dans la fièvre et l'ahurissement de la curiosité publique !

Et cela sans jamais cesser de glapir, d'une voix enrouée, infatigable, raccrochante :

— Demandez les détails complets !

A la nouvelle du sinistre, tout ce petit monde se rue à la halle aux journaux, dans cette rue du Croissant qui fleure le papier mouillé et le rouleau d'imprimerie. On prend d'assaut les boutiques. On se chamaille pour passer le premier. Des marchands en demi-gros revendent des lots sur le trottoir, en pleine chaussée, dans la boue, dans les détritus du marché voisin. On dirait une bande d'affamés se jetant sur une distribution de pain.

C'est bien une distribution de pain, en effet. Le débit sera fort, aujourd'hui. Va-t-on en écouler de ces feuilles, dont chacune représente quelques centimes pour le crieur !

Mais il faut en faire provision avant les autres, si l'on veut profiter de la première fringale du public. Et vite, vite, on se colle son paquet sur l'épaule, et l'on file au grand trotton vers l'endroit où s'entasse la foule anxieuse. C'est une course au clocher. Les femmes retroussent leur jupe. Les gamins fourrent leur casquette dans leur poche. On galope, on heurte les passants, on est en sueur, et lorsqu'on arrive hors d'haleine, on retrouve tout de même son souffle pour hurler :

. — Demandez les détails complets !

Rien n'arrête, rien n'effraye ces énergiques camelots du journalisme. Dans les incendies comme celui d'hier, ils n'ont encore à vaincre que l'épaisseur de la foule, l'impatience de l'acheteur et la soif de leur gorge râlante.

Mais je les ai vus pendant la semaine sanglante de la Commune, alors que les obus et les balles sifflaient dans les rues, alors que Paris flambait, je les ai vus courir de même à la rue du Croissant, et se disputer les quelques feuilles qui paraissaient encore, et aller chercher les clients à cinq cents pas des barricades.

Malgré l'épouvante de la guerre civile, malgré les fenêtres et les portes closes, il y avait du monde dans certains endroits. Le Parisien est si badaud ! Eh bien ! dans ces endroits-là, où pouvait arriver la bataille avant un quart d'heure, dans ces groupes de curieux tenaces qui entendaient crépiter la fusillade et ronfler le brutal au prochain carrefour, parmi ces passionnés de nouvelles quand même, j'ai vu les femmes, les enfants, avec leur paquet d'imprimés sur le bras, qui criaient sans un tremblement de voix :

— Demandez les détails complets!

Si jamais doit se réaliser l'hypothèse infernale d'Edgar Poë, si la terre est destinée à périr dans une conflagration universelle, par le choc d'un astre désorbité ou l'incendie d'une comète en délire, je suis sûr d'une chose. Ce jour-là, les camelots se précipiteront encore vers une rue du Croissant, et s'arracheront les journaux composés et tirés à la hâte, et courront où sera la foule.

· Et la foule aura beau être terrifiée par l'approche de l'inénarrable désastre, elle achètera les feuilles et lira les nouvelles à la lueur du prodigieux météore.

Et, dans l'embrasement total, dans la clameur affolée des hommes éperdus, dans le coup de mine colossal de la terre éclatant comme une bombe, on entendra le dernier aboiement du dernier camelot parisien, qui criera aux quatre vents de l'espace :

. — Demandez la seconde édition !... Demandez ce qui vient de paraître !... Demandez la fin du monde !... Demandez les détails complets !...

ALBUM INTÉRIEUR

I

FERMONS LES YEUX

Levé avant l'aube, lesté d'une croûte de pain et d'un verre de vin blanc, la pipe au bec et le barda sur l'épaule, dans les champs humides de brouillard, le peintre déambule à la recherche du *motif*. Quand il l'a découvert, il s'installe sur son pliant et attend l'heure de *l'effet*. A midi, tirant le pied, il revient à l'auberge avec une étude de plus. L'hiver prochain, il retrouvera dans un coin de l'atelier toutes ces pochades embues, et tâchera d'en composer un tableau où se fige la frissonnante mobilité de la nature.

Plus heureux, le poëte va tout droit devant lui, à travers les rues, en flâneur, les mains dans ses poches. Il regarde les choses et les êtres, et les fixe au fond de sa mémoire, sans prendre de notes, sans presque y songer même. Puis un jour vient, très longtemps après quelquefois, où il se rappelle ces choses et ces

êtres. Alors, pour les évoquer plus clairement, il
ferme les yeux et il feuillette à loisir cet album intérieur, dont les pages innombrables se sont couvertes
quasi toutes seules de vives images multicolores.

II

PASTEL

A l'avant-train de la petite bagnole qui supporte
l'orgue de Barbarie, l'enfant dort dans un moïse
d'osier, sur une paillasse de chiffons, sous une courte-
pointe en mauvaise sparterie. C'est une fillette rousse,
une gosseline de gueux qui a l'air d'une infante. Ses
cheveux créponnés semblent des vrilles d'acajou. Sa
frimousse si blanche, avec ses joues si crûment enlu-
minées de vermillon, fait tout de suite penser à deux
roses rouges tombées dans un fromage à la crème.
Le lacis de ses veines est finement tracé sur sa peau
comme avec la pointe délicate d'un crayon d'azur.
Toutes ces nuances se fondent et s'estompent dans le
demi-jour de la bercelonnette. Mais le jaune clair et
menu des taches de rousseur est la note dominante.
On dirait qu'un fantaisiste japonais, pour rehausser
ce pastel en ailes de papillon, a soufflé sur la figure
un nuage de poudre d'or.

III

FUSAIN

Le corridor de la maison s'enfonce dans une perspective de ténèbres, où le noir s'ajoute incessamment au noir, sans empêcher toutefois de distinguer, là-bas, tout au fond, l'étincelle de jour qui s'accroche à la pomme de la rampe et le gras luisant des premières marches humides. Plus près, le seuil de la porte est d'un gris sale. La ménagère qui bavarde sur le trottoir est plus claire déjà. Quant au charbonnier, sa face de suie donne plus d'éclat à l'émail de ses dents et à l'argent de ses yeux de nègre. Enfin, au premier plan, triomphante, brutale, la blancheur s'épanouit soudain dans le jet d'eau qui gicle du tonneau, un jet tout d'une coulée, presque solide tant il est dense, un jet qui semble une barre de lumière. De loin, on ne voit plus que du noir tranché par ce blanc cru. C'est comme une draperie de velours subitement crevée d'un coup de sabre.

IV

AQUARELLE

Le gazon du square est d'un vert uniforme, monotone, soigneusement lavé, et les gouttes de soleil qui
filtrent à travers les feuilles s'y piquent en petites
touches nettes et vives. Dans le fouillis des frondaisons, les taches lumineuses papillotent. Les plates-
bandes et les corbeilles tirent un feu d'artifice de
fleurs aux tons tapageurs et bariolés, parmi lesquels
le géranium éclate comme un pétard. Et les bébés aux
ceintures voyantes, et les nounous aux bonnets enru-
bannés, semblent aussi des fleurs, qui s'enlèvent en
vigueur sur le fond de la pelouse; et parmi ces fleurs
vivantes, comme parmi celles des corbeilles et des
plates-bandes, éclate la fanfare truculente d'un géranium, de celui que les botanistes appellent *geranium
militare*, plus connu sous le nom vulgaire de culotte
de pioupiou.

V

EAU-FORTE

Du bitume, chauffé avec des dessous de jaune, et glacé de laque. Du fauve, nuancé depuis le cuir le plus sombre jusqu'au vélin le plus délicatement safrané. Toute la gamme des ors qui miroitent sur la robe d'écailles du hareng-saur longtemps fumé et toujours huileux : ors presque rouges, ors de capucines, ors d'ambre, ors pâles, ors vaguement verts, ors quasi blancs et seulement teintés d'une imperceptible rousseur. Tout ce que la science du clair-obscur, de l'ombre colorée, de la nuit fondue, tout ce que la morsure de l'acide sur la plaque de cuivre, tout ce que les dégradations de l'encre grasse sur la pulpe du papier mordoré de vieillesse, tout ce que peuvent donner toutes les ressources de ce merveilleux art de l'eau-forte, tout cela vit et palpite dans l'échoppe du savetier, à l'heure où le bonhomme travaille devant sa maigre chandelle, dont la lueur se tamise à travers la boule d'eau de saint Crépin.

VI

SANGUINE

Aplati-dans la foule, derrière deux forts de la halle qui me masquent le spectacle, j'admire un hercule qui travaille les poids en plein air. Mais, entre les nuques épaisses des deux gros hommes, et sous les ailes de leurs immenses chapeaux, je n'aperçois qu'un bout de ciel où se profile un bras noueux. La chair est rouge, tendue par l'effort. Les muscles vont et viennent, se gonflent, s'allongent, si bien que les lignes varient incessamment. On dirait les ratures multiples et rapides d'un dessin longtemps cherché, toujours incomplet, jeté à la hâte par une main fiévreuse. Et, dans le petit carré de firmament où ma vue est bornée, cela s'enlève sur l'azur comme une étude à la sanguine sur du papier bleu.

VII

POINTE SÈCHE

Dans l'ombre qui s'accumule au pied du pilier
soutenant la masse des tours, dans cette ombre que
semble écraser le poids des orgues, dans cette ombre
empâtée comme d'encre grasse, le petit vieux qui
donne de l'eau bénite est tout recoquevillé sur sa chaise
haute. Le noir de son bonnet de laine tranche cependant sur tout le noir qui l'environne, et la houppette
de ce bonnet y fait un pâté minuscule qui est le centre
le plus obscur de ces ténèbres. Par opposition, la face
parcheminée du bonhomme y paraît presque blanche,
malgré les rides sans nombre qui la sillonnent de leurs
hachures embrouillées. Mais ce qui est plus clair
encore, ce qui est même la seule note claire, c'est le
goupillon qui a l'air de sortir du fond pour venir au-
devant de votre main. Ses quatre poils raides et
mouillés sont les pistils de cette fleur noire, et l'eau
bénite y tremble dans la lumière ainsi que des goutte-
lettes de rosée.

VIII

GRISAILLE

Comme a si bien dit le poëte Rimbaud : « Il pleut doucement sur la ville ». Doucement, oh! si doucement, qu'on ne peut pas même distinguer les raies de la pluie, tant elles sont fines et ténues. Et pourtant elles sont serrées, serrées l'une contre l'autre, de sorte qu'entre la vitre de la fenêtre et les arbres du jardin elles tendent une trame de fils, une légère et presque impalpable batiste qui intercepte tous les tons colorés de la nature. Les fleurs elles-mêmes adoucissent leurs nuances les plus vives à travers cette bruine qui les détrempe. L'incarnat des roses blêmit comme celui d'un lavis vingt fois lavé et patiemment étendu d'eau. Il s'efface, se fond, se dégrade insensiblement, de plus en plus exsangue, jusqu'au moment où lui-même il s'évanouit. Et tout devient alors d'un gris monotone, délicat, mélancolique, que nulle peinture ne pourrait rendre, et que le poëte Rimbaud a si bien exprimé quand il a dit : « Il pleut doucement sur la ville. »

IX

GOUACHE

Dans de grands landaus fermés monte la compagnie.
Il y a le chevalier, en habit gorge-de-pigeon, jaboté
de dentelles écumeuses ; la marquise poudrée à frimas,
en corsage couleur d'aurore ; le pédant, tout de noir
vêtu et son gros nez barbouillé de roupies ; la duègne
en vertugadin de velours, avec sa coiffe qui lui fait
des cornes ; le Frontin rayé de blanc et de rouge ;
la soubrette, avec son casaquin au décolletage impu-
dent ; et encore d'autres belles dames et d'autres
galants seigneurs, dont les riches toilettes semblent
avoir déshabillé l'arc-en ciel. Tous sont outrageuse-
ment fardés. Le vermillon et la céruse s'étalent sur
leurs joues en épaisseurs de mastic. Et cela en plein
jour, en pleine rue, en plein Paris du dix-neuvième
siècle. Car c'est la troupe de l'Odéon qui va donner
une matinée à Passy, et qui, s'étant maquillée et cos-
tumée d'avance, fait chatoyer au soleil l'invraisemblable bariolis de cette gouache vivante.

X

PAYSAGE

La rivière coule à peine, et semble dormir. Ce n'est plus même la rivière; c'est une flâche presque marécageuse. L'herbe y pousse, crevant la moire des eaux avec la lance des joncs et le sabre des flambes. Près des bords, la cressonnette et la mousseronne étalent, ainsi que sur un étang, leur croûte végétale semblable à une lèpre verte. Plus loin, les nénuphars laissent flotter leurs larges feuilles sombres sur lesquelles vibre le jaune éclatant de leurs fleurs. Un vieux bateau à demi-coulé anime seul la solitude de ce coin perdu. Parfois aussi, une cicindèle y jette l'éclair de ses ailes de gaze. Mais, en somme, c'est le rendez-vous de la paix et du silence. On n'y entend point murmurer l'eau qui croupit; on n'y voit remuer que les moucherons imperceptibles qui dansent à la pointe des herbes leur ronde muette. Et de l'autre côté de ce bras de Seine, sommeillant dans un bar-

rage, les grands arbres bouchent le ciel. Ils se reflètent
en noir dans cette glace unie et y versent toute leur
sérénité et toute leur ombre. Car les arbres et l'eau
sont toujours les arbres et l'eau, même au bout de
Levallois-Perret et en face de la Grande-Jatte.

XI

NATURE MORTE

Sur le tout petit éventaire de la *marchande aux gosses*, dans ce mètre carré qu'abrite un parapluie de cotonnade bleue, toutes les couleurs ont élu domicile. Les trompettes de bois sont bariolées de violet, d'azur et de carmin. Les cricris arborent le jaune serin et le vermillon de Chine. Le rouge, le vert, le bitume, mélangent leurs tons dans les sucres d'orge à la groseille, à l'absinthe, au caramel. Les pastilles de menthe font chacune une lune tricolore. Toutes les nuances de l'ocre se varient sur le pain d'épice plus ou moins sec. Le coco de la carafe semble du soleil liquide, et le citron qui bouche le goulot brille comme un œuf d'or. Sur ce prestigieux arc-en-ciel cassé en morceaux, la lumière joue, s'accroche, se divise, non pas crûment toutefois, mais doucement tamisée à travers l'ombre du parapluie. Ainsi, pour peindre ce tout petit éventaire de la *marchande aux gosses*, il faudrait la palette entière d'un grand

maître, habile à fixer et à dégrader, à détacher et à
fondre, les notes les plus vives et les combinaisons
les plus harmonieuses du prisme. Et quel vernis,
quel glacis, pourrait rendre, en outre, la transparence
de la fluide lumière bleutée qui enveloppe tout cela
d'un voile flottant et insaisissable?

XII

DESCENTE DE CROIX

La mère est à genoux, muette, les yeux secs, la face crispée de douleur. Elle ne peut pleurer, tant elle est triste jusqu'à la mort. Marie-Madeleine est baignée de larmes. Elle a déchiré ses vêtements dans un accès de désespoir furieux, et l'on voit à l'air ses belles épaules toutes nues qui frissonnent. Sur son genou, elle soutient la tête du bien-aimé, qu'elle contemple en sanglotant, et qu'elle caresse de ses longues tresses dénouées. Saint Jean est debout, ne pouvant croire au trépas de l'ami, et, désolé à plein cœur, il essaye pourtant de dire quelques vagues paroles aux femmes. Mais en vain; car il est bien mort, le pauvre adoré qui gît par terre, avec ses bras ballants, son corps abandonné, sa tête sanglante sous les cheveux roux, ses mains déchirées et sa plaie rouge au flanc. On l'a dévêtu pour panser sa blessure, et la blanche poitrine apparaît, meurtrie et trouée. Un bout d'étoffe bleue s'est roulé comme une

écharpe autour de ses reins, et voile sa nudité de
cadavre. Et voici, dans le fond du tableau, le haut
gibet qui a fait ce cadavre, la croix maudite où
vient d'agoniser ce martyr. C'est l'échafaudage sur
lequel travaillait ce beau charpentier quand le pied
lui a manqué soudain, et qu'il s'est éventré à la pointe
d'une poutre. Et tous ces ouvriers, au costume simple,
à la figure naïve, donnent juste l'impression d'une
sainte famille et d'une descente de croix. Un souffle
de vent qui passe met la dernière touche au tableau,
en faisant voler au flanc du mort le bout déchiré de sa
blouse, qui palpite comme un pan de draperie bleue.

XIII

ROUVRONS LES YEUX

Le poëte, ayant ainsi feuilleté son album intérieur, rouvre les yeux et se retrouve en face d'une page blanche où il n'y a rien de tracé. Mais, plus heureux encore que le peintre, il n'a pas besoin de broyer des couleurs artificielles sur sa palette pour traduire matériellement l'intraduisible vie de la nature. Il se contente de barbouiller cette page blanche avec un peu d'encre noire, et cela lui suffit pour évoquer son souvenir et pour fixer dans l'imagination des autres tous les tableaux qu'il a vus, grâce à la toute-puissante magie des mots, qui sont aussi multicolores que la matière elle-même, aussi variés, aussi profonds, aussi créateurs... Car n'est-ce pas créer une chose que la nommer?

TABLE

—

QUELQUES CRIS

SOUVENIRS ET FANTAISIES.

TABLE 383

QUELQUES BÊTES

TYPES

ALBUM INTÉRIEUR

ÉVREUX, IMPRIMERIE DE CHARLES HÉRISSEY

www.ingramcontent.com/pod-product-compliance
Lightning Source LLC
Chambersburg PA
CBHW050314030726
47505CB00003B/701